Sarah Noffke
Michael T. Anderle

Die loyale Freundin

Unzähmbare Liv Beaufont
Buch 5

Für Kathy.
Dank dass Du mir mein erstes Fantasy-Buch gegeben hast.
Seitdem ist die Welt für mich ein besserer Ort.

Impressum

Die loyale Freundin (dieses Buch) ist ein fiktives Werk.
Alle Charaktere, Organisationen, und Ereignisse, die in diesem Roman geschildert werden, sind entweder das Produkt der Fantasie des Autors oder frei erfunden. Manchmal beides.

Copyright der englischen Fassung: © 2018 LMBPN Publishing
Copyright der deutschen Fassung: © 2020 LMBPN Publishing
Titelbild Copyright © LMBPN Publishing
Eine Produktion von Michael Anderle

LMBPN Publishing unterstützt das Recht zur freien Rede und den Wert des Copyrights. Der Zweck des Copyrights ist es Autoren und Künstlern zu ermutigen die kreativen Werke zu produzieren, die unsere Kultur bereichern.

Die Verteilung von diesem Buch ohne Erlaubnis ist ein Diebstahl der intellektuellen Rechte des Autors. Wenn Du die Einwilligung suchst, um Material von diesem Buch zu verwenden (außer zu Prüfungszwecken), dann kontaktiere bitte international@lmbpn.com Vielen Dank für Deine Unterstützung der Rechte der Autoren.

LMBPN International ist ein Imprint von
LMBPN Publishing
PMB 196, 2540 South Maryland Pkwy
Las Vegas, NV 89109

Version 1.01 (basierend auf der englischen Version 1.01), April 2021
Deutsche Erstveröffentlichung als e-Book: Juni 2020
Deutsche Erstveröffentlichung als Paperback: Juni 2020

Übersetzung des Originals The Loyal Friend
(Unstoppable Liv Beaufont Book 05) ins Deutsche vom:
4media Verlag GmbH

Verantwortlich für Übersetzungen, Lektorat
und Satz der deutschen Version:
4media Verlag GmbH,
Hangweg 12, 34549 Edertal,
Deutschland

ISBN der Taschenbuch-Version:
978-1-64202-557-6

DE20-0017-00033

Übersetzungsteam

Primäres Lektorat
Astrid Handvest

Sekundäres Lektorat
Jens Schulze

Betaleser-Team
Hendrik Dembowsky
Sabine Marx
Jürgen Möders
Sascha Müllers
Jessica Köhler
Stefan Krüll
Natalie Roggenkamp
Anita Völler
Thorsten Wiegand

Kapitel 1

Vor fünf Jahren

Es gibt nur wenige Dinge, die so atemberaubend sind wie die Schweizer Alpen im Herbst. Für Guinevere Beaufont waren das nur die Gesichter ihrer Kinder im Vergleich zu dieser majestätischen Szene vor ihr. Das dunkelgrüne Unterholz der benachbarten Hügel rund um das Matterhorn reichte schon aus, sie zu erfreuen. Die Bäume schillerten in einer Reihe von Rot-, Orange- und Gelbtönen und der Berg, den sie bald besteigen würden, war mit frischem weißen Schnee bedeckt.

Es war nicht die ideale Jahreszeit, um auf den Berg zu klettern, der über 4.200 Meter hoch in die Luft ragte, aber das Timing war wichtig. Sie machten endlich Fortschritte, waren so kurz davor, den nächsten Teil des Puzzles zu enthüllen und es konnte nicht bis zum Frühjahr warten, wenn der Aufstieg sicherer wäre.

Alles sollte in Ordnung gehen. Sie hatten hier einen dieser seltenen Fälle, in denen Theodore und sie zusammen ein Abenteuer bestehen konnten und obwohl sie wegen der Wachtposten um das Matterhorn nicht näher an den Gipfel heran konnten, hatten sie dennoch ihre Magie. Noch wichtiger war, sie hatten sich gegenseitig.

»Also dieser Fae, den du befragt hast«, sagte Theodore. Er war nur wenige Schritte hinter Guinevere und schnaufte schwer wegen des steilen Anstieges.

»Elf«, korrigierte sie und lächelte ihren Mann über die Schulter an.

Sein helles Haar lugte unter der Mütze hervor, die sein Gesicht einrahmte. Ian und Clark hatten den starken Kieferansatz ihres Vaters und auch seine stoische Natur. Die Mädchen, Reese, Olivia und Sophia, glichen mehr ihrer Mutter, weil sie manchmal zu laut waren und immer vor Energie platzten. Alle Kinder teilten den unabhängigen Geist ihrer Eltern, zumindest dachte Guinevere das gerne. Wenn sie nur eine Sache an ihre Kinder weitergegeben hatte, dann die Fähigkeit, selbst zu denken. Das war wichtiger als unglaubliche Kräfte, gutes Aussehen oder alles Geld der Welt.

Guinevere lächelte und fühlte Wärme in ihrer Brust. Sie war dankbar, dass auch ihre Kinder diese Eigenschaft hatten. Sie waren überaus gesegnet – eine starke, glückliche Familie mit einer unglaublichen Zukunft, die sich vor ihnen ausbreitete. Aber Theodore und Guinevere waren nicht damit zufrieden, dass ihre Kinder in der Welt aufwuchsen, die sie hatten. Ja, sie hätten ein gutes Leben, wenn sie es täten, aber es war nicht genug. Die Beaufont-Kinder verdienten es, in einer Welt mit Magie zu leben, die ausgeglichen und ganzheitlich war. Eines Tages würden die Kinder sie als Ratsherr und Krieger ersetzen. *Eines Tages, aber hoffentlich nicht zu bald*, dachte Guinevere und behielt beim Aufstieg ein gleichmäßiges Tempo bei.

Mehr als alles andere wollten Guinevere und Theodore, dass ihre Kinder das Haus der Sieben übernahmen. Nicht so, wie es jetzt war, sondern so, wie es sein sollte. Es war ihr Traum, das, was aus dem Großen Krieg entstanden war, in Ordnung zu bringen. Er war eine grobe Reaktion gewesen – die Mission eines einzigen Mannes, Exklusivität zu schaffen.

Die Angst und das Vorurteil eines einzelnen Gründervaters, das über die ganze Welt verbreitet wurde.

Es war wirklich nur einer nötig, um alles zu ändern und die Struktur des Hauses zu zerstören, das mit der Absicht geschaffen worden war, Gleichgewicht und Frieden zu wahren.

Es braucht aber auch nur eine Person, um die Dinge wieder in Ordnung zu bringen, dachte Guinevere. Sie blickte über die Schulter zu ihrem Mann und Partner. *Oder zwei Personen.*

»Bist du bereit zu klettern?«, fragte Theodore völlig außer Atem. Er war es nicht gewohnt, in die Höhe zu steigen oder zu wandern. Krieger trotzten den Elementen und reisten auf ihren Missionen um die Welt, die Ratsherren blieben zurück und forschten. Aber sie beide hatten entschieden, dass die heutige Mission ein Fall für zwei war. Sowohl Theodores scharfer Verstand, als auch Guineveres Mut und Agilität waren erforderlich.

»Bist *du* bereit für den Aufstieg, alter Mann?«, wollte Guinevere mit einem Augenzwinkern von ihm wissen.

Er hielt inne, seine Hände auf den Knien und krümmte sich vor Anstrengung. »Es stimmt, dass ich nicht mehr so jung und knusprig bin wie früher, aber ich kann das den ganzen Tag lang tun. Ich gehe es nur langsam an, zu deinem Vorteil.«

Guinevere lachte. »Apropos Dinge, die du zu meinem Vorteil tun kannst, versuche, das Wort knusprig aus deinem Wortschatz zu nehmen. Erwachsene Männer sollten so etwas wirklich nicht sagen.«

Das Lachen von Theodore hallte in der frischen Herbstluft. »Okay, mein Liebling. Womit soll ich das Wort ersetzen? Putzmunter? Ausgelassen? Beweglich? Quietschfidel?«

Guinevere zog eine Grimasse. »Du hängst zu oft mit Elfen rum. Du fängst schon an, dich wie sie anzuhören.«

»Hey, ich fange wenigstens nicht an, wie sie zu riechen, also ist das keine ganz schlechte Sache«, scherzte er.

»Ja, bitte höre niemals auf, täglich zu duschen, so wie diese Hippie-Elfen«, stimmte Guinevere zu.

»Oder die Franzosen«, fügte Theodore hinzu und schaute auf den Grat, der die französische Grenze markierte. »Glaubst du, dass wir es bald geschafft haben? Ich wäre gerne wieder zurück, wenn die Kinder aufwachen.«

Guinevere warf ihm ein rebellisches Lächeln zu. »Ich schon, aber bei dir bin ich mir nicht so sicher.«

Er gluckste wieder. »Ich nehme an, wenn wir in Rückstand geraten, wird Ian die Verantwortung für uns übernehmen.«

»Ja, er ist sehr verantwortungsbewusst geworden in diesem Jahr«, sagte Guinevere. »Eines Tages wird er ein guter Ratsherr sein.«

Theodore nickte. »Aber nicht in absehbarer Zeit. Er braucht eine Gelegenheit, die Welt zu sehen und zu erkunden, bevor er in die Kammer des Baumes eingesperrt wird.«

»Das brauchen sie alle«, antwortete Guinevere und bezog sich auf ihre anderen vier Kinder. »Und das werden sie. Nachdem wir das erledigt haben, nehmen wir sie mit auf eine Reise.«

Theodore schüttelte den Kopf. »Du tust so, als müssten wir nur das Matterhorn hinaufschlendern und einen Schalter betätigen.«

»Und du tust so, als wäre das Deaktivieren eines Signals an den Verstand aller Sterblichen Raketenwissenschaft.«

Theodore schürzte die Lippen. »Es ist *definitiv* Wissenschaft und ich bin mir nicht sicher, wie wir etwas deaktivieren sollen, das der Gott-Magier vor Jahrhunderten aktiviert hat.«

DIE LOYALE FREUNDIN

»Nun, der einzige Weg, das herauszufinden, ist, weiter zu ermitteln.«

Der Elf, der von Guinevere befragt worden war, hatte sich in einer Trance befunden. In die Köpfe anderer Kreaturen ohne deren Wissen einzudringen war etwas, das sie nicht gerne tat, aber sie hatte einsehen müssen, dass ein Großteil der Geschichte, die sie aufdecken wollten, im Unterbewusstsein von magischen Kreaturen eingeschlossen war, die schon eine sehr lange Zeit auf der Erde lebten. Sie hatten vielleicht die Ereignisse vor dem Großen Krieg oder dessen Folgen nicht mehr vor Augen, aber die Erinnerungen waren vorhanden, wenn man wusste, wie und wo man suchen musste.

Der Elf hatte gesagt, dass er glaube, es gäbe mehrere Möglichkeiten, wie ein Sterblicher die Magie wieder sehen könnte – zuerst sollte er ihr in ihrer reinsten Form ausgesetzt werden. Nachdem Guinevere und Theodore dies erfahren hatten, hatten sie das Puzzle zusammengesetzt und erkannt, dass das ein Grund war, warum der Rat – oder besser gesagt Adler Sinclair – entschlossen war, fehlgeleitete magische Quellen zu beseitigen. Adler hatte erklärt, es wäre nicht sicher, Geister auf dem ganzen Planeten zu dulden, aber die Wahrheit war, so glaubten sie, dass Geister reine magische Energie waren. Wenn ein Sterblicher mit einem Geist in Kontakt kommen würde, könnte der Zauber gebrochen werden. Deshalb hatten sie die Geister eingefangen und die Magie in den Kanistern gesammelt, die irgendwie immer verschwanden und Guinevere hatte sie noch nicht wiedergefunden.

Der Elf hatte auch geschildert, dass ein dauerhafter Einfluss magischer Kreaturen unter den richtigen Umständen und abhängig vom Sterblichen die Mauern niederreißen könnte, sodass sie Magie wieder sehen würden. Das bedeutete, dass der Zauber, der vor langer Zeit auf Sterbliche angewendet wurde, nicht absolut wirksam war.

Guinevere hatte schon früh gelernt, dass es in der Magie keine Absolutwerte gab. Kein Zauber würde zu hundert Prozent funktionieren. Sobald eine Regel aufgestellt wurde – sagen wir, dass die Toten nicht zurückgeholt werden konnten – fand jemand ein Schlupfloch. So war es überall auf dieser Welt und das war es, was sie so schön und wunderbar kompliziert machte. Guinevere Beaufont wollte es auch nicht anders haben.

Aber es gab einen letzten Schutz, der den Schild für die meisten Sterblichen aufrecht hielt und viele daran hinderte zu erfahren, dass es Magie gab. Es war die Signalübermittlung vom Matterhorn. Welche Art von Signal das war, wussten sie und Theodore nicht. War es magische Technologie oder ein altes Artefakt? Auch das war unklar. Was die Beaufonts wussten, war, dass sie es deaktivieren mussten, damit der Zauber gebrochen werden konnte. Dann würden Sterbliche auf der ganzen Welt, einer nach dem anderen, zum ersten Mal im Leben Magie wahrnehmen können.

Danach würde Guinevere die sterblichen Sieben finden und sie in das Haus zurückbringen, in das auch sie gehörten.

Es fiel ihr schwer zu glauben, dass ein einzelner Mann einen Krieg begonnen haben sollte, bis sie sich an die Geschichten über andere, ähnliche Kriege erinnerte. Oft kämpften zwei Seiten, weil sie sich gegenseitig fürchteten oder dachten, eine Seite sei besser als die andere. Auch Religionen hatten schon Kriege ausgelöst. Gier und Selbsterhaltung waren die Ursache für viele Kämpfe. Was zwischen den Sterblichen und Magiern geschehen war, unterschied sich nicht so sehr von den anderen Kriegen, die im Laufe der Jahrhunderte geführt worden waren. Anders war lediglich, dass die Besiegten von einem Ort verbannt worden waren, der ihnen als Geburtsrecht zugestanden hatte und das die ganze Geschichte gelöscht worden war, weil das, woran sie sich nicht erinnerten, nicht infrage gestellt werden konnte.

Nun waren die magischen Kreaturen und Sterblichen voneinander getrennt und auch scheinbar dazu bestimmt, getrennt zu leben, aber Guinevere wusste es besser. Sie hatte es von klein auf gespürt. Die Kluft war nicht natürlich entstanden. Sie war das Ergebnis der Agenda eines Mannes, seiner Ängste und seiner Vorurteile.

Der Weg den Berg hinauf war schmaler geworden und das Gelände wurde plötzlich steiler. Scharfe Felsen knirschten unter den Füßen und der Atem von Theodore wurde lauter. Bald müssten sie die Seile herausnehmen und klettern, aber er würde es gut machen. Guinevere würde ihm helfen. Sie würden sich gegenseitig helfen. Seitdem sie den Mann in ihrem Rücken getroffen hatte, wusste sie, dass sie ihren Seelenverwandten gefunden hatte. Die eine Person, die sie stärker machte, hielt das Feuer in ihr glühend heiß und ließ sie sich unaufhaltbar fühlen. Bevor Theodores Vater und Mutter als Krieger und Ratsherr zurückgetreten waren, waren er und Guinevere bereits ein unglaubliches Team gewesen. Als sie jedoch neben ihrem Mann die Rolle im Haus der Sieben übernahm, hatten sie eine Verbindung geknüpft, die ihresgleichen suchte.

Es gab keinen Ort, an den sie Theodore Beaufont nicht folgen würde und es gab nichts, was sie nicht machen würde, um ihn zu schützen. Das war die Art von Liebe, die Magie gewöhnlich erscheinen ließ. Sie brannte heller als alles andere auf der Welt.

Guinevere spürte die Anwesenheit Sekunden bevor sie etwas hören konnte. Schnell zog sie Inexorabilis aus der

Scheide. Das Schwert lag leicht in ihren Händen, eine Verlängerung ihrer selbst, durchdrungen von einer einzigartigen Magie, auf die sie sich oft verlassen hatte. Es war der Grund, warum sie immer noch da stand und bereit war, einen weiteren potenziellen Feind zu bekämpfen.

Sie hätte auf den Anblick des Mannes vorbereitet sein sollen, der hinter den Felsen heraustrat und ihnen den Weg zum Matterhorn versperrte. Doch so sehr sie auch von den Geheimnissen rund um das Haus erfahren hatten, Guinevere wollte immer noch nicht glauben, dass Adler Sinclair hinter allem steckte. Ja, der Gott-Magier war der Anstifter gewesen und sie sagte sich immer wieder, dass Adler nur ein Handlanger sei. Vielleicht wusste er nicht einmal Bescheid. Möglicherweise hatten sie sich nur vorgestellt, dass die vielen seltsamen und verdächtigen Dinge, die er tat, mit seinem Kontrollwahn zusammenhingen. Eventuell war er trotz all dem unschuldig.

Als der Magier jedoch erschien, sein blaues Gewand im Wind wogend, musste sich Guinevere die Wahrheit eingestehen. Er war einfach ein schlechter Mensch.

»Eure Reise endet hier«, sagte Adler, sein langer Bart wehte nach hinten.

»Geh aus dem Weg, Adler«, forderte Theodore und kam, um sich vor seine Frau zu stellen.

Der alte Mann, der papierweiße Haut und ebensolches Haar hatte, lachte nur. »Du weißt, dass ich das nicht tun werde. Ihr beide seid zu nah dran, was schon dumm ist, aber noch schlimmer ist, dass ihr nicht bedacht habt, dass wir es erfahren würden.«

»Was immer er dir gesagt hat, ist falsch«, sagte Theodore, seine Stimme war klar und laut.

Ein großer Stab erschien in Adlers ausgestreckter Hand. »Er ist der mächtigste Magier der Welt. Wie sollte er sich irren?«

»Er hat diese Macht gestohlen«, argumentierte Theodore.

Adler knirschte mit den Zähnen und verengte seine Augen. »Er hat sie genommen, wie es die Starken nun mal tun.«

Theodore war angespannt, seine Wut spürbar. »Ich bin sicher, dass mein Vorfahre, der eines der Gründungsmitglieder des Hauses war, es nicht so gesehen hat, weil er ihm vertraut hatte. Das haben sie alle. Sie haben ihm vertraut und er hat sie ermordet.«

Adler blieb von dieser Erwähnung der Geschichte unbeeindruckt. »Die Sache ist gegessen.«

»Sie ist auch vergessen«, mischte sich Guinevere ein.

»Es ist besser so«, behauptete Adler. »Ich hatte gehofft, dass ihr das erkennen würdet. Vergesst alles und macht weiter wie bisher. Ihr müsst hier nicht alles verlieren.«

Guinevere kam um ihren Mann herum und stellte sich neben ihn. »Was glaubst du, wie wir einfach vergessen könnten, dass das alles eine Lüge ist?« Sie wandte ihr Kinn in Richtung Matterhorn. »Die Sterblichen verdienen es, die Wahrheit zu erfahren, Magie zu sehen. Es ist falsch.«

Adler seufzte voller Enttäuschung. »Ich hatte die Befürchtung, dass du es so siehst.« Er hob seinen Stab, aber bevor er seinen nächsten Zug wirken konnte, hob Theodore seine Hand und warf einen Abwehrzauber.

Es geschah jedoch nichts.

Er blickte seitwärts zu seiner Frau, bevor er sich umsah, um zu erfahren, weshalb seine Magie nicht funktioniert hatte.

Wieder hielt Adler seinen Stab hoch, die Kugel oben glühte rot. Guinevere versuchte, sie mit ihrem eigenen Zauber zu schützen, aber auch dieser funktionierte nicht. Bevor sie eine Blockade errichten konnte, traf Adlers Magie auf sie und schleuderte Inexorabilis zu Boden. Das Schwert rutschte das Geröll hinunter und blieb zwischen zwei Felsen am Rand einer steilen Böschung hängen.

»Was hast du getan?«, fragte Theodore und sah über die Schulter nach seiner Frau.

»Ich habe dafür gesorgt, dass es schnell und einfach geht«, antwortete Adler, die Kugel auf seinem Stab leuchtete wieder.

»Du betrügst«, sagte Guinevere. Sie musste ihren Weg zum Schwert sorgfältig wählen, damit sie es greifen konnte.

»Diejenigen, die verlieren, nennen die Gewinner gerne Betrüger«, begründete Adler emotionslos. »Ich habe mich angepasst, das ist alles.«

»Du hast unsere Magie verschlossen«, feuerte Theodore wütend zurück.

Guinevere hoffte, dass Adler sich weiterhin auf Theodore konzentrieren würde, was ihr die Chance gäbe, Inexorabilis zu holen. Es war ihre einzige Chance gegen einen so mächtigen Magier wie Adler Sinclair zu bestehen, während ihre Magie verschlossen war. Ihr Herz raste und ihr Körper schrie vor Angst. Sie war in dieser Welt vielen Gefahren ausgesetzt gewesen, aber nie einer solchen. Sie konnte das Gefühl nicht loswerden, dass dies ihr sicherer Tod war. Adler hatte an alles gedacht. Zu dumm, dass sie geglaubt hatten, sie wären ihm einen Schritt voraus, obwohl sie in Wirklichkeit direkt in eine Falle getappt waren.

»Ihr müsst wissen, dass ich nicht wollte, dass es so läuft«, erklärte Adler. »Ihr habt mir keine andere Wahl gelassen.«

»Wie hast du unsere Magie verschlossen, ohne dass die anderen Ratsmitglieder es erfahren konnten?«, fragte Theodore. »Ohne mich?«

Adler schüttelte den Kopf, seine Augen schossen zu dem Ort, an dem Guinevere den steilen Hang hinunterging, nur

Zentimeter vom Griff nach Inexorabilis entfernt. »Ich habe nie alle von euch dazu gebraucht, um Magie zu ver- oder entsperren. Ihr habt nur gedacht, dass ich das tue. Es war besser so. Der Gott-Magier hat diese Dinge schon vor langer Zeit geändert.«

Nur noch zwei Zentimeter und sie hätte ihr Schwert.

»Warum sagst du uns das?«, bohrte Theodore weiter und spürte wahrscheinlich, dass Guinevere ihn zum Hinhalten benötigte. Sie wussten beide, warum Adler jetzt seine Geheimnisse preisgab.

»Weil ich weiß, dass du es nie mehr weitergeben kannst.« Mit einem blendenden Blitz aus seinem Stab schickte Adler eine Explosion zu Guinevere und schleuderte sie rückwärts. Sie stürzte über den Rand des Grates und der Sturz war nichts, was sie ohne Magie überleben konnte.

»Nein!«, schrie Theodore und rannte seiner Frau hinterher. Er hielt am Rand an und blickte auf den wabernden Nebel hinunter, der den felsigen Boden Hunderte von Metern unter sich überdeckte. Mit kalter Rache in den Augen drehte er seinen Kopf und starrte den Mann an. »Was hast du getan?!«

Adler seufzte leise. »Ich habe die Zukunft der Magier bewahrt. Du kannst es nicht sehen, aber es ist besser für alle, auch für deine Kinder.«

Das rote Licht brach aus Adlers Stab und traf Theodore in die Brust. Ohne seine eigene war er machtlos gegen diese Magie und genau wie seine Frau flog er über den Rand und stürzte durch den Nebel in den Tod.

Adler hielt es nicht für nötig, über die Klippe zu schauen und die beiden Magier zu entdecken, die unten in der Schlucht tot nebeneinander lagen. Er hatte es nicht genossen, sie zu ermorden. Allerdings würde er es immer wieder tun, wenn es notwendig war, um die Wahrheit zu schützen. Sie war lange, lange Zeit verborgen geblieben und er hatte keinen Grund zu der Annahme, dass jemand versuchen würde, sie erneut aufzudecken. Die Beaufonts waren eine Anomalie gewesen, aber mit ihrem Tod konnte das Haus der Sieben weiter so arbeiten wie seit Jahrhunderten und die magische Welt ohne Beteiligung der Sterblichen regieren.

Adler drehte sich um und bestaunte das Matterhorn, ohne zu erkennen, dass zwischen den scharfen Felsen und Steinbrocken ein Schwert begraben war, das seine Geheimnisse kannte. Es kannte alle Geheimnisse von Guinevere Beaufont. Inexorabilis leuchtete für einen Moment in einem Akt der Hingabe an die Person auf, der es gedient hatte und die nun für immer verschwunden war. Als die ersten Schneeflocken fielen, verblasste das Schwert und kühlte ab, während es langsam bedeckt wurde.

Es würde für eine lange, lange Zeit verborgen bleiben.

Kapitel 2

Gegenwart

Der Winter in Los Angeles war so kurz, dass die meisten ihn gar nicht richtig wahrnahmen. Die Einheimischen beschwerten sich jedoch bitterlich, dass sie genug von teilweiser Bewölkung und Tiefsttemperaturen um die 10 Grad hätten.

Liv Beaufont mochte keinen Small Talk über das Wetter, aber in letzter Zeit hatte sie nach Ablenkung gesucht. Sie zog die schwarze Kapuze enger um den Kopf und versuchte, den kalten Wind von ihren Ohren fernzuhalten.

»Wie lange dauert es wohl noch, bis wir endlich wieder sonniges Wetter haben?«, fragte sie Plato, der geduldig neben ihr her lief.

Die beiden eilten den Bürgersteig entlang, hinunter zu Rory Laurens Haus. Sie hatte den Riesen gefragt, ob sie ein magisches Portal öffnen dürfte, sodass sie einfach von ihrer Wohnung direkt auf den Bürgersteig außerhalb seines Vorgartens treten könnte, aber er hatte abgelehnt und ihr gesagt, dass es unsicher sei, einen Zugang zu ihrer Wohnung zu schaffen.

»Jeder könnte dann deine Wohnung betreten«, hatte er erklärt.

»Was bedeutet, dass ich das auch könnte«, erwiderte Liv. »Ich bin kein guter Pendler und das würde es einfacher machen.«

Rory hatte ihr dann auseinandergesetzt, wie die meisten magischen Kreaturen die Portalmagie in und um ihre Häuser und Geschäfte herum deaktivierten, um andere daran zu hindern, Zugang zu bekommen. Sie wusste, dass er recht hatte, aber sie hatte sich selbst eingeredet, dass niemand freiwillig in ihre winzige Studiowohnung rein wollte, zumindest hatte sie das vor Kurzem noch geglaubt. Inzwischen hatte sie sich zu viele Feinde gemacht und die Liste wuchs stetig. Liv war sich sicher, dass sie nicht einmal all die Bösewichte da draußen kannte, die sie zu Fall bringen wollten. Vor nicht allzu langer Zeit hatte sie sich Feinde bei einem Dutzend verschiedener Arten von magischen Kreaturen gemacht, alles im Namen der Erfüllung ihrer Aufgaben.

»Es ist ja nicht so, dass du Flip-Flops anziehen und zum Strand gehen wolltest«, antwortete Plato. »Warum interessiert es dich, wenn es ein wenig frisch ist?«

Liv zuckte mit den Schultern. »Ja, ich schätze, du hast recht. Ein Strandtag wäre allerdings schön. Wie lange ist es her, dass meine Füße Sand gefühlt haben?«

Plato sah sie fragend an. »Wenn du meinst, seitdem ich dich kenne, dann vor fünf Jahren.«

Liv lachte, aber es klang aufgesetzt. »Vielleicht sollte ich mir ein Hobby, wie Paddeln oder sowas, suchen.«

»Für deine viele Freizeit?«, fragte Plato mit einem ironischen Unterton.

»Ich bin sicher, dass ich einen umgekehrten Zeitzauber herausfinden kann, damit ich am Ende eines jeden Tages eine zusätzliche Stunde bekomme«, argumentierte Liv. »Erinnerst du dich an den Elfen, den ich in der Roya Lane getroffen habe? Er sagte, einen fünfundzwanzigstündigen Tag zu bekommen, sei nicht allzu schwierig.«

»Er war auch auf Drogen«, gab Plato zu bedenken.

»War er das?«, wollte Liv ungläubig wissen. »Ich dachte, so reden Hippie-Elfen immer.«

»Sie sind nicht alle Hippies«, erklärte Plato. »Obwohl es die Mehrheit ist, gibt es auch normale, die regelmäßige Jobs haben und keine Versuche mit Hanföl durchführen oder Kerzen verbrennen, die ihre Chakren reinigen.«

»Ich wäre sehr daran interessiert, mal einen dieser ›normalen‹ Elfen zu treffen«, lachte Liv.

»Willst du weiter plaudern, oder willst du lieber darüber reden, was dich wirklich bedrückt?«, fragte Plato.

Liv runzelte die Stirn. Natürlich wusste er es. Wie sollte er auch nicht? Liv hatte nicht richtig geschlafen, seit sie die ›Wahrheit‹ herausgefunden hatte. Jetzt musste sie Rory davon erzählen und aus irgendeinem Grund würde sie Realität werden. Früher war es ein Traum gewesen, den sie versucht hatte abzuschütteln. Eine neue Realität, die mit der Zeit verschwinden würde und sie könnte in ihr altes Leben zurückkehren. Doch sobald sie es Rory erzählt hatte, gäbe es kein Zurück mehr.

»Wenn wir noch länger über das Wetter reden, würde ich anfangen zu kotzen«, gab Liv zu.

Plato stimmte mit einem Nicken zu. »Ich bin froh, das zu hören, denn es wird immer unerträglicher.«

»Hast du aus diesem Grund die Wetter-App auf meinem Handy deaktiviert?«

»Nun, ja, aber auch, weil man ja eh einfach nach draußen gehen kann und dann sowieso erfährt, wie das Wetter ist«, antwortete er beiläufig.

»Ja, aber was ist, wenn ich wissen will, wie das Wetter in Alaska oder Kanada ist?«

»Es ist kalt«, lautete seine Antwort. »Es ist dort immer kalt.«

»Was ist mit New York oder Rom oder Kairo oder wo auch immer?«

»Du bist ein Magier«, sagte er deutlich. »Du wirst dich anpassen, aber nicht, wenn du zu einem dieser Leute wirst, die jedes Gespräch damit beginnen, Dinge wie ›Das war ein Wetter‹ zu sagen. Ich arbeite sowieso gerade an einem Zauber, um all diese Menschen von der Erde zu tilgen.«

Liv hielt vor Rorys Haus. »Du solltest wirklich größere Träume und weniger Zeit haben.«

»Nun, was soll ich sagen? Ich habe den 36-Stunden-Arbeitstag gemeistert.«

»Und du nimmst keine Drogen?«, hänselte Liv.

Plato nickte in Richtung des bescheidenen Hauses. »Bist du bereit, das zu tun? Wenn du es einer anderen Seele sagst, wird es für dich Realität.«

Liv seufzte. »Zuerst einmal, verschwinde aus meinem Kopf, du Schlange. Zweitens hast du meine Frage, ob du auf Drogen bist, nicht beantwortet.«

»Habe ich nicht?«, meinte Plato gespielt schüchtern.

»Kommst du mit mir da rein?«, fragte Liv nach kurzem Schweigen.

»Du weißt, dass das wahrscheinlich keine gute Idee wäre«, antwortete er.

»Wegen der Kätzchen?«, fragte Liv.

»Sie sind alle im Garten und graben Löcher, fangen Eidechsen oder schlafen«, sagte Plato.

»Ich will nicht wissen, woher du das weißt.«

»Ich denke, dass es keine gute Idee wäre, weil Bermuda Laurens da drin ist«, sagte er und nickte in Richtung Haus.

»Dann will ich *wirklich,* dass du mit mir gehst«, sagte Liv. »Diese Frau ist …«

»Groß?«, schlug Plato vor.

Liv lachte. »Ja, das ist sie, aber ich habe an etwas anderes gedacht.«

»Sie betrügt bei Brettspielen«, bot Plato an.

Liv blickte ihn überrascht an. »Welch ein Zufall! Nein, ich wollte gerade ›unhöflich‹ sagen. Sie ist einfach nur unhöflich zu mir.«

»Seit wann ist dir das wichtig?«, forderte Plato sie heraus. »Bianca Mantovani ist die ganze Zeit unhöflich zu dir und es stört dich nicht.«

»Ja, aber sie ist eine hochnäsige Idiotin, die ihre hochgeschlossenen Kleider zu fest zusammenschnürt, was vermutlich der Grund für ihre andauernde, miese Stimmung ist. Was kümmert es mich, ob sie mich mag?«

»Aber Bermuda Laurens ist Rorys Mutter und auch eine führende Spezialistin für magische Kreaturen, also willst du, dass sie dich respektiert, richtig?«, fragte Plato.

Liv zuckte mit den Schultern. »Ich weiß nicht. Vielleicht. Aber sag niemandem, dass es mir wichtig ist, was jemand anderes denkt, sonst sterbe ich vielleicht einfach an Verlegenheit.«

»Dann scheint es dir wichtig zu sein, was mehr als nur eine Person denkt«, sinnierte Plato.

Liv rollte mit den Augen und trabte den Weg zur Haustür entlang. Als sie fast da war, drehte sie sich um und legte ihre Hände auf ihre Hüften. »Kommst du jetzt oder nicht?«

»Ja, aber nur, wenn du dich daran erinnerst, dass Bermuda Laurens eine verrückte alte Frau ist, geblendet von ihren Vorurteilen.« Plato schlenderte an Liv vorbei, den Schwanz stolz in die Höhe gestreckt.

»Notiert«, stimmte sie zu. Als sie im Begriff war zu klopfen, schwang die Tür auf, wie sie es normalerweise tat. Sie war dankbar dafür, dass sich die Dinge endlich wieder normalisierten. Rorys Haus war weder schmutzig noch übermäßig sauber, genau wie es gewesen war, bevor Bermuda eingezogen war. Der Ort sah wie früher bewohnt und komfortabel aus.

Liv erwartete, dass sie ihn beim Tai-Chi oder beim Drehen seiner Töpferscheibe vorfinden würde, als sie eintrat. Deshalb war sie überrascht, dass das Wohnzimmer leer war.

»Du betrügst«, sagte Rory mit einem Hauch Frustration in seiner Stimme.

Bermuda keuchte und streckte ihre geschlossene Faust in die Luft. »Das tue ich nicht. Wie kannst du es wagen? Ich habe sie einfach geworfen.«

»Dreimal hintereinander?«, fragte seine Mutter.

Bermuda warf die Würfel auf den Tisch und lächelte breit. »Sieht aus, als wäre es jetzt das vierte Mal!«

»Ähmmm, spielt ihr beide Kniffel?«, fragte Liv.

»Wir nennen es nicht so«, sagte Rory, nahm die Würfel auf und warf sie auf den Tisch, seine Aufmerksamkeit gehörte dem Spiel.

»Wir werden das Spiel jetzt deinetwegen sicher nicht neu beginnen«, blaffte Bermuda sie an, während sie stur den Blick auf den Tisch gerichtet hielt.

»Ich wollte euch auch nicht darum bitten«, antwortete Liv während sie hinüberging.

»Und ich habe die anderen Stühle poliert, man kann sich da jetzt leider nicht hinsetzen«, fuhr Bermuda fort.

»Kein Problem. Ich stehe sowieso lieber«, erklärte Liv und fühlte die unruhige Energie, die versuchte, aus ihr herauszufließen, wie schon den größten Teil des Tages.

»Und …« Bermuda rutschte zurück und schnüffelte in der Luft. Sie blickte in die Richtung von Liv und Plato, ihre Augen weiteten sich. »Aristokles! Was habe ich gesagt, das ich dir antun würde, wenn du jemals wieder in meine Nähe kommen würdest?«

»Nenn mich bei meinem richtigen Namen, er lautet Plato«, ließ der Lynx verlauten.

Bermuda sprang auf und stieß dabei den Stuhl fast um. Sie zeigte mit einem zitternden Finger auf ihn. »Was macht dieser Lynx hier?«

Liv starrte auf Plato hinunter.

»Ich habe dich gewarnt«, sagte er als Antwort auf den neugierigen Blick, den sie ihm zuwarf.

»Hast du das?«, erkundigte sich Liv.

»Mama, ich weiß, aber Liv besteht darauf, ihn in ihrer Nähe zu behalten«, erklärte Rory, stellte sich neben seine Mutter und legte ihr beruhigend eine Hand auf die Schulter.

Bermudas Blick schoss zu Liv. »Du? *Du* hast dieses Ungeziefer in deiner Nähe? Verspürst du einen dringenden Todeswunsch?«

»Genau das Gegenteil ist der Fall«, antwortete Liv. »Vor kurzem rettete Plato mir das Leben, als ich versucht habe, von der Wassernixe wegzukommen, obwohl ich mich nicht an die genauen Details erinnern kann.« Als sie an den Löwen zurückdachte, der geholfen hatte, Serenas Körper aus dem Brunnen zu holen, erschienen ihr die Bilder in ihrem Kopf verschwommen. Je mehr sie versuchte, darüber nachzudenken, desto schwieriger wurde es, sich daran zu erinnern.

Bermuda legte ihre Hände auf die Hüften. »Das liegt daran, dass er ein Lügner und Manipulator ist.«

»Ich wünschte, ich wüsste, wovon sie spricht«, murmelte Liv in Platos Richtung.

»Sie ist immer noch sauer wegen eines dummen Missverständnisses«, antwortete Plato.

Rory und Liv starrten Bermuda an, die vor Wut rot im Gesicht wurde. »Missverständnis? Du hast mich mitten in der Sahara verlassen, ohne einen Transportstein oder eine andere Möglichkeit, nach Hause zu kommen! Wenn ich mich nicht mit den Sandtrollen angefreundet hätte, wäre ich wahrscheinlich gestorben.«

Rory und Liv blickten zu Plato, der irgendwie mit den Achseln zuckte. »Ein Missverständnis, wie gesagt. Ich habe am Treffpunkt auf dich gewartet.«

Bermuda warf die Arme hoch. »Wie sollte ich ihn finden? Die Sanddünen sahen alle gleich aus.«

Plato sah Liv wissend an. »Wie gesagt, ein Missverständnis.«

»Das ist alles sehr seltsam und verwirrend, aber können wir weitermachen?«, fragte Liv und bedachte Rory mit einem sprechenden Blick.

Er musste die Dringlichkeit in ihren Augen erkannt haben, denn er nickte und legte das Spiel beiseite. »Also warst du erfolgreich bei der Wassernixe? Das ist gut.«

»Nun, wenn du mit erfolgreich meinst, dass ich nie wieder ein Kleid werde tragen können«, gab Liv zu.

Alle, auch Plato, lachten darüber.

Als sie sich erholt hatten, schüttelte Rory den Kopf. »Wann würdest du schon ein Kleid tragen?«

Liv fühlte sich sichtlich ertappt. »Das habe ich schon einmal getan.«

»Also hat die Wassernixe dich gebissen?«, fragte Bermuda. »Wie lange hast du noch? Hast du schon einen Sarg ausgesucht? Ich könnte dir einen kleinen aber feinen Dienstleister nennen, der sonst eigentlich ausschließlich für Riesen arbeitet. Deine ein oder zwei Freunde würden da auch gleich noch mit reinpassen.«

Liv rollte mit den Augen. »Ich wurde von einer Wassernixe erwischt, aber da ich kürzlich von einer Lophos gebissen wurde, war das Gegenmittel noch in meinem Körper.«

Die plötzliche gute Laune Bermudas verschwand schlagartig. »Oh, also wirst du nicht sterben?«

»Erst mal nicht«, sagte Liv dumpf.

Bermuda zuckte mit den Schultern. »Nun, es gibt immer noch die Abenteuer von morgen. Ich habe gehört, dass es hier in den Kanalsystemen unter Los Angeles eine abtrünnige Anakonda gibt. Hast du denn schon versucht, dieses Tier zu bekämpfen?«

Liv hielt sich zurück. Rory hatte seine Mutter einmal in ihre Schranken gewiesen, aber sie hatte nicht erwartet, dass er es wieder tun würde. Bermuda war in ihrer Art und Weise festgefahren und das bedeutete, dass sie ihren Sohn vor allen Gefahren schützen wollte – und das waren ihrer Meinung nach Liv und Plato.

»Ich bin hierhergekommen, um euch beiden zu erzählen, was ich erfahren habe, als ich die alte Kammer betreten habe«, erklärte Liv.

Beide starrten sie an. Jetzt hatte sie ihre Aufmerksamkeit. Sie erzählte ihnen alles, was sie in Erfahrung gebracht hatte. Als sie fertig war, sagte eine sehr lange Zeit niemand etwas.

Kapitel 3

Die Standuhr schlug zur vollen Stunde und erfüllte den ruhigen Raum plötzlich mit Lärm. Dies schien Bermuda aus der Benommenheit, in der sie sich befunden hatte, zu holen und ließ sie sich plötzlich aufrichten. Rory folgte diesem Beispiel und blinzelte, während er sich im Zimmer umschaute.

»Das hätte ich nie erwartet«, gab Bermuda zu und klopfte rhythmisch mit den Fingern auf den Tisch.

»Das ist riesig«, sagte Rory leise.

Liv lachte. »Wenn ein Riese das sagt, hat das eigentlich schon etwas zu heißen.«

Bermuda und Rory sahen sie verächtlich an. Sie hob ihre Hände. »Oh, gut. Ihr seid nicht bereit für Witze. Wird noch verarbeitet. Ich verstehe schon. Sagt mir Bescheid, wenn ich die Dinge ins rechte Licht rücken kann.«

Bermuda lehnte sich über den Tisch und sprach mit ihrem Sohn. »Wenn wir nie etwas sagen, bedeutet das, dass sie aufhört ständig schlechte Witze zu machen?«

Rory schüttelte den Kopf. »Das ist sehr unwahrscheinlich.«

»Ha-ha«, meinte Liv humorlos. »Es tut mir so leid, dass ich die Einzige im Raum bin, die Sinn für Humor hat.«

Bermuda schaute verwirrt zu Rory. »Ich glaube nicht, dass es der Magierin wirklich so leid tut, dass sie darunter leiden würde.«

Er nickte. »Das ist Sarkasmus. Sie benutzt ihn oft als Kommunikationsmittel.«

DIE LOYALE FREUNDIN

»Ich stehe genau hier und ich kann euch beide über mich reden hören«, meckerte Liv trocken.

Bermudas Augen wanderten kurz zu Liv, dann schaute sie nach unten. »Ich glaube nicht, dass das eine sehr gute Form der Kommunikation ist. Es ist ein bisschen hinterhältig, wenn du mich fragst.«

Liv warf ihre Arme in die Luft. »Oh, mein Gott, ihr seid die absolut Schlimmsten.« Sie blickte auf Plato herab. »Nehmen sich alle Riesen so ernst und verstehen keinen Spaß?«

Der Lynx antwortete nicht. Liv wäre überrascht gewesen, ihn wieder so viel sagen zu hören wie vorher zu Bermuda und sie vermutete, dass das nicht so schnell wieder passieren würde. Plato hatte eine Regel, dass er nur mit ihr allein sprechen würde und hatte sie auch nur in seltenen Fällen gebrochen. Sie hoffte immer noch, dass er irgendwann einmal vor John etwas sagen würde, damit der aufhörte zu glauben, dass sie sich das alles mit dem Kater nur ausdachte.

Bermuda stand abrupt auf und rief eine Reisetasche und einen Regenschirm in ihre Hände. »Nun, ich glaube ich weiß was zu tun ist.«

»Willst du los und Mary Poppins ihre Sachen zurückgeben?«, fragte Liv.

Bermuda neigte den Kopf und blinzelte dumpf. »Mary wer?«

Liv winkte ab. »Nichts. Es war wieder einer dieser Witze. Mit Bezug zur Popkultur. Du würdest es nicht verstehen.«

»Was bedeutet, dass du es wahrscheinlich nicht hättest sagen sollen«, schoss Bermuda zurück und hob ihr Kinn.

»Wohin gehst du, Mama?«, erkundigte sich Rory.

»Nun, es scheint mir, dass es zwei wichtige Dinge gibt, die zuerst getan werden müssen«, begann Bermuda. »Es müsste einen starken Erinnerungszauber für die Bevölkerung geben, um die Geschichte neu schreiben zu können. Ich werde das untersuchen und sehen, was ich erfahren kann.«

»Ist das auch sicher?«, fragte Rory besorgt.

»Nein, das ist es ganz sicher nicht«, sagte Bermuda. »Auch nicht bevor ich versucht habe, herauszufinden, was das Geheimnis war. Haus der Vierzehn – das hätte ich nie erwartet und ich bin mir sicher, dass wir es ohne Liv nie entdeckt hätten.«

»Das klang wie ein Kompliment«, strahlte Liv.

»Das ist eine Tatsache«, meinte Bermuda selbstgefällig. »Jetzt, da ich die Wahrheit kenne, weiß ich, wo ich nach weiteren Informationen suchen kann. Ich muss vorsichtig sein, aber ich vermute, dass derjenige, der hinter all dem steckt, das anfängliche Geheimnis schützt, indem er Wächterzauber um das Geheimnis gelegt hat. Hoffentlich bleibe ich unbemerkt, wenn ich die Lücken in der Geschichte und die Gedächtniszauber untersuche.«

»Mama, ich bin mir nicht sicher, ob das eine gute Idee ist«, machte sich Rory Sorgen.

»Oh, ich bin mir sicher, dass es das nicht ist«, sagte Bermuda, holte einen Hut aus ihrer Tasche und setzte ihn auf. »Ich werde vorsichtig sein, aber ich *muss* das tun. Vorbei sind die Tage, in denen ich mir keine Gedanken darüber gemacht habe, dass es ein Geheimnis gibt und mich so verhalten habe, dass ich nicht bestraft werde. Sohn, du bist derjenige, der am vorsichtigsten sein muss, denn ich bin sicher, wenn ich entdeckt werde, werden sie auch hinter dir her sein.«

»Es wird alles gut, Mama. Keine Sorge.«

»Das ist sehr unwahrscheinlich«, verdeutlichte Bermuda. »Du weißt, dass ich mir immer Sorgen um meinen Ro machen werde.«

»Du sagtest, es gäbe zwei Dinge, von denen du glaubst, dass sie passieren müssen«, mischte sich Liv ein.

Bermudas Aufmerksamkeit fiel auf Liv zurück, als hätte sie vergessen, dass sie noch neben ihnen stand. »Ja, herauszufinden, wie sie die Geschichte neu geschrieben und die Wahrheit verborgen haben, ist wichtig und ich weiß, wo ich anfangen muss zu suchen. Aber ebenso wichtig ist, dass jemand es schaffen muss, Magie für Sterbliche wieder sichtbar zu machen. Andernfalls wäre es sinnlos, die verlorenen sterblichen Sieben zu finden. Sie werden uns nicht glauben, wenn wir nicht beweisen können, was passiert ist und sicherstellen, dass sie wie früher Magie erleben können.«

»Ich kann auch daran arbeiten«, meldete sich Liv freiwillig. »Ich hätte da einige Ideen, wo ich anfangen könnte.«

Die Sorgenfalte auf Rorys Gesicht vertiefte sich. »Du musst sehr vorsichtig sein. Denk daran, dass das Herumschnüffeln schon einige Mitglieder deiner Familie umgebracht hat. Du musst das anders machen als sie.«

Bermuda stimmte zu. »Ja, ich denke, du musst viel zu beschäftigt wirken, als dass du Zeit dazu hättest, dich um dieses Geheimnis zu kümmern. Lenk sie ab!«

Liv kicherte. »Das sollte nicht allzu schwer sein. Ich versuche bereits, meinen Terminplan zu modifizieren, also habe ich bald Zeit für alles, was zu tun ist.«

Bermuda nahm ihren Regenschirm unter den Arm, um ihre Hand freizuhaben, dass sie in den Taschen ihres Kleides herumkramen konnte. »Ich hätte schwören können, dass ich ...« Sie griff in die Tasche, ihr Gesicht erhellte sich. »Oh, ja, hier ist es.« Sie zog eine silberne Haarspange mit zwei Bienen aus der Tasche. »Hier, trag das«, befahl sie und übergab Liv die Spange.

»Ja, danke, aber ich mag meine Haare im Gesicht.« Sie schüttelte den Kopf und machte einen Schritt zurück.

»Das ist einer der vielen Gründe, warum du nicht verheiratet bist«, sagte Bermuda sofort.

»Und auch die Sache, nicht verheiratet sein zu wollen und es vorzuziehen, über glühende Kohlen zu laufen, anstatt die schäbigen, schicken Dummköpfe dieser Stadt zu daten«, erklärte Liv.

»Sei nicht albern«, schnappte Bermuda. »Jedes Mädchen möchte verheiratet sein. «

»Nicht Liv«, antwortete Rory.

Seine Mutter seufzte und drückte die Spange erneut in Livs Hände. »Im Ernst, trag das hier, steck es in die Tasche oder was immer du willst, aber behalte es bei dir.«

»Was kann sie?«, fragte Liv.

»Sie hält die Haare aus dem Gesicht«, erklärte Bermuda.

Liv drehte die Spange in ihren Händen um und studierte sie. »Nein, ich meinte, was ist ihr magischer Zweck? Da steckt doch Magie dahinter, oder?«

»Das ist eine Fleißige-Biene-Haarnadel«, erläuterte Bermuda. »Sie macht, dass, wenn jemand versucht, in deine Unternehmungen einzudringen, er nur erfährt, dass du beschäftigt bist und nicht das, was du eigentlich vorhast.«

»Das klingt wirklich nützlich«, sagte Liv und blickte zu der Riesin auf. »Warum trägst du das nicht bei dir? Oder hast du es damals benutzt, als du versucht hast etwas herauszufinden?«

Bermuda schaute ihren Sohn müde an. »Du hast ihr das Buch gegeben, oder?«

Er nickte.

Sie seufzte. »Sie war offensichtlich zu beschäftigt, es zu lesen.«

Liv sah die Riesen an. »*Mysteriöse Kreaturen*? Ich habe es in meiner Freizeit gelesen, die irgendwie nicht existiert, aber ich habe es versucht. Es ist außerdem eine Milliarde Seiten lang, also entschuldige, wenn ich den Test nicht bestanden habe.«

»Zweitausendeinhundertsechsundzwanzig, genauer gesagt«, korrigierte Bermuda streng.

»Verzeihung?«, fragte Liv verwirrt.

»Das Buch«, sagte Bermuda. »Es ist keine Milliarde Seiten lang. Das ist keine reale Zahl. Es ist zweitausendeinhundertundsechsundzwanzig Seiten lang.«

»Richtig«, sagte Liv und zog das Wort in die Länge. »Milliarde war eigentlich ein Witz …« Sie stutzte, als Bermuda ihr einen missbilligenden Blick zuwarf. »Wie auch immer, die Klammer? Warum solltest nicht *du* sie bei dir tragen?«

»Weil«, begann Bermuda mit einem Seufzer, »diese Klammer mit nicht-elementarer Magie verzaubert wurde, was bedeutet, dass sie bei Riesen nicht funktionieren würde.«

»Oh, wie kannst du dann sagen, dass sie verzaubert ist?«, hakte Liv nach.

Bermudas Augen flatterten verärgert. »Ist das nicht offensichtlich?«

Liv nickte sofort. »Nun, wenn man es so ausdrückt, ist es das auf jeden Fall. Was habe ich mir nur dabei gedacht?« Sie steckte die Spange in die Tasche ihres Umhangs.

»Also wirst du sie nicht benutzen, um dein Haar zu bändigen?«, fragte Bermuda enttäuscht. »Könntest du wenigstens in Betracht ziehen, es zu kämmen?«

Liv schüttelte ihr blondes Haar von den Schultern, Strähnen davon fielen in ihr Gesicht. »Ich plane zu versuchen, herauszufinden, wie man einen Zauber von jedem Sterblichen der Welt nehmen kann, damit er die Magie wieder wahrnimmt und du bist hauptsächlich besorgt darüber, wie mein Haar aussieht?«

»Ehrlich gesagt, habe ich noch ganz andere Sorgen wegen deines Aussehens«, antwortete Bermuda. »Dein Haar ist nur eine davon.«

»Trete doch dem ›Livs Erscheinungsbild wird geändert‹-Club bei«, sagte Liv. »Ich bin mir ziemlich sicher, dass es eine formelle Petition geben wird, um meinen schwarzen Umhang zu beschlagnahmen.«

»Was für seltsame Freunde du hast!«, sagte Bermuda ernsthaft.

Rory schüttelte den Kopf. »Sie macht Witze. Es ist ein weiterer Versuch mit sarkastischem Humor.«

Bermuda sah überhaupt nicht beeindruckt aus. »Nun, ich gehe wohl besser.«

»Wann darf ich erwarten wieder von dir zu hören?«, fragte Rory.

»Wahrscheinlich für eine ganze Weile nicht«, antwortete Bermuda. »Aber du brauchst dir keine Sorgen zu machen. Es wird mir gut gehen.« Sie zeigte auf Plato. »Ich hoffe, wir sehen uns nie wieder, Lynx. Aber wenn doch, denk daran, dass du mir dreizehn Schillinge und zwölf Ziegenköpfe schuldest.« Sie hielt inne, eine Erkenntnis setzte sich in ihrem Gesicht fest. »Du hast das alles nicht gerade zufällig dabei, um deine Schulden begleichen zu können, oder?«

Liv lachte. »Doch, er hat es in den Taschen!«

Bermuda warf Liv einen strengen Blick zu. »Der Lynx hat keine … Oh, das war noch eine dieser sarkastischen Bemerkungen, nicht wahr?«

Liv verbeugte sich übertriebenen. »Und da ich weiß, dass du diese Witze so sehr magst, habe ich beschlossen, sie noch einfacher zu gestalten.«

Bermuda schüttelte den Kopf und richtete ihre Aufmerksamkeit auf Rory. »Sei vorsichtig, Sohn. Oh, und bevor ich es vergesse, ich habe meine Wäsche im Garten hängen lassen. Würdest du sie bitte für mich herunternehmen? Wenn du etwas von mir brauchst, weißt du, wie du mich erreichen kannst.«

»Wie bitte?«, fragte Liv und erkannte, dass sie das Kapitel über Riesen in *Mysteriösen Kreaturen* hätte lesen sollen.

Bermuda antwortete nicht, sie ging einfach zur Tür, ohne sich zu verabschieden.

Als sie gegangen war, warf Liv Rory ein Lächeln zu. »Im Ernst, ist das eure geheime Art der Kommunikation? Geht es um eine Bohnenranke?«

Er schüttelte den Kopf, aber ein Lächeln kam durch, trotz seiner Bemühungen, es zu unterdrücken. »Du bist so seltsam.«

Liv lachte. »Sagt der Riese, der gleich die Unterwäsche seiner Mutter zusammenlegen wird.«

Kapitel 4

Der Knall des Schlägers, der auf den Baseball traf, war ein willkommenes Geräusch in Livs Ohren. Ihr war nicht aufgefallen, wie lange es her war, dass sie sich einfach nur entspannt hatte.

»Danke, John«, sagte Liv und gab ihm den Schläger, als er mit ihr den Platz tauschte. »Das war eine wirklich gute Idee.«

Er lächelte breit und lockerte seine Schultern, indem er sie rollte. »Erinnerst du dich, als ich früher so gestresst war, dass du mir einen Tag freigegeben hast, um ein paar Bälle zu schlagen? Nun, ich dachte, es wäre an der Zeit, dass ich den Gefallen erwidere. Du arbeitest in letzter Zeit viel zu hart.«

»Ich gehe auch nicht davon aus, dass sich das bald ändern wird«, gab Liv zu bedenken und genoss den Geruch von Popcorn, der aus dem Bereich vor den Schlagkäfigen herüberwehte.

»Nun, dann wird es mein Job werden, dir zu sagen, wann du dir einen Tag freinehmen musst.« John schwang den Schläger und verfehlte den Ball, der über das Schlagmal flog.

»Das ist in Ordnung, aber das nächste Mal musst du den Laden nicht extra schließen, damit wir uns entspannen und Dampf ablassen können.«

John bewegte seine Beine und zentrierte sich neu. »Was nützt es dann, der Chef zu sein? Ich besitze aus gutem Grund mein eigenes Unternehmen.«

»Ja, aber wann hast du angefangen, an einem beliebigen Mittwoch freizunehmen oder den Laden zu schließen?«, fragte Liv.

»Seit ich erkannt habe, dass das Leben zu kurz ist und wir uns Zeit nehmen müssen, es zu genießen.« Er schwang den Schläger und verfehlte den Ball wieder.

»Aber du arbeitest doch gerne in der Werkstatt.« Liv sah Plato neugierig an, als er neben ihr auftauchte. Sie hatte ihn dort nicht erwartet, aber sie hätte es tun sollen. Er hatte sie in letzter Zeit nicht wirklich verlassen, wohl wissend um die neuen Belastungen, denen sie ausgesetzt war. Sie wusste nicht, was zwischen ihm und Bermuda passiert war und erwartete nicht, von einem von beiden eine klare Antwort zu erhalten. Sie war jedoch dankbar, dass er in letzter Zeit so aufmerksam war. Lynxe hatten grundsätzlich einen schlechten Ruf, dachte sie und erkannte, wie rücksichtsvoll er tatsächlich sein konnte.

»Ich arbeite gerne im Laden und das hat sich nicht geändert, aber meine Perspektive hat es«, sagte John, schwang den Schläger wieder und diesmal traf er den Ball. Er schlug ihn direkt in Richtung der zweiten Base, wenn sie das echte Spiel spielen würden.

»Meinst du mich und das Zeug, das ich in unser Leben gebracht habe?«, fragte Liv und schuf einen schnellen Schallschutz-Zauber, sodass der Vater und der Sohn, die neben ihnen Bälle schlugen, nicht lauschen konnten und auch kein anderer, der womöglich nicht zu sehen war.

»Es geht nicht nur um dich, Liv.« John reichte ihr den Schläger und nahm die Stelle ein, an der sie gestanden hatte. Er neigte seinen Kopf hin und her, Unentschlossenheit stand ihm ins Gesicht geschrieben. »Obwohl du es vielleicht für mich angefangen hast.«

»Geht es hier um die Magie?«, fragte Liv nun deutlicher. »Ich habe einen Schallschutz-Zauber angewandt, damit uns niemand hören kann.«

John sah sich um. »Das ist beeindruckend. Ich hatte keine Ahnung.«

»Nun, so funktioniert ein Schallschutz-Zauber«, erklärte Liv lachend. »Er sollte unbemerkt bleiben, damit man privat reden kann.«

»Was, wenn jemand Lippen lesen kann?«, fragte John.

»Nun, dafür bräuchte ich einen anderen Zauber.« Liv bewegte ihre Schultern und hielt den Schläger mit einem festen Griff. Für einen Moment fühlte sie sich, als würde sie Bellator halten, um es gegen einen Feind zu schwingen. Der Ball schwebte durch die Luft und als er in Reichweite kam, schwang sie den Schläger und schlug ihn in einem weiten Bogen.

»Und ja, es hat etwas mit Magie zu tun«, begann John. »Ich denke, ich habe lange Zeit versucht zu vergessen, dass sie ein Teil meines Lebens und dass Chloe magisch begabt war. Es war eine Weile hart, wenn ich an sie dachte und wie sie mich einfach verlassen hatte, also öffnete ich den Laden und stürzte mich in die Arbeit. Und wenn ich nicht gearbeitet habe, waren die Erinnerungen an sie immer wieder da. Ebenso die magische Welt, in die sie mich zuerst eingeführt und mir dann verboten hatte, ein Teil davon zu sein. Es war immer so verworren und seltsam mit ihr. Ein Schritt vorwärts und zwei Schritte zurück, wenn du weißt, was ich meine?«

Liv wich vom Schlagmal zurück und hörte John aufmerksam zu. Er öffnete sich selten auf diese Art, also dachte sie, er verdiene ihre volle Aufmerksamkeit.

Seine Augen konzentrierten sich auf den Boden, schauten, ohne wirklich etwas zu sehen und sein Verstand versank in alten Erinnerungen. »Als du dann kürzlich wieder Magie in mein Leben gebracht hast, hatte ich die Befürchtung, dass sie alte Ängste und Dinge, die mit Chloe zu tun hatten, wieder aufleben lassen könnte.«

»Es tut mir leid, John. Das war mir nicht klar …«

Er hob seine Hand und stoppte sie. »Es ist alles in Ordnung. Das sind *meine* Leichen im Keller, nicht deine.« Ein zärtliches Lächeln verwandelte Johns faltiges Gesicht. »Aber weißt du was? Nichts ist passiert. Nun, jedenfalls nichts Schlimmes. Als du mich daran erinnert hast, dass es Magie gibt, dachte ich nicht nur an Chloe und das Leben, das wir einst geteilt haben. Nein, mit diesem Gedanken kam ein ganz anderer hinzu. Ich begann mich zu fragen, ob ich die ganze Zeit beschäftigt bleiben musste, um mich von ihr fernzuhalten. So habe ich mir dann schließlich einen Nachmittag freigenommen und dich gebeten, für mich zu übernehmen.«

Liv nickte. »Ja, aber hattest du mir nicht gesagt, dass du Besorgungen zu erledigen hättest?«

Er wurde rot. »Es tut mir leid. Ich wusste nicht, wie ich dir hätte sagen sollen, dass ich an meiner Psyche arbeite. Ich saß an diesem Nachmittag vor dem Fernseher und las ein Buch.«

»Ich denke, das kann man als Besorgungen für die Seele durchgehen lassen«, meinte Liv nachdenklich.

Die Schamesröte auf seinem Gesicht verschwand. »Danke für dein Verständnis. Wie auch immer, ich war überrascht, als keine der alten Sorgen, Gedanken oder Ängste auftauchten. Ich war zum ersten Mal seit dreißig Jahren wieder ich, ohne negative Folgen. Ich habe mich nicht darüber beklagt, wie Chloe mir das Herz gebrochen, mich getäuscht oder verlassen hat. Als ich an sie dachte, habe ich ihre Notlage verstanden. Ähnlich wie du war sie besorgt darüber, wie ihr Leben mit Magie mich beeinflussen würde. Aber anders als du hörte sie nicht auf mich, als ich sagte, es sei mir egal.«

»Also hast du angefangen, dir freizunehmen, weil du erkannt hast, dass du es kannst?«, versuchte Liv zu raten.

John nickte. »Das ist richtig und das alles dank dir. Ich arbeite gerne und das werde ich immer tun, aber es ist schön, nicht zu spüren, dass, wenn die Dinge zu ruhig werden, meine Vergangenheit zurückkommt und mich verfolgt. Ich hatte Angst davor, Magie wiederzusehen, aber dann hast du sie mir gezeigt und die Dinge waren anders als vorher. Über deine Magie fühlte ich anders. Sie war nicht länger etwas, das uns auseinanderbringen konnte, sondern sie brachte uns näher zusammen.«

Liv dachte darüber nach und brachte es mit ihren neuesten Erkenntnissen über das Haus der Sieben, oder besser gesagt, das Haus der Vierzehn, in Einklang. »John, ich frage mich, was ist anders an dir, dass du Magie sehen kannst?«

Er dachte einen Moment nach. »Nun, ich habe dir gesagt, dass ich ihr sehr oft ausgesetzt war. Ich denke, dass die Nähe zu Chloe für mich eine seltsame Barriere durchbrochen hat. Sie hat erklärt, dass es Zeit bräuchte, aber sie war sich sicher, dass es funktionieren müsste. Dann sah ich eines Tages Magie und seitdem konnte ich sie nicht mehr ignorieren.«

Liv schleuderte den Schläger herum und übte ihren Schwung. »Würde es dir etwas ausmachen, wenn ich ein kleines Experiment mit dir durchführen würde? Ich will sehen, ob dein Gehirn anders funktioniert als das eines normalen Sterblichen, der keine Magie sehen kann.«

»Absolut nicht!«, zwitscherte John. »Was immer du willst.«

Liv schüttelte den Kopf. »Im Ernst, du solltest nicht so locker bleiben, wenn jemand sagt, dass er einen Blick auf dein Gehirn werfen will.«

Er kicherte gutmütig. »Ich glaube nicht, dass du dir meine Geschichte deshalb angehört hast.«

»Wovon redest du da?«, fragte Liv mit gespielter Empörung. »Ich habe eine Pause gemacht, um dir meine volle Aufmerksamkeit zu schenken.«

»Nun, wenn du genau zugehört hättest, dann würdest du erkennen, dass die Person, die mich vor ständiger Arbeit bewahrt und mir klargemacht hat, dass Magie nicht wieder mein Untergang sein würde, du gewesen bist.« Er lächelte sie gelassen an. »Liv, wenn du nicht gewesen wärst, hätte ich vielleicht nie eine Pause eingelegt vor lauter Angst davor, dass meine Vergangenheit mich einholt und verfolgt. Du hast Magie in mein Leben zurückgebracht und mir klargemacht, dass sie nie das Problem war. Es war Chloe. *Sie* hat mir das Herz gebrochen, nicht die Magie. All die Jahre habe ich der Magie die Schuld gegeben, als ich doch die Wahrheit hätte erkennen sollen. Chloe war das Problem.«

Kapitel 5

Liv hielt die Fleißige-Biene-Haarnadel fest in der Hand und ging den Flur im Haus der Sieben hinunter. Sie war der Meinung, dass, obwohl es eigentlich das Haus der Vierzehn war, sie es besser noch nicht so nennen sollte. Ehrlich gesagt konnte es nicht wirklich das Haus der Vierzehn werden, bis die sterblichen Sieben hier waren.

Wie seltsam wäre das?, fragte sie sich, als sie im Flur verweilte und die Sprache der Gründer an den goldenen Wänden tanzen sah. Seit ihrem Besuch in der Alten Kammer konnte sie die Sprache etwas besser übersetzen. Es war verwunderlich, denn vorher hatten die Symbole keinen Sinn für sie ergeben, aber jetzt verstand sie die Worte ein wenig, auch ohne ihren Ring zu benutzen.

Liv kam zu schnell an das Ende des Flurs und starrte auf die Tür der Reflexion; sie wünschte sich, dass sie sich heute bei ihrem Arbeitgeber krankmelden könnte. Noch einen Tag Zeit nehmen, wie sie es mit John getan hatte. Es lag nicht nur daran, dass sie nicht mit dem schrecklichen Fall beauftragt werden wollte, den der Rat für sie vorbereitet hatte, obwohl das der Hauptgrund war. Die Tatsache, dass Adler Gehirnwäsche einsetzte und die Ratsmitglieder kontrollierte, um die Stimmabgabe zu beeinflussen, war erschreckend. Liv wollte glauben, dass er es nur deshalb tat, weil sie ihm tierisch auf die Nerven ging und er sie loswerden wollte.

Es gab aber auch die sehr reale Möglichkeit, dass er wusste, dass sie nach der geheimen Wahrheit forschte. Vielleicht wusste er, dass sie mit Clark in die Alte Kammer gegangen war. Vielleicht war er ihr gefolgt. Liv wusste, dass ihre Eltern sehr vorsichtig gewesen waren und doch hatte sie scheinbar ihr Herumschnüffeln getötet – obwohl sie sich daran erinnern musste, dass sie keine Beweise dafür hatte, nur einen unerschütterlichen Verdacht. Dann war da noch den Tod von Ian und Reese, der den gleichen faden Beigeschmack hatte, wie der ihrer Eltern.

Liv zerquetschte die Fleißige-Biene-Haarnadel förmlich mit den Fingern und hoffte, dass sie dadurch vor Adler und allen anderen geschützt war. Ihre Aufmerksamkeit wurde auf die Schwarze Leere gelenkt, die heute mit einer anderen Energie zu pulsieren schien. Liv blinzelte in die Dunkelheit und fluchte, weil sie einen winzigen Lichtpunkt in der Dunkelheit sehen konnte. Je mehr sie darauf starrte, desto mehr fühlte sie sich, als wäre sie blind in einem pechschwarzen Raum und stolperte auf ein fernes Licht zu, das plötzlich angeknipst worden war.

»Geht es dir gut?«, rief eine Stimme hinter ihr.

Liv drehte sich um und erkannte Akio Takahashi an der Tür der Reflexion. Sie spannte sich sofort an, als sie nach unten schaute und bemerkte, dass sie nur Zentimeter von der Schwärze entfernt war, kurz davor, hineinzufallen … nun, wie auch immer.

»Es geht mir gut«, antwortete Liv und machte ausladende Schritte, um so weit wie möglich von der Schwarzen Leere wegzukommen.

»Willst du dein Kampftraining mit mir bald wieder aufnehmen?«

Liv dachte einen Moment nach. »Ja, ich denke, das wäre klug. Natürlich werde ich einen neuen Fall zugewiesen bekommen, also muss es vielleicht warten.«

Akio hielt einen einzigen Finger hoch. »Ich habe festgestellt, dass ich nach einem Kampf auf Leben und Tod immer sehr dankbar war, dass ich mein Training nicht verschoben hatte.«

Liv nickte. »Ja, wahrscheinlich hast du recht. Das ständige Verschieben meines Trainings könnte irgendwann dafür sorgen, dass ich im großen Wartezimmer im Himmel lande.«

Akio hob eine Augenbraue an. »Ich habe noch nie gehört, dass es jemals so genannt wurde.«

»Ich auch nicht«, meinte Liv lachend.

»Ich habe mir sagen lassen, dass du mit dem nächsten Fall eine echte Herausforderung vor dir hast«, sagte Akio wissend.

Liv nickte stumpfsinnig. »Ja, also wäre all das Training, das wir durchführen könnten, gut. Wenn du noch irgendwelche Geheimtaktiken auf Lager hast, die du mir beibringen wolltest, wäre jetzt der richtige Zeitpunkt, sie zu enthüllen.«

Akio schaute Liv mit einem seltsamen Blick, voller Geheimnisse an. »Ich denke, wenn jemand irgendwelche Geheimtaktiken parat hat, dann du. Eines Tages wird der Lehrer zum Schüler werden und dann kannst du mir beibringen, was du weißt.«

Liv war gerade im Begriff zu protestieren, als er durch die Tür der Reflexion trat.

»Ist es zu spät für alle im Haus, sich normal zu verhalten?«, fragte sie und sah dann, dass Plato nicht da war oder zumindest nicht sichtbar oder was auch immer.

Liv seufzte, trat nahe an die Tür und machte sich bereit für das schreckliche Bild, das sie ihr zeigen würde – wahrscheinlich den Tod ihrer Eltern oder ihren eigenen bevorstehenden Untergang. Sie war sich sicher, dass es etwas Schreckliches sein würde, etwas das ihr bestimmt nachher Alpträume bescherte.

Liv trat durch die Tür der Reflexion, aber das Bild, das sie sah, war nicht das, was sie erwartet hatte. Sie befand sich auf einer grünen Wiese und hielt Händchen mit Sophia, während fluffige, weiße Wolken über ihnen schwebten. Sie blieb atemlos stehen und versuchte, diese seltsame Szene zu verstehen. Sophia lachte und sprintete auf Clark zu, der seine Arme ausgebreitet hatte. Seine blauen Augen funkelten vor Freude.

In der Ferne stand Stefan, sein langer schwarzer Umhang wogte majestätisch im Wind. Zu ihm gesellten sich Rory auf der einen Seite und Rudolf auf der anderen. Liv drehte sich um und fragte sich, wer da lachte, bis sie erkannte, dass sie selbst es war.

Sie lachte, ein scheinbar unendliches Geräusch. Als sie versuchte Luft zu holen, beugte sie sich nach vorne und erkannte, dass sie ein Korsagenkleid trug. Liv richtete sich auf und erschrak. Sie war glücklich, unbeschwert glücklich. Es war ein so zerbrechliches Gefühl, als ob irgendetwas es verschlingen und aus ihrer Welt entfernen könnte. Aber noch schlimmer war das Gefühl, das folgte: Ich habe kein Recht darauf, glücklich zu sein, wenn sie alle tot sind.

Liv trat mit der schrecklichsten Erkenntnis, die sie seit ihrem ersten Betreten der Baumkammer hatte, durch die Tür der Reflexion. Sie hatte Angst davor glücklich zu sein. Es war eine unmögliche Realität. Es war falsch. Nachdem ihre Eltern gestorben waren und dann Ian und Reese, hatte sie unbewusst diese Möglichkeit vom Tisch gewischt. Liv könnte die Welt retten. Nicht, dass sie das tun würde, dachte sie lachend.

Sie könnte sich für die Wahrheit opfern. Sie konnte jede einzelne Grenze, die von Adler und dem Haus aufgestellt worden war, überschreiten, aber es gab eine Sache, die sie nicht konnte.

Liv Beaufont durfte nicht glücklich sein.

Glück war ein Geist in einer Flasche, die in Millionen Stücke zerbrochen war, als ihre Eltern starben und es war nicht so, als stünde sie am Rande einer Schatzkammer, bei der neuen, harten Realität, der sie sich gegenüber sah. Es war nur, dass sie wusste, egal was geschah, egal wie viele Freunde sie gefunden hatte oder welche Fortschritte sie gemacht hatte, sie durfte nie wirklich glücklich sein.

Den Frieden, den John gefunden hatte, konnte sie nicht für sich selbst replizieren, vor allem, weil sie nicht begreifen konnte, wie sie glücklich sein sollte, wenn doch die besten Menschen, die sie je gekannt hatte, vor ihrer Zeit von der Erde genommen worden waren. Glück hatte sie in den Armen ihrer Eltern empfunden. Glück wäre gewesen, die Wahrheit zu finden, während sie noch am Leben waren. Glück wäre alles, was sie getan hatte, solange die anderen sie dabei beobachteten.

Was sie jetzt tat, war nichts. Es war zu spät und zu wenig.

»Also, Miss Beaufont, du hast dich endlich entschieden, dich uns anzuschließen«, brummte Adler, als sie auf ihren Kreis stolperte, bewusst, dass Stefan neben ihr und Decar auf der anderen Seite stand. Alle Krieger waren da, Trudy, Stefan, Decar, Akio, Emilio und Maria.

Seit dem ersten Mal, als sie die Kammer des Baumes betreten hatte, waren nicht mehr alle Krieger gemeinsam dort gewesen. Es war wie ein seltsames Familientreffen.

Liv verbeugte sich leicht. »Ich bin gekommen und bereit für meine Mission.«

Wenn Adler wusste, dass Liv etwas herausgefunden hatte, so zeigte er es nicht. »Wir kümmern uns später um dich.« Er blickte auf den Krieger zwei Kreise von Liv entfernt, der Biancas schnöseliges Erscheinungsbild teilte. »Mister Mantovani, bist du bereit die Elfenverhandlungen zu übernehmen?«

Livs schenkte ihm ihre Aufmerksamkeit und sie erinnerte sich, wie Decar diese Verhandlungen anscheinend gestört hatte, weil er ein paar Elfen abgeschlachtet hatte.

Emilio nickte und ging.

»Mister Ludwig, warum bist du hier?«, fragte Adler. »Solltest du nicht Dämonen jagen?«

Stefan hatte offensichtlich Aufmerksamkeit erregt. »Ich bin hier, um einen Bericht über meine Fälle abzugeben.«

Adler seufzte, anscheinend kaufte er ihm diese Geschichte nicht ab. »Wie lautet dein Bericht, Mister Ludwig?«

»Ich habe Dämonen getötet«, antwortete Stefan und brachte Liv dadurch fast zum Lachen.

Der weiße Tiger erschien neben ihr, scheinbar aus dem Nichts, wie Plato es oft tat. Sie drehte ihren Kopf und schaute in seine grünen Augen. Er war fast so groß wie sie. Von der Seltsamkeit des Augenblicks verwirrt, streckte Liv die Hand aus, als wollte sie den Tiger streicheln. Das hatte sie schon einmal getan. Das Tier schien sich darüber zu freuen und neigte seinen Kopf, als ob es sie dazu verleiten wollte.

»Miss Beaufont!«, schrie Adler. »Was tust du da?«

Liv richtete ihre Aufmerksamkeit wieder auf den Rat und fing die Ernsthaftigkeit in den Augen ihres Bruders ein. Sie zwinkerte Clark zu und lächelte den Rest des Rates an. »Ich dachte nur, wie seltsam es doch klingt, dass du die Krieger Mister und Miss nennst, anstatt uns den Titel zuzugestehen, den wir verdienen, Rat Sinclair.«

In der Kammer des Baumes wurde es schlagartig still. Der weiße Tiger legte sich zu ihren Füßen und berührte sie fast dabei.

Liv ließ sich nicht durch den Blick abschrecken, den Clark ihr zuwarf. So wie Liv es verstanden hatte, hatte Adler es sowieso auf sie abgesehen, egal was nun passierte. Ob es nun daran lag, dass sie eine Nervensäge war oder dass er wusste, dass sie auf etwas gestoßen war, sie wollte ihm einen Grund für das liefern, was er als Nächstes tun würde. Vielleicht wollte sie auch nicht, dass alles umsonst war. Wenn er sie hassen würde, dann wäre sie es wert.

»Es sollte keine Rolle spielen, wie ich dich anspreche«, antwortete Adler.

»Ich bin völlig deiner Meinung, Adler«, sagte Liv und zog seinen Namen in die Länge.

Sie konnte nicht anders, als das Lächeln zu bemerken, das Stefans Mund umspielte, oder das Lachen, das Trudy herausrutschte.

Sie mochte zu weit gegangen sein, aber das war zu diesem Zeitpunkt ihr Vorrecht.

»Nun, es scheint, dass die früheren Fälle Miss Beaufont gelangweilt haben«, meinte Adler. »Hoffentlich wird das, was wir als Nächstes für dich haben, sowohl deine Langeweile befriedigen als auch dich von Schwierigkeiten fernhalten, da wir alle wissen, dass du deine Nase gerne in Dinge steckst, die dich nichts angehen.«

Wenn Liv sich bisher gefragt hatte, ob Adler ihr auf der Spur war, hatte sie jetzt einen starken Hinweis darauf.

Kapitel 6

War es Livs Fantasie, oder lag der weiße Tiger fast auf ihr? Sie konnte spüren, wie sein Gewicht an die Seite ihres Fußes drückte, wagte es aber nicht, nach unten zu schauen.

Vielleicht war es falsch gewesen, Adler zu reizen, als sie so sehr versuchte, ihn davon abzuhalten zu erfahren, was sie über das Haus entdeckt hatten. Sie redete sich jedoch ein, dass, wenn sie plötzlich anfinge sich nett zu benehmen und nicht frech zu sein, er noch misstrauischer würde. Nein, es war richtig, der normale, nervige Typ zu sein und ihre Spuren besser zu verwischen. Die Fleißige-Biene-Haarnadel würde helfen und sie hatte schon mit anderen Ideen gespielt, um Adler oder andere davon abzuhalten, herauszufinden, was sie tat. Wenn sie aus den Todesfällen in ihrer Familie etwas gelernt hatte, war es besonders vorsichtig zu agieren.

»Das ist ein Fall, dem wir normalerweise zwei Krieger zuordnen würden«, wagte Clark einzuwerfen.

Adler rollte seine Schultern hoch, zurück und runter, als ob er Anspannung trainieren wollte.

Es muss sehr stressig sein, ein mürrischer, alter Mann zu sein, dachte Liv.

»Mister Beaufont, der Rat hat bereits darüber abgestimmt, nicht wahr?«, antwortete Adler herablassend.

»Ja, aber es ist sehr unorthodox, Liv bei einem Fall dieser Art ohne Unterstützung hinauszuschicken«, argumentierte Clark.

»Das hast du auch bei dem Fae-Fall und der Dämonenjagd gesagt«, antwortete Bianca. »Vielleicht hast du zugelassen, dass die Nähe zu deiner Schwester dein Urteilsvermögen trübt?«

»Nun, er ist ja auch nur ein gewöhnlicher Mensch«, bemerkte Liv. »Vielleicht kannst du ihm ja ein paar Hinweise geben, wie man ein kalter, herzloser B…«

Adler unterbrach sie, bevor sie Bianca als das bezeichnen konnte, was sie gerade dachte. »Ich möchte dich daran erinnern, dass Krieger dem Rat den allergrößten Respekt erweisen sollen.«

»Bot«, zwitscherte Liv.

»Entschuldigung?«, fragte Adler.

»Kalter, herzloser Bot«, beendete Liv. »Ich habe Ratsmitglied Mantovani nur für ihre unglaubliche Fähigkeit gelobt, keine Emotionen zu zeigen, ähnlich einem Roboter.« Sie klimperte mit den Wimpern. »Bitte gib die Tipps weiter, wie du es geschafft hast, Emotionen zu unterdrücken, wenn du deine Magierkollegen auf Fälle ansetzt, auf die sie schlecht vorbereitet sind, während du in deinem gemütlichen Stuhl sitzt.«

»Das reicht jetzt!«, brüllte Adler und schlug mit der Faust auf den Tisch vor ihm. »So arbeitet das Haus und wenn du ein Problem damit hast, dann …«

»Kriegerin Beaufont hat recht«, unterbrach Hester und ließ Adler noch mehr qualmen. »Es sollte für uns nicht so einfach sein, diese Fälle zuzuordnen. Das ist eine Last, die der Rat trägt. Ich glaube nicht, dass sie alle Ratsmitglieder damit meint, sondern diejenigen, die wenig Mitgefühl für die Gefahren zeigen, denen unsere Krieger bei der Ausführung unserer Befehle ausgesetzt sind. Ich habe es nie auf die leichte Schulter genommen, dass wir sie aussenden, Dinge zu tun, die die meisten nicht tun würden. Und die,

die nicht zurückgekehrt sind? Nun, ich weiß, dass ihr Blut an meinen Händen klebt.«

Adler rollte mit den Augen und hatte diese Ansprache anscheinend schon einige Male gehört. »Ja, ja, ja, Miss DeVries, wir wissen, dass deine Fähigkeit als Heilerin dich empfindsamer macht als den Rest von uns, aber ...«

»Ich teile diese Last auch«, sagte Haro und unterbrach Adler. »Es ist nicht einfach, diese Aufgaben zu erfüllen und ich denke, bei Kriegerin Beaufonts aktuellem Fall sind wir offensichtlich gespalten.«

Raina blickte von ihrem Tablet auf, eine seltsame Verwirrung stand in ihr Gesicht geschrieben. »Ich kann mich nicht erinnern so abgestimmt zu haben.«

»Und doch hast du es getan«, sagte Adler einfach. »Deine Erinnerungsprobleme sind nicht das Problem des Hauses. In der Akte steht eindeutig, dass du für Miss Beaufont gestimmt hast, diesen Fall anzugehen.«

»Clark hat recht, normalerweise würden wir bei einem solchen Fall zwei Krieger zuweisen«, legte Raina dar und betrachtete die Informationen auf ihrem Bildschirm, ihre Augen wurden größer während sie las.

»Aber wir haben keinen zusätzlichen Krieger, der Miss Beaufont begleiten könnte«, sagte Adler mit müder Stimme.

»Ich bin frei«, zwitscherte Trudy DeVries.

»Auch ich habe Zeit zwischen den Fällen und könnte Kriegerin Beaufont begleiten«, meldete sich Akio.

Adler schüttelte heftig den Kopf. »Nein, wir haben wichtige Fälle für euch beide, wie auch für die anderen.«

»Ich denke«, sagte Raina und zog das Wort heraus, »dass Adler recht hat.«

Dies führte dazu, dass sich sowohl die Ratsmitglieder als auch die Krieger bewegten. Nicht nur, weil sie ihm zustimmte, sondern auch, weil sie seinen Vornamen beiläufig benutzte. Vielleicht stand sie noch unter seinem Einfluss, obwohl Stefan ihr etwas zugesteckt hatte, um sie vor einer erneuten Gehirnwäsche zu schützen, wie sie dachten.

Raina hielt ihre Hand hoch. »Obwohl mir die Idee, Liv zu diesem Fall allein zu schicken, nicht gefällt, wurde die Stimme bereits abgegeben. Aber nachdem der erste Teil des Falles abgeschlossen ist und du Bericht erstattest, können wir, der Rat, noch einmal abstimmen – und vielleicht werde ich mich diesmal daran erinnern, was passiert ist.« Sie starrte zu Adler hinüber, der sich von dieser eklatanten Verdächtigung nicht abschrecken ließ.

»Ich unterstütze diesen Vorschlag«, sagte Clark sofort.

»Und ich auch«, stimmten Haro und Hester fast zusammen zu.

Adler verspannte sich, seine Augen wurden zu schmalen Schlitzen, als er Liv wütend ansah. »Gut. Wir werden uns wieder treffen, *nachdem* Miss Beaufont den ersten Teil des Falles abgeschlossen hat, den Aufklärungsteil.«

Aufklärung, dachte Liv. Das klang doch gar nicht so schlecht. Es gab ihr das Gefühl, eine Spionin zu sein. Worüber waren Hester und Clark so besorgt? Liv war doch ein großartiger Detektiv oder so, dachte sie gerne.

Adler räusperte sich und las von seinem Tablet ab. »Nun zu deiner Aufgabe, Miss Beaufont. Es ist dem Rat bekannt geworden, dass das Dorf Lupei in Rumänien kürzlich ein Werwolfproblem hatte.«

Liv keuchte und ließ den weißen Tiger aus seinem Nickerchen aufblicken. *Ja, Zeit zum Aufwachen, kleines Kätzchen*, dachte sie. *Die Scheiße ist gerade real geworden.* »Werwölfe? Willst du mich verarschen? Die gibt es?«

Bianca lachte, als wäre das lustig. *Der Chip in ihrem Kopf musste eine Fehlfunktion haben.*

»Wenn du das Krieger-Training absolviert hättest, das dir das Haus angeboten hat, wüsstest du von Werwölfen«, belehrte sie Liv abfällig. »Wirklich, wenn du wie der Rest von uns formell ausgebildet worden wärst, wäre das für dich allgemein bekannt.«

»Es tut mir so leid. Meine Eltern waren damit beschäftigt, mir beizubringen, wie man ein anständiger Mensch wird, während du gelernt hast, wie man sich nicht wie einer benimmt«, scherzte Liv.

Sie war bereit für den Blick der Missbilligung, den Adler ihr sandte und den brodelnden Blick von Bianca. Wofür sie nicht bereit war, war, dass Haro mit einem Nicken zustimmte.

»Wenn Kriegerin Beaufont eine Ausbildung in dieser Hinsicht fehlt, dann uns ebenso«, sagte er und zeigte auf sich und Akio. »Die Werwolfpopulation wurde vor langer Zeit von Kriegern unter Kontrolle gebracht, aber das ist nicht allgemein bekannt. Ich habe davon erst erfahren, als ich für diesen speziellen Fall recherchiert habe.«

»Eine Geschichtsstunde ist im Moment nicht das was wir brauchen«, stellte Adler klar. »Ja, Miss Beaufont, Werwölfe *sind* real. Es würde dir guttun, über sie in der Bibliothek oder wo immer du deine Informationen erhältst, nachzulesen.«

»Wikipedia«, zwitscherte sie und wusste, dass es ihm wirklich unter die Haut gehen würde, wenn sie ihn noch einmal unterbrach.

Adler hielt inne, als würde er sich einen Moment Zeit nehmen, sich ihren Tod vorzustellen. »Wie gesagt, die Stadt Lupei hat ein Werwolfproblem.«

»Eigentlich gab es schon immer Werwölfe«, schaltete sich Lorenzo ein und brach schließlich sein langes Schweigen.

»Werwölfe sind dort erstmals aufgetreten und dort befindet sich derzeit das stärkste Rudel.«

Adler nickte, als wäre diese Unterbrechung willkommen. »Das ist richtig, aber in letzter Zeit ist das Rudel außer Kontrolle geraten und hat Touristen und Wanderer im Wald angegriffen. Das verstößt gegen die Vereinbarung, die wir getroffen haben und deshalb ist es deine Aufgabe, in diese Stadt zu reisen und festzustellen, wer die Rudelmitglieder sind, oder genauer gesagt, wer ihr Alpha ist.«

Das klang doch gar nicht so schwierig, dachte sich Liv. Sie musste nur sicherstellen, dass sie dabei nicht gefressen wurde.

»Sobald du das weißt«, fuhr Adler fort, »kannst du uns diese Namen melden und wir werden dir den nächsten Teil des Falles zuweisen.«

»Ist der nächste Teil dann, dass sie in die Hundeschule müssen?«, fragte Liv.

Adler fand das nicht lustig, obwohl Hester es anscheinend tat – ihr schüchternes Kichern erregte die Aufmerksamkeit des weißen Tigers.

»Nein. Nachdem du uns Bericht erstattet hast, geben wir dir weitere Befehle«, erklärte Adler. »Der Schlüssel in diesem Fall ist, unentdeckt zu bleiben. Sonst wirst du nicht herausfinden können, wer alles zum Rudel gehört.«

»Also trag nicht das grüne Kleid, das du im Königreich der Fae getragen hast«, lächelte Stefan.

»Das habe ich verbrannt«, erwiderte Liv trocken.

Er schüttelte den Kopf. »Das ist zu schade.«

»Wenn ihr beide dann fertig seid?«, fragte Adler und starrte die beiden Krieger an.

»Er hat mir nur geraten, wie man sich kleiden muss, um unbemerkt zu bleiben«, erzählte Liv ihm.

»Was du auf dieser Erkundungsmission trägst, wird kaum eine Rolle spielen«, meinte Adler.

»Ja, weil Werwölfe sehr empfindlich auf Magie reagieren«, erklärte Bianca. »Sie werden dich aus knapp zwei Kilometern Entfernung riechen können und wissen, dass du ein Magier bist.«

Werwölfe waren nicht die einzigen, erkannte Liv. Die meisten magischen Kreaturen schienen sie sofort als diejenige zu erkennen, die sie war. Als sie auf der Roya Lane war, wussten auch alle, dass sie eine Kriegerin war und hielten sicheren Abstand zu ihr, scheinbar mit ihrem besten Verhalten.

»Das ist richtig«, folgerte Adler. »Deshalb ist es unerlässlich, dass wir für den ersten Teil dieses Falles deine Magie sperren.«

»Was sagst du da?« Stefan äußerte einen Ausruf des Unglaubens.

»Mister Ludwig, was machst du noch hier?«, schimpfte Adler knapp. »Ich glaube, du wurdest bereits entlassen.«

»Die Magie eines Kriegers zu sperren ist sehr unorthodox«, argumentierte Stefan.

»Und doch, wenn das Rudel ihre Magie spürt und dass sie in der Nähe ist, dann werden sie untertauchen, da sie sich bewusst sind, dass sie gegen die Vereinbarung verstoßen haben«, erklärte Adler. »Sobald sie sich versteckt haben, werden wir unseren Vorteil verlieren und haben keine Möglichkeit mehr, zu erfahren, wer die Rudelmitglieder und der Alpha sind. Deshalb ist der einzige Weg, das zu verhindern, Miss Beaufonts Magie zu sperren.«

»Liv sollte dann wenigstens Verstärkung erhalten«, sagte Stefan. »Sie ohne Magie in ein von Werwölfen befallenes Gebiet zu schicken, ist zu gefährlich. Lasst mich an der Seitenlinie ausharren, falls etwas passiert.«

Hester schüttelte kurz den Kopf. Sie hatte vorher bereits darauf hingewiesen, dass dies kein Fall wäre, mit dem Stefan zurechtkäme. Liv wusste jetzt weshalb. Wenn Stefan in der Nähe von Werwölfen wäre, würde er wahrscheinlich jede Objektivität verlieren, da sie mit dem Bösen in Verbindung gebracht wurden und er starke Reaktionen darauf hatte, da er fast ein Dämon geworden war.

»Mister Ludwig, der Rat hat bereits über diese Angelegenheit abgestimmt«, wies Adler erneut darauf hin, offensichtlich mehr als verärgert über diese solidarische Haltung. »Miss Beaufont wird es höchstwahrscheinlich auch ohne Magie allein gut gehen.« Er zeigte ihr ein böses Lächeln, das sein Gesicht völlig falsch aussehen ließ. »Das heißt, wenn sie ihren Mund hält. Werwölfe sind berüchtigt für ihre schnelle Reizbarkeit und Wut.«

»Ganz zu schweigen davon, dass die Rumänen meinen trockenen Witz und Sarkasmus nicht verstehen werden«, warf Liv ein.

»Liv, das ist sehr ernst«, meldete sich Clark zu Wort und lehnte sich nach vorne. »Wir müssen deine Magie für einen Teil dieses Falles sperren.«

Einen Teil dieses Falles?, fragte sich Liv. Sie wollte nicht wissen, was der andere Teil mit sich bringen würde. Etwas sagte ihr, dass es ihr nicht gefallen würde, aber sie würde sich um eine Sache nach der anderen kümmern.

»Das ist mir klar«, sagte Liv zuversichtlich. »Ich stimme zu, dass meine Magie verschlossen wird. Aber werde ich einen Energieschub erleben wie beim letzten Mal, wenn sie wieder freigeschaltet wird?«

Die Ratsmitglieder wurden unruhig, viele von ihnen sahen ratlos auf ihre Tablets hinunter, um etwas zu überprüfen.

»Obwohl wir immer noch glauben, dass es eine Anomalie ist«, sagte Adler und betrachtete sein eigenes Tablet, »scheint es, dass deine Magie immer noch auf ungewöhnlichem Niveau liegt.«

»Irgendwann müsst ihr vielleicht alle einfach in Betracht ziehen, dass sie eine wirklich mächtige Magierin ist und das hohe Niveau nicht nur eine Momentaufnahme darstellt«, sagte Trudy, lehnte sich nach vorne und zwinkerte Liv zu.

»Nochmals, wann haben die anderen Krieger entschieden, dass es akzeptabel ist, einzugreifen, wenn ihnen nicht gerade ein Fall zugewiesen ist?«, fragte Adler.

»Wann muss meine Magie gesperrt sein?«, erkundigte sich Liv und erkannte die Tragik des Augenblicks. Sie war fertig damit Witze zu reißen, zumindest für eine Weile.

»Wenn du nach Lupei aufbrichst«, antwortete Adler. »Möchtest du, dass wir sie jetzt sperren, da wir alle anwesend sind?«

Liv schüttelte den Kopf. »Nein, ich bin noch nicht bereit. Ich muss erst noch etwas recherchieren und Wäsche waschen.« Anscheinend wurde sie durch den aktuellen Fall doch nicht so sehr abgeschreckt, dass sie es versäumte, zu witzeln. Es würde mehr als das erfordern, ihr Temperament zu zügeln.

»Gut«, sagte Adler trocken. »Aber verschiebe das nicht zu lange. Die Sterblichen sind in Gefahr.«

Liv nickte und verstand die Dringlichkeit dieses Falls und weshalb er Clark und die anderen so sehr beunruhigte. Sie war im Begriff, sich sozusagen freiwillig in eine Sterbliche zu verwandeln und eine Gegend voller bösartiger Monster zu betreten.

Kapitel 7

Mehr denn je brauchte Liv die stille Ablenkung, die ihr das Versteckspiel gab. Normalerweise hatte sie andere Gedanken, wenn sie die allgemein zugänglichen Bereiche des Hauses der Sieben erkundete und nach ihrer kleinen Schwester suchte. Dinge wie ›*Warum mag ich Sushi nicht, obwohl alle anderen total verrückt danach sind?*‹ oder ›*gibt es immer noch Vertreter und wenn ja, was verkaufen sie?*‹ und nicht zu vergessen ›*es tut mir leid für den Kerl, der früher Enzyklopädien verkauft hat*‹.

Es gab etwas an der Suche nach der kleinen Magierin an den seltsamsten Stellen, die Livs Gehirn zum Wandern verhalfen. Sie war dankbar für die zufälligen Gedanken, die sie davon ablenkten, dass sie ihre Magie sperren lassen und in ein von Werwölfen besiedeltes Dorf gehen musste.

Livs Herz schlug schneller, als sie vor dem Brunnen in der Mitte des Gartens stand. Sie konnte das Bild der knorrig aussehenden Wassernixe, die blutgierig auf sie zukam, nicht aus dem Kopf bekommen. Nachts war sie mehrmals kalt schwitzend erwacht, nachdem sie die Wassernixe mit ihren Seetanghaaren und seltsam schrägen Augen gesehen hatte, die sie angreifen wollte. Sie war nicht das übelste Monster, mit dem Liv je konfrontiert war – das waren definitiv die Dämonen – aber Dämonen lebten auch nicht im Haus der Sieben, wo ihre Schwester oft spielte.

Liv ließ so viel Platz wie möglich zwischen sich und dem Brunnen und ging auf die andere Seite des Gartens, in dem Statuen standen.

Als sie noch klein waren, hatte sie Clark Geschichten darüber erzählt, wie all die verschiedenen Statuen dort entstanden waren.

»Der Zentaur hat einmal versucht, unseren Urgroßvater Vernon Beaufont herauszufordern«, hatte sie ihrem Bruder konspirativ zugeflüstert. »Sie kämpften und als der Zentaur sein Schwert in die Brust unseres Urgroßvaters stoßen wollte, ließ er ihn zu der Statue erstarren.«

Dann gab es noch den Gnom, der einem Krieger in einer Kneipe eine schwere Zeit bereitet und sich deshalb in eine Statue verwandelt hatte und den Elf, der nicht aufhören wollte, über Hydrokulturen zu reden und zu einer Skulptur gemacht wurde, um ihn zum Schweigen zu bringen. Sie hatte sich für jede der Gestalten im Garten eine Geschichte ausgedacht.

Als sie die Gesichter studierte, verspürte Liv die Sehnsucht nach ihrer Kindheit und einfacheren Zeiten. Sie hoffte, Sophia hätte das jetzt, obwohl die Dinge für ihre Schwester anders waren. Sie war in einer eigenartigen Zeit aufgewachsen, ohne Eltern, die sie mit bedingungsloser Liebe und Zuneigung überschütteten. Liv hoffte, dass Sophia noch genug Aufmerksamkeit bekam, obwohl es schwer zu sagen war, da sie nie etwas anderes als glücklich war. Die kleine Magierin wusste nicht, wie sie sich beschweren sollte.

»Ich kenne ein paar Magier, die ein oder zwei Dinge von Sophia lernen könnten«, sagte Liv zu der nachdenklichen Statue des Fae, die aussah, als würde er versuchen, sich an ein wenig Poesie zu erinnern.

Sie marschierte an den Statuen von vier Feen vorbei, die Zwiebeln pflanzten, von Sterblichen, die Bücher lasen und weiter zu der Skulptur des Magiers, den Liv immer Maximus genannt hatte. Er hatte sein Langschwert gezogen, als wolle er sich duellieren und ein eifriges Funkeln war in seinen steinernen Augen zu erkennen.

Liv zog Bellator und verbeugte sich vor der Statue, wie sie es bei Akio tat bevor sie kämpften.

»Es ist Zeit für dich, den ultimativen Preis für dein Fehlverhalten zu zahlen, Maximus«, erklärte Liv und zeigte mit ihrem Schwert auf ihn. Dann senkte sie es leicht ab und betrachtete ihn mit Neugierde. »Wenn das überhaupt dein richtiger Name ist, du Schurke.«

Liv drehte sich und schlug Bellator gegen das Steinschwert, aber nicht hart genug, um Schaden anzurichten. Dann, als ob die Statue ihren Angriff pariert hätte, reagierte sie mit einem Block, drehte sich auf ihren Zehenspitzen und duckte sich.

Liv nahm das Flattern eines Feenflügels in ihrem seitlichen Blickfeld wahr. Da sie wusste, dass die Statuen nicht verzaubert waren, um lebensecht zu wirken, drehte sie sich um, senkte ihr Schwert und betrachtete die kleine Statue mit Anerkennung.

»Gut gemacht«, lobte Liv und verbeugte sich vor der Fee. »Ich habe vergessen, dass es nur drei Feen sein sollten und nicht vier.«

Vor ihren Augen verschwand der graue Stein der Statue und Sophia Beaufont nahm Gestalt an. Ihre Verkleidung schmolz dahin und enthüllte die wahre Gestalt des kleinen Mädchens. Sie trug ihr langes blondes Haar in einem Pferdeschwanz, gebunden mit einer großen roten Schleife, die perfekt zu dem rot-weiß karierten Kleid passte, das sie trug. Sie knickste, ein Kichern kam über ihre Lippen.

»Es war ein Glück, dass du in diesen Teil des Gartens gekommen bist«, meinte Sophia. »Ich glaube nicht, dass ich diese Verkleidung lange hätte beibehalten können.«

Liv sah sich um, um sicherzustellen, dass sie allein waren und niemand gesehen hatte, wie Sophia sich verwandelt hatte. »Und hat dir die kleine Show gefallen, die ich für dich abgezogen habe?«

Sophia nickte. »Obwohl ich den Magier gerne zum Leben erweckt hätte. Dein Gesicht zu sehen, wenn er einen deiner Angriffe abgewehrt hätte, wäre toll gewesen.«

Liv steckte ihr Schwert mit einem Lachen zurück in die Scheide. »Ich hätte ihm womöglich noch den Kopf abgeschlagen und dann wären wir wirklich in Erklärungsnot gekommen.«

Sie reichte Sophia ihre Hand, die Schwestern gingen die langen Reihen von Formschnittbüschen entlang und beobachteten die Vögel, die in den Büschen flatterten. Clark hatte Sophia bereits erzählt, was sie in der Alten Kammer erfahren hatten. Es war viel für ein kleines Mädchen gewesen, alles zu verstehen, aber Sophia konnte gut damit umgehen. Nicht nur das, sie hatte auch Fragen gestellt, die Liv noch nicht bedacht hatte.

»Fragst du dich nicht auch, was genau Mom und Dad gewusst haben, bevor sie starben? Wie viel von der geheimen Wahrheit hatten sie wohl schon aufgedeckt?«, fragte Sophia nun flüsternd, obwohl Liv sie in einen Schallschutz-Zauber gehüllt hatte. »Oder was Ian und Reese wussten oder getan hatten? Sie mussten auf jeden Fall so viel wissen wie du jetzt, basierend auf den Hinweisen, die sie hinterlassen haben, wie den Ring und Reeses Botschaft. Aber ich frage mich, wie viel mehr sie wussten und was es noch zu entdecken gibt.«

Liv nickte, nachdem sie sich in letzter Zeit von dieser Möglichkeit überfordert gefühlt hatte. »Vielleicht muss ich noch etwas recherchieren«, sagte sie und plötzlich kam ihr ein Gedanke. »Ich könnte zum Strandhaus gehen, wo …«

»Ist das auch sicher?«, fragte Sophia.

»Nun, es war unser Haus und das Land ist immer noch in Familienbesitz«, begründete Liv. Das Haus, in dem Ian und Reese gestorben waren, war anscheinend niedergebrannt und es war nichts übrig geblieben. Clark hatte sie gefunden, oder besser gesagt, was übrig war, aber er war zu schockiert gewesen, alles genau zu untersuchen.

»Es lohnt sich immer nachzuschauen«, sagte Liv. »Und wenn ich dort nichts finde, könnte ich jederzeit zum Matterhorn gehen. Mom und Dad waren aus einem bestimmten Grund da, als sie starben und ich glaube nicht, dass es daran lag, dass sie unbedingt wandern gehen wollten.«

Sophia nickte. »Ja, das ergibt Sinn und könnte dich in die richtige Richtung führen. Aber du musst vorsichtig sein.«

Liv drückte die Hand ihrer Schwester während sie gingen. »Keine Sorge. Mir wird nichts passieren. Ich werde es nicht zulassen.« Das war ein mutiges Versprechen, aber es war das, was Sophia verdiente zu hören und Liv würde alles tun, ihr Wort zu halten. Sie dachte oft, dass es ihre reine Entschlossenheit war, um des Lebens ihrer Schwester und ihres Bruders willen zu überleben, die sie aus den wirklich schwierigen Situationen herausgeholt hatte.

»Allerdings muss ein Ausflug zum Strandhaus oder sonst wohin wohl noch eine Weile warten«, erklärte Liv. »Zuerst muss ich mich mit ein paar Werwölfen anfreunden.«

Während sie weiter durch den Garten schlenderten, erzählte Liv ihrer Schwester von dem Fall, der ihr gerade zugewiesen wurde. Zu ihrer Erleichterung wirkte Sophia nicht beunruhigt. Ihre Fälle mit der kleinen Magierin zu bereden und gleichzeitig immer zu versprechen, nach jeder Mission zurückzukehren, war nicht einfach, aber Sophia verdiente ihre Ehrlichkeit. Wenn sie anfing, Dinge von sich zu verschweigen, konnte sie davon ausgehen, dass sie sich eines Tages revanchieren würde – und es war wichtig für Liv, dass Sophia offen zu ihr war, besonders wenn sie älter wurde.

»Glaubst du, Bellator wird einen Einfluss auf die Werwölfe haben, wie es bei Dämonen der Fall war?«, fragte Sophia und beobachtete, wie eine Drossel Spatzen von einer Futterstelle verjagte.

»Möglicherweise«, antwortete Liv und fuhr liebevoll mit ihrer Hand über den Griff des Schwertes an ihrer Seite. »Ehrlich gesagt, muss ich etwas über Werwölfe recherchieren und ihre Schwächen herausfinden und so weiter.«

»Du könntest auch versuchen, einfach Rory danach zu fragen«, sagte Sophia. »Er sollte es wissen und könnte es dir sagen.»

Liv lachte. »Wenn ich ihm erzähle, dass ich ohne Magie in ein Dorf mit Werwölfen gehen will, sperrt er mich bestimmt ein.«

»Clark macht sich auch Sorgen, weil du diesen Fall übernimmst«, gab Sophia zu. »Er hat nichts gesagt und wollte mir auch nicht erzählen worum es geht, aber ich weiß es, wenn er sich über etwas Sorgen macht, weil er dann in seinem Rosenkohl herumstochert, statt ihn vor allem anderen auf dem Teller zu verschlingen.«

Liv schnitt Grimassen. »Und darin liegt Clarks grundlegendes Problem. Er verputzt Rosenkohl wie ich Nachos.«

Sophia kicherte und zeigte auf eine Sackgasse, in der sich eine von Rosen umgebene Steinbank befand. »Ich habe noch nie Nachos gegessen. Sind die gut? Clark sagt, dass sie keinen Nährwert haben und sehr fettig sind.«

»Sie sind voller guter Inhaltsstoffe, deshalb würde Clark es nicht verstehen, sie zu genießen«, sagte Liv, nahm Platz auf der Bank und genoss die Chance, sich zu entspannen. Sie fühlte sich, als würde ihr Hintern in den Stein sinken und mit ihm zu einer Einheit verschmelzen. »Und ja, Nachos sind am besten. Sie sind vielleicht nicht mit gesunden Nährstoffen überladen, aber manchmal müssen wir auch aus Freude essen und nicht nur, um ausreichend Vitamine und Mineralien aufzunehmen.«

»Wenn du Clark das sagen würdest, könnte er ohnmächtig werden«, antwortete Sophia, während sie im Gras hin und her hüpfte und nicht Platz genommen hatte.

»Ich muss dich irgendwann mal zum Nachosessen ausführen«, versprach Liv. »Es gibt diesen großartigen Ort, der sie so riesig macht wie einen Thanksgiving-Truthahn. Sie haben leicht über viertausend Kalorien, aber das ist für uns Magier kein Problem, da wir unser Gewicht in Käse essen dürften.«

»Fantastisch«, rief Sophia aus. »Ich kann es kaum erwarten, ein paar Nachos mit dir zu teilen.«

Liv schüttelte den Kopf. »Ich habe nie etwas über Teilen gesagt. Du besorgst dir dein eigenes Thanksgiving-Dinner aus Nachos. Wenn ich mir welche hole, bleibt nichts übrig, nicht einmal ein Krümelchen!«

Sophia beugte sich vor und schnüffelte an einer rosa Rose, die so groß war wie ihr Gesicht. »Nun, dann freue ich mich darauf, dir zuzusehen, wie du einen Teller mit Nachos verdrückst.«

Liv nickte feierlich. »Wenn ich von meiner nächsten Mission zurückkomme, hole ich dich ab. John kann sich uns anschließen, wenn du willst.«

»Okay, sicher«, sagte Sophia, aber sie klang nicht mehr so munter wie kurz zuvor.

Liv schürzte ihre Lippen und wollte aufstehen, fand sich aber auf der Bank wieder. »Das ist seltsam«, sagte sie und fragte sich, ob sie sich in einen Kaugummi gesetzt hatte. Einen wirklich starken Kaugummi, aus Zement.

»Was ist seltsam?«, sagte Sophia und roch wieder an der Rose, ihr Gesicht färbte sich ebenfalls rosa, passend dazu.

»Ich kann nicht aufstehen«, erklärte Liv.

»Das ist seltsam.« Sophia kam zu Liv. Sie konnte die Schuld in der Stimme ihrer Schwester förmlich hören und sie war wahrscheinlich auch auf dem Gesicht des Mädchens deutlich zu sehen.

»Soph?«, mahnte Liv und zog den Namen in die Länge. »Was hast du getan?«

»Nichts …«

»Soph?«

Sophia drehte sich um und verbarg ihr Gesicht teilweise unter ihren Händen. »Nun, du hast gesagt, dass Rory dich wahrscheinlich einsperren würde, wenn er wüsste, dass du auf eine so gefährliche Mission gehst und dann habe ich mir gedacht, dass ich es vielleicht auch sollte. Ich kann nicht zulassen, dass dir etwas passiert.«

Liv verstand. Sie wollte ehrlich und offen zu Sophia sein, aber es gab kein Versprechen, das sie ihr geben konnte, um sie davon abzuhalten, sich Sorgen zu machen. Sie war ein Mädchen, das so viel verloren hatte. Ihr Glaube an Versprechungen war wahrscheinlich nicht sonderlich gut ausgeprägt.

»Ich weiß, dass du willst, dass ich in Sicherheit bin, aber meinen Hintern auf eine harte Bank zu pflastern, ist nicht der richtige Weg das zu erreichen«, sagte Liv nachdenklich.

»Es ist wahr, dass ich losgehen und Gefahren ausgesetzt sein werde, aber ich werde klug handeln. Ich habe Bellator und ich verspreche, dass ich alles tun werde, was ich kann, um sicher zu dir zurückzukehren, aber ich komme um meine Missionen nicht herum. Eines Tages, wenn du selbst eine Kriegerin bist, wirst du genau wissen was ich meine.«

»Und du wirst dir wahrscheinlich auch Sorgen um mich machen«, schloss Sophia, drehte ihren Finger in der Luft und machte den Zauber rückgängig, den sie benutzt hatte, um Liv auf der Bank festzuhalten.

»Eines Tages, wenn du eine Kriegerin bist, hoffe ich, dass die Welt ein anderer Ort ist und die Gefahren geringer und die Ressourcen größer sind«, wagte Liv einen Blick in die Zukunft und stand auf. Sie schenkte Sophia ein zärtliches Lächeln. »Aber ja, egal was passiert, ich mache mir Sorgen um dich. Das ist es, was die Familie tut. *Familia est sempiternum.*«

Kapitel 8

Das Summen und die Hektik in der Roya Lane erfüllte Liv mit einem überraschenden Gefühl der Nostalgie. Es war komisch, dass sie diesen Ort mit all seinen Besonderheiten in so kurzer Zeit so lieb gewonnen hatte.

Gerüche von seltsamen Kräutern wehten aus einem Laden, in dem eine alte Gnomenfrau ein paar Elfen anschrie, weil sie zu viele Proben genommen hatten. Ein Wagen, der von einem runden Magier geführt wurde, bot Mini-Gugelhupf-Kuchen an, die alles wachsen ließen, von den Haaren bis hin zum Reichtum. Auf der anderen Straßenseite befand sich der Kerzenladen eines Hippie-Elfen, der in der geöffneten Tür einen Bauchtanz aufführte und die Besucher einlud, »einzutreten und ihr Potenzial durch Anzünden eines Feuers zu erschließen«.

Liv behielt den Kopf unten und ihr Gesicht teilweise von der Kapuze bedeckt. Sie war dort, um Mortimer wegen Informationen zu besuchen, obwohl sie halbwegs damit gerechnet hatte, Rudolf irgendwo auf der Straße zu treffen. Er war bei all ihren anderen Besuchen dort gewesen.

»Ist es nicht verrückt, dass ich ausgerechnet immer dann auftauche, wenn du an mich denkst?«, fragte Rudolf, der plötzlich neben ihr erschien und einen Arm um ihre Schulter legte.

Liv zuckte mit den Schultern und verzog das Gesicht. »Es ist gruselig. Wie machst du das?«

Der Fae trug eine lilafarbene Tunika, die in einem starken Kontrast zu seinen großen, kastanienbraunen Flügeln stand. Die neu entstandenen Falten in seinem Gesicht und das Grau in seinem Haar passten allerdings gut zu ihm, sodass er irgendwie anders aussah – obwohl sie ihm das nie sagen würde. Sie hatte auch nicht vor, ihm zu sagen, dass sie beeindruckt war, dass er hundert Jahre seines Lebens geopfert hatte, um die Sterbliche zurückzuholen, die er Liv hatte aus dem Brunnen im Garten im Haus der Sieben retten lassen.

»Es ist ein Verflechtungszauber, den ich vor langer Zeit gewirkt habe, sodass ich immer weiß, wer an mich denkt«, sagte Rudolf und zitterte. »Ich freue mich darauf, wenn er nachlässt. Überraschenderweise gibt es viele da draußen, die nicht so liebevoll an mich denken.«

»Schockierend«, bemerkte Liv.

»Ich weiß, oder?«, antwortete Rudolf. »Jedenfalls funktioniert er zum Glück nur, wenn ich in der Nähe bin und zum Glück für dich war ich heute zufällig auf der Straße.«

»Ich Glückspilz«, kommentierte Liv trocken.

»Das bist du wirklich, denn ich bin nur noch selten hier«, erklärte Rudolf.

»Du warst immer in der Roya Lane, wenn ich hergekommen bin«, argumentierte Liv.

»Ja, aber das war, bevor du geholfen hast, Serena, die Liebe meines Lebens zurückzubringen«, vermittelte Rudolf. »Siehst du, ich war immer hier, um einen Weg zu finden, in das Haus der Sieben zu gelangen, obwohl ich ein Feind war, damit ich ihren Körper bekommen konnte. Ich versuchte auch zu verstehen, wie der Erweckungsstein funktioniert oder wie man ihn von Papa Creola holen könnte.«

»Also hast du hier deine Zeit damit verbracht, nach Wegen zu suchen, wie du eine andere Person zurückholen kannst?«, fragte Liv schockiert. »Du hast tatsächlich etwas Selbstloses getan? Das zu verdauen, wird einige Zeit in Anspruch nehmen.«

»Ich bin ein sehr selbstloser Mensch, wie du feststellen wirst.«

»Und wirklich bescheiden.«

»Danke«, sagte Rudolf und verneigte sich leicht. »Also, was machst du heute in der Roya Lane?«

»Ich gehe zu Mortimer«, sagte Liv. Sie war sich nicht sicher, ob der Brownie helfen konnte, aber sie vertraute ihm, was das Wichtigste war.

»Du bist sehr angetan von diesem Brownie, nicht wahr?«, erkundigte sich Rudolf. »Seid ihr beide zusammen?«

Liv schüttelte entsetzt den Kopf. »Du bist verrückt.«

»Nun, keine Sorge, ich bin sicher, er wird dich bald fragen«, antwortete Rudolf. »Hast du darüber nachgedacht, die Kapuze loszuwerden? Sie verleiht dir diese dunkle, unheilvolle, serienmörderhafte Stimmung.«

»In diesem Fall werde ich sie aufbehalten.« Liv bewegte sich durch verschiedene Gruppen, wobei sie sich bewusst war, dass sie von ihr Notiz nahmen oder zumindest von Rudolf, der etwas extravaganter war als die meisten. »Warum bist du jetzt hier, wenn du normalerweise nur in die Roya Lane gekommen bist, um Informationen darüber zu bekommen, wie man Serena wiederbelebt? Immerhin ist sie doch zurück.«

»Tolle Frage!«, rief Rudolf aus. »Die Liebe meines Lebens hat einen Ausschlag von unseren …«

Liv legte die Hände über die Ohren und schüttelte den Kopf. »Beende den Satz nicht, sonst haue ich dir aufs Maul.«

Er schüttelte den Kopf. »Magier sind so verkrampft. Wie auch immer, ich bin froh, dass ich sie nicht mitgebracht habe.

Wenn sie dich sehen würde, dann wärst du diejenige, die einen Schlag in die Fresse bekommt.«

Liv runzelte ihre Stirn. »Warum sollte sie das tun?«

Rudolf lachte laut. »Nun, weil ich keine Geheimnisse vor ihr habe. Ich habe ihr erzählt, dass du von mir besessen bist und es schwer für dich ist, deine Hände von mir zu lassen.«

Liv nickte. »Ja, das ergibt jetzt Sinn. Hast du ihr auch erzählt, dass es, wenn ich gesagt habe, dass ich Hand bei dir anlegen würde, normalerweise darum ging, dich in den Schwitzkasten zu nehmen? Und von wegen besessen, ich brauchte deine Hilfe bei meinem Familienerbstück!«

Rudolf winkte ab. »Das sind langweilige Details. Wenn du willst, dass ich dir beibringe, wie man eine Geschichte erfindet, die die Leute hören wollen, lass es mich wissen. Es geht nur darum, wie man die Fakten darstellt. Ich benutze gerne einen kleinen Pinsel und ...«

»Und eine Menge Blödsinn?«, schlug Liv hilfreich vor.

»Wie auch immer, Serena ist zu Hause, schmückt es mit ihrem Strahlen und gewöhnt sich an das aktuelle Jahrhundert«, sagte Rudolf.

»Sie könnte sowieso nicht in die Roya Lane kommen, oder?«, formulierte Liv einen Gedanken, der ihr in den Sinn kam.

»Nein. Ich meine, technisch gesehen könnte sie es, wenn sie durch eines meiner Portale käme, aber es würde zu einer Störung führen«, erklärte Rudolf. »Die meisten glauben nicht, dass dies ein Ort für Sterbliche ist und in vielerlei Hinsicht stimme ich zu.«

»Also Serena ... war sie immer in der Lage, deine Magie zu sehen?«, fragte Liv und versuchte immer noch, herauszufinden, warum einige Sterbliche, wie John, Magie sehen konnten und andere nicht.

Rudolf dachte einen Moment nach. »Nein, das konnte sie noch nie. Das war ein Grund, warum ich wusste, dass sie mich um meinetwegen liebt. Es ist nicht mein Glamour oder meine Fähigkeit, Gold mit einfachen Zaubersprüchen zu erschaffen. Serena sieht mich als Sterblichen, obwohl ich erklärt habe, dass ich ganz anders bin.«

»Und denkt sie, dass du verrückt bist?«, fragte Liv.

Rudolf sah sie beleidigt an. »Nein, sie glaubt mir absolut. Ich *habe* sie von den Toten auferweckt.«

»Technisch gesehen habe ich dabei geholfen«, gab Liv zu bedenken.

»Technisch gesehen, aber niemand muss davon erfahren, besonders sie nicht.«

Liv seufzte. »Also, obwohl sie deiner Magie oft ausgesetzt war, sieht sie diese immer noch nicht?«

»Nein und denk daran, was ich erfahren habe, als ich die Erinnerungen in deinem Ring befreit habe«, begann Rudolf. »Früher konnten Sterbliche Magie sehen, aber sie können es nicht mehr. So war es immer … oder dachte ich zumindest.«

Liv kratzte sich am Kopf. Das ergab keinen Sinn. Warum konnte John Magie sehen, wenn sie in seiner Nähe angewendet wurde, aber Serena nicht? Was war der Unterschied? Sie brauchte definitiv mehr Informationen.

»Also, ich habe etwas für dich.« Rudolf zog einen kleinen Stein aus seiner Tasche und reichte ihn ihr. »Ich habe das Versprechen nicht vergessen, das ich dir gegeben habe, nachdem du Serena geholt hattest. Ich habe vor, das zurückzuzahlen, was du für mich getan hast. Für uns.«

»Mit einem dummen Stein?« Liv nahm ihn und hielt ihn mit spöttischer Zuneigung nahe an ihre Brust. »Danke. Das hättest du wirklich nicht tun müssen.«

Rudolfs Erleichterung verpuffte mit einem Mal. »Gefällt er dir etwa nicht?«

»Nun, eine Geschenkverpackung hätte bei der Präsentation helfen können.«

»Oh, du weißt nicht, was ich dir gegeben habe«, rief Rudolf aus. »Ich vergesse immer, dass du in einer geschützten Hütte an der West Side aufgewachsen bist.«

»Du meinst das Haus der Sieben in Santa Monica?«, fragte Liv.

»Ja, ja«, seufzte Rudolf. »Wie auch immer, mit diesem praktischen und süßen Gegenstand kannst du mich jederzeit an deine Seite rufen.«

»Handys können das auch, weißt du?«

Rudolf schüttelte den Kopf. »Das ist etwas anderes.«

»Früher, als du mir erklären musstest, warum ich ein totes Mädchen aus dem Brunnen holen sollte, habe ich dich einfach angerufen und du bist aufgetaucht.«

»Das ist etwas anderes.«

»Und vor einer Minute dachte ich an dich und du bist aufgetaucht«, argumentierte Liv.

»Aber noch einmal, ich musste in unmittelbarer Nähe sein, während der Herbeiruf-Stein auf der ganzen Welt funktioniert«, belehrte Rudolf. »Alles, was du tun musst, ist, den Stein in der Hand zu halten und zu sagen: ›Mein schöner Rudolf, komm zu mir‹.«

Liv nickte so, als wäre das völlig unmöglich. »Was mache ich, nachdem ich gekotzt habe?«

Er schüttelte den Kopf. »Okay, wie auch immer die Version dieses Satzes lauten mag, es wird funktionieren. Ich schwöre, es wird wunderbar. Selbst, wenn du keinen Handyempfang hast oder ich in einer prekären Position beim Sex bin.«

»Nein! Nein! Nein! Kopfkino!«, schrie Liv laut, bedeckte ihre Ohren wieder und zog die Aufmerksamkeit der in der Nähe befindlichen Gruppen auf sich.

Rudolf rollte mit den Augen. »Der Punkt ist, dass der Herbeiruf-Stein mich direkt an deine Seite holen wird, egal was ich tue oder wo ich bin. Die Entfernung spielt keine Rolle.«

»Bist du speziell angezogen, wenn ich dich rufe? Oder genau so, wie du gerade bist?«, erkundigte sich Liv.

»So ist es, in der Tat!«, sagte Rudolf ihr voller Stolz.

»Cool. Also von heute an: bleibe immer angezogen!«

»Oh, du bist so verklemmt«, maulte Rudolf.

»Nein, es ist nur, dass ich nur ein einziges Paar Augen habe«, erklärte Liv.

»Nun, das so wunderbar durchdachte Geschenk gebe ich dir von Herzen gern.«

»Ich habe mich noch nicht bedankt … oder vielleicht tue ich es nie.«

Rudolf ging schneller und entfernte sich durch die Menge von ihr. »Das wirst du. Eines Tages werde ich für dich da sein und du für mich. Bis dahin, Liv Beaufont, Kriegerin des Hauses der Sieben.«

Er winkte und verschwand in der Horde der Wesen.

Liv schüttelte den Kopf und stand vor dem Ort, an dem sich das Brownie-Büro befand. Sie schob den magischen Stein mit der Gewissheit in die Tasche ihres Umhangs neben die Fleißige-Biene-Haarnadel, dass sie ihn nie benutzen würde. Warum sollte sie Rudolf jemals rufen, wenn sie sich nicht unbedingt ärgern wollte?

Kapitel 9

Der staubige Flur, der zu Mortimers Büro führte, überraschte sie nicht. Liv musste sich ducken, um den Spinnweben zu entgehen und zog wegen der Menge an Schmutz, der sich um die Leuchten angesammelt hatte, eine Grimasse.

Eine Überraschung *war allerdings* das Aussehen des Brownie, als sie die Tür zu seinem Büro öffnete. Im Raum herrschte immer noch ein komplettes Durcheinander, mit Stapeln von ungeordneten Papieren überall. Wie auch immer, Mortimer sah … nett aus. Die Haare, die normalerweise aus seinen großen Ohren sprossen, waren verschwunden, ebenso wie die Büschel, die unter dem Kragen seines Hemdes immer hervorlugten. Er hatte sogar etwas Gewicht verloren, was wahrscheinlich der Grund dafür war, dass sein Anzug so neu aussah.

»Ähmmmm … Ich suche nach Mortimer«, scherzte Liv. »Hast du ihn gesehen?«

Er strahlte. »Ich bin es, Liv Beaufont, Kriegerin des Hauses der Sieben. Erkennst du mich nicht?«

Sie blinzelte ihm zu und beugte sich nach vorne, um nicht mit dem Kopf an die Decke zu stoßen. »Nein, das kann nicht sein! Du bist sein jüngerer Bruder oder Cousin, richtig?«

Er schüttelte den Kopf. »Nein, ich bin es, der gute alte Mortimer. Ich achte jetzt nur mehr auf mich selbst.«

»Wow«, staunte Liv. »Aber weshalb die plötzliche Veränderung?«

»Nun, du erinnerst dich an das letzte Mal, als du hier warst, oder?«

Das Lächeln auf Livs Gesicht verschwand, als sie sich an die Ereignisse erinnerte, die bei ihrem letzten Besuch bei Mortimer geschehen waren. »Oh, nein. Das liegt nicht daran, dass dieser begriffsstutzige Fae etwas darüber sagte, dass du haarig wärst, oder?«

»Doch, tut es«, quietschte der Brownie.

Liv rollte entnervt mit den Augen. »Warum solltest du alles, was dieser Schnösel sagt, ernst nehmen? Er hat nicht nur nicht alle Tassen im Schrank, auch der Schrank ist im Eimer!«

Mortimer errötete. »Danke für die freundlichen Worte, aber Rudolf gilt als einer der attraktivsten Fae und das sagt viel aus.«

Liv wurde blass und versuchte herauszufinden, was an dem, was sie gerade gesagt hatte, nett war. Manchmal fühlte sie sich wie die Einzige in der magischen Welt, die nicht unter Drogen stand. »Es spielt keine Rolle, ob er attraktiv ist. Du solltest nicht ändern, wer du bist, nur weil er gesagt hat, dass du haarig bist oder so.«

Mortimer schüttelte den Kopf. »Das ist in Ordnung. Ich wollte schon seit einer Weile etwas von meinem zusätzlichen Haar loswerden. Ich werde dir nicht sagen, wie oft mein Duschablauf verstopft ist.«

»Es aus praktischen Gründen zu tun, ergibt für mich Sinn«, sagte Liv.

»Außerdem habe ich ein neues Profil auf Latch.com.«

»Was ist denn das?«, fragte Liv.

»Das ist eine Dating-Seite für Brownies«, erklärte Mortimer. »Ich denke, ich arbeite zu viel und habe Angst, dass ich etwas versäumen könnte.«

Liv stimmte mit einem Nicken zu. »Hast du darüber nachgedacht, dir eine Assistentin zuzulegen? Vielleicht jemand, der bei der Ablage hilft? Dann müsstest du nicht so viel arbeiten.« Sie starrte auf die vielen Stapel von Papieren, die überall herumlagen.

»Das ist eine brillante Idee«, freute sich Mortimer. »Ich wünschte, du hättest das schon viel früher vorgeschlagen.«

Liv neigte ihren Kopf zur Seite. »Warte, du hast noch nie daran gedacht, einen Assistenten einzustellen? Du teilst die Brownies in Haushalte auf der ganzen Welt ein!«

»Ja, aber so war es schon immer. Es gibt einen einzigen Boss für Tausende von Brownies.«

»Eure Organisationsstruktur scheint etwas dünn zu sein«, kommentierte Liv ihre Beobachtungen. »Vielleicht fängst du mit einer Sekretärin an und überlegst dann, ob du ein paar Regionalmanager einstellen möchtest. Dann hättest du mehr Zeit, ins Fitnessstudio zu gehen, eine Gesichtsbehandlung zu genießen oder ein Mädchen zu einer Verabredung einzuladen.«

Er nickte und schien diese Ideen zu mögen. »Ich hätte das nie zuvor in Betracht gezogen, aber ich merke, dass ich irgendwann stehen geblieben bin. Ich denke auch daran, das Büro ein wenig aufzupeppen.«

»Durch Staubwischen?«, fragte Liv hoffnungsvoll und fühlte das Niesen, das gleich einsetzen würde, in ihrer Nase kribbeln.

Mortimer sah sie schockiert an. »Zeit ist kein Luxusgut, liebes Kind. Nein, ich dachte daran, vielleicht ein oder zwei Fenster einzubauen. Es ist dunkel hier drin.«

Liv zuckte mit den Schultern. Natürliches Licht wäre tatsächlich eine Verbesserung.

»Das ist aber nicht der Grund, warum du hier bist, nur um von meinen Renovierungsplänen zu hören«, meinte

Mortimer, lehnte sich in seinem Stuhl zurück und kreuzte die Hände über seinem Bauch. »Was führt dich in mein Büro, Liv Beaufont?«

Sie hatte darüber gründlich nachgedacht. Ihre Familie war wegen allem, was sie wusste, getötet und Bermuda bedroht worden. Es gab jemanden da draußen, möglicherweise viele Leute, die nicht wollten, dass die Wahrheit über das Haus in der Welt bekannt wurde. Doch egal wie sie es betrachtete, Liv konnte nicht glauben, dass Mortimer eine Bedrohung darstellen sollte. Musste sie ihm alles sagen? Nein. Aber brauchte sie seine Hilfe? Ja, höchstwahrscheinlich.

Um zu überleben, musste Liv vorsichtig sein und auch sorgfältig wählen, wem sie vertrauen konnte. Vielleicht hatten sich ihre Eltern den falschen Leuten anvertraut. Vielleicht hatten sie es niemandem gesagt und stattdessen selbst gesucht, was unnötigen Verdacht auf sie zog. Es war schwer zu sagen, aber sie glaubte, dass sie ihrem Instinkt folgen musste.

»Ich hatte gehofft, dass du mir bei etwas helfen könntest«, begann sie.

»Natürlich«, sagte Mortimer sofort. »Wir sind dir immer zu Diensten. Wie kann ich dir diesmal helfen?«

»Wie lange dienst du schon Sterblichen?«, fragte Liv.

Er dachte einen Moment nach. »Nun, ich habe den Überblick verloren, nicht wahr? Ich schätze, es sind schon ein paar Jahrhunderte vergangen. Ich habe es von meinem Vater übernommen, der es von seinem übernommen hatte.« Er schlug sich mit der Hand auf die Stirn. »Oje, ich gehe besser schneller auf ein Rendezvous, als ich geplant habe. Andernfalls, wer sollte eines Tages für mich übernehmen?«

»Ist es jetzt das erste Mal, dass du dir über deine Nachfolge Gedanken machst?«, wollte Liv skeptisch wissen.

»Nun, ich wusste immer, dass ich mir irgendwann darüber Gedanken machen sollte, aber ich dachte, ich hätte noch Zeit«, antwortete Mortimer, seine Worte klangen hektisch, während er die Papiere auf seinem Schreibtisch durchsah. »Aber jetzt, wo mir Väterchen Zeit im Nacken sitzt und all die anderen Sorgen, frage ich mich, ob ich die Dinge zu lange hinausgeschoben habe.«

»Papa Creola hat dich belästigt?«, wunderte sich Liv.

»Wer?« Mortimers Gesichtszüge verzogen sich vor Verwirrung.

Liv schüttelte den Kopf. »Wie auch immer, also bist du schon eine Weile in dieser Position. Das war es, was ich vermutet habe. Erinnerst du dich daran, dass Sterbliche jemals von Magie wussten?«

Als Mortimer nicht sofort reagierte, spannte sich Liv an und fragte sich, ob sie die richtige Wahl getroffen hatte.

Das Lachen des Brownie brach ihre Spannung. »Zuckersüße Liv Beaufont, Sterbliche wissen nichts von Magie. Sie können sie aus irgendeinem Grund nicht sehen. Ich kann dir nicht sagen, wie viele meiner Brownies direkt vor ihrer Nase rausgegangen sind, wenn sie zu einer unerwarteten Zeit aufgestanden waren. Die Sterblichen sprangen in die Luft und dachten, sie hätten einen Käfer oder eine Maus oder was auch immer gesehen, aber einen Moment später nahmen sie an, dass ihre müden Augen ihnen Streiche spielen würden und vergaßen die ganze Sache.«

Liv nickte. »Genau das habe ich vermutet.«

Mortimer lehnte sich nach vorne. »Kennst du einen Sterblichen, der Magie sehen kann? Tut es dein John?«

Liv kaute an ihrer Lippe. »Er kann, aber keine Sorge, er hat die Brownies nicht gesehen, die den Laden oder seine Wohnung putzen.«

Mortimer stieß einen Atemzug aus. »Das ist eine Erleichterung.« Einen Moment später fügte er hinzu: »Was für ein seltsamer Kerl ist er doch, wenn er Magie sehen kann. Glaubst du, er ist ein Halbmagier?«

Das hatte Liv nicht bedacht. »Ich weiß nicht. Das glaube ich aber nicht.« Die Idee löste jedoch einen anderen Knoten. John konnte Magie sehen, aber Serena nicht, obwohl beide ihr ausgiebig ausgesetzt waren. Es musste einen Grund dafür geben.

Mortimer stimmte mit einem Nicken zu. »Ich glaube auch nicht daran, das er einer ist. Brownies haben eine Möglichkeit, zwischen Sterblichen und Magiern zu unterscheiden und ich nehme an, wir hätten die Anzeichen bemerkt. Wenn er einer wäre, würden wir ihm nicht dienen.«

Wenn Mortimer nicht wusste, dass Sterbliche einst Magie sehen konnten, dann waren ihre Annahmen richtig. Welcher Gedächtniszauber auch immer auf die magischen Kreaturen einwirkte, war absolut. Er hatte ausgelöscht, dass Sterbliche Magie in ihrem Leben sehen konnten und auch die Geschichtsbücher geändert.

»Mortimer«, begann Liv, »Ich will herausfinden, warum John Magie sehen kann, aber andere Sterbliche nicht. Es ist keine so große Sache, aber es ist trotzdem von Interesse für mich. Kennst du jemanden, der mir helfen könnte, das zu erforschen? Vielleicht ein Vergleich, wie Johns Gehirn im Verhältnis zu dem anderer Sterblicher funktioniert?«

Der Brownie trommelte mit den Fingern auf seine Lippen, dachte nach, zog dann seine Schublade auf und stöberte in ihr herum. Liv dachte, er würde eine Karte herausziehen, wie er es getan hatte, als er sie zu Renswick, dem Experten für Dämonen, geschickt hatte. Stattdessen holte er ein Päckchen mit Reiswaffeln heraus. Er nahm eine heraus, fing an zu kauen und seine Augen blickten in Gedanken versunken ins Leere.

»Wo sind meine Manieren?« Mortimer bot Liv eine Waffel an, aber sie lehnte dankend ab.

Niemand hatte je ein Verlangen nach Reiswaffeln … oder Sellerie. Das waren Dinge, die Leute nur aßen, um ihren Hunger zu stillen. Zu schade, dass sie keinen Teil ihrer Kalorienzufuhr an den Brownie abgeben konnte. Einen Namen mit einem dekadenten Dessert zu teilen, machte eine Diät für ihn wahrscheinlich noch schwieriger, vermutete Liv.

»Also, um deine Frage zu beantworten«, begann Mortimer, Krümel flogen aus seinem Mund, während er sprach. »Ich habe von einem Elfen gehört, der als Neurowissenschaftler arbeitet. Ich bin mir nicht sicher, ob er helfen kann, aber ich weiß, dass er eine Menge Forschungen über Genetik und Gehirnstruktur betreibt und die beiden vergleicht, um verschiedene Faktoren zu bestimmen. Möchtest du deinen John mitnehmen, wenn du ihn triffst?«

»Ja, aber auch einen anderen Sterblichen«, antwortete Liv und dachte dabei an Serena.

»Großartig«, sagte Mortimer und legte die Reiswaffel mit einem unzufriedenen Blick ab. »Ich werde alles für dich vorbereiten und einer meiner Brownies setzt sich mit dir in Verbindung, wenn es arrangiert ist.«

»Wunderbar«, bedankte sich Liv und ging zurück zur Tür. »Ich weiß deine Hilfe in dieser Sache wirklich zu schätzen. Können wir das für uns behalten?«

Mortimer neigte seinen Kopf leicht. »Wie bei allen Dingen, die wir besprechen – immer, Liv Beaufont. Ich weiß, dass du an mehr als nur an den Aufträgen des Hauses arbeitest und ich begrüße es. Wir wissen nicht, was die neueste

DIE LOYALE FREUNDIN

Kriegerin vorhat, aber wir drücken heimlich für dich in unseren Verstecken die Daumen.«

Liv blinzelte dem Brownie zu. »Danke. Das bedeutet mir viel. Bis zum nächsten Mal, Mortimer.«

»Ich freue mich schon darauf«, quietschte er.

Kapitel 10

Liv schritt den Flur im Haus der Sieben auf und ab und wartete darauf, in die Kammer des Baumes gerufen zu werden. Zum ersten Mal überhaupt war ihr der Zugang verweigert worden, als sie versucht hatte, einen Augenblick zuvor hineinzugehen. Adler hatte sie angeschrien, zu verschwinden und gesagt, sie würden sich um private Geschäfte kümmern. Sie stand regungslos auf der anderen Seite der Tür der Reflexion und starrte die Ratsmitglieder und Emilio und Maria an, die einzigen beiden Krieger in der Kammer. Schließlich hatte Clark gesagt, dass er kommen und sie holen würde, wenn sie fertig waren.

Sie war durch die Tür hinausgetreten, ziemlich sicher, dass das, was in der Kammer des Baumes geschah, nichts mit ihr zu tun hatte – aber absolut etwas war, wovon sie wissen musste.

Seit sie hinausgeworfen worden war, ging Liv den langen Korridor auf und ab und las in den *Mysteriösen Kreaturen*. Aus irgendeinem Grund konnte sie es nicht ertragen, der Schwarzen Leere zu nah zu kommen. Mehr noch als zuvor weckte sie ein seltsames Gefühl des Untergangs in ihr. Sie wollte glauben, dass alles nur in ihrem Kopf stattfand, aber sie hatte viele Leute danach gefragt und keiner hatte gewusst, wovon sie sprach. Sie sahen sie einfach nicht.

Den Nachmittag hatte sie mit Akio beim Sparring verbracht. Als sie fast fertig waren, hatte sie auch ihn nach der Schwarzen Leere gefragt. Er hielt inne und sah sie an, als hätte er sie vielleicht zu oft am Kopf getroffen. Das hatte er in der Tat, aber sie hatte immer noch ihren Verstand beisammen.

»Manchmal, wenn wir etwas sehen, was andere nicht sehen, liegt das daran, dass wir etwas wissen und andere nicht«, hatte er einfach gesagt.

Natürlich wollte er wie immer etwas Rätselhaftes sagen, erkannte sie, nachdem sie über seine Worte nachgedacht hatte. Allerdings hatte sie die Schwarze Leere gesehen, seit sie das Haus der Sieben wieder betreten hatte und das war schon bevor sie die Wahrheit über die sterblichen Sieben erfahren hatte. Sie erinnerte sich nicht daran, die Schwarze Leere als Kind gesehen zu haben, nur dass sie diesen Bereich des Hauses der Sieben nicht gemocht hatte.

Liv versuchte, die seltsamen Gefühle abzuschütteln, mit denen die Schwarze Leere sie zurückgelassen hatte und auf später zu verschieben, während sie den Flur hinunterging und weiter in ihrem Buch las.

Werwölfe, so Bermuda Laurens, waren nicht so zu fürchten, wie viele dachten. Sie waren bösartige Tiere, die gezüchtet wurden, um zu töten und zu fressen, aber auch Löwen, Leoparden und Bären waren gefährlich und die meisten hielten sie nicht für Monster. Bermuda argumentierte, dass Werwölfe einfach missverstanden wurden. Sie hatte ebenfalls aufgezeichnet, was Lorenzo darüber gesagt hatte, dass Lupei der Ort war, an dem sie ihren Ursprung hatten. Es war ihr Geburtsort, so wie viele dachten, dass Salem der Geburtsort der Magier war. Das war ein Missverständnis, aber es zeigte, wie stark die Verbindungen zu den Orten der jeweiligen Entstehungsgeschichte waren.

Liv wusste eigentlich nichts darüber, woher die Magier gekommen waren. Sie ging davon aus, dass die Informationen darüber verloren gegangen waren, zusammen mit denen vieler anderer wichtiger Ereignisse. Oder vielleicht waren Magier nur von der Erde, wie die Sterblichen, nicht von einem bestimmten Ort. Werwölfe waren jedoch aufgrund einer komplexen Reihe von Ereignissen im Zusammenhang mit Magie, dem Aufgang des Vollmonds und dem Bestreben der Menschen, etwas in den Magen zu bekommen, entstanden. Eigentlich war es viel komplizierter als das, aber Liv glaubte nicht, dass die Geschichte so wichtig war, wie eine Möglichkeit zur Verteidigung, die sie brauchen würde. Sie benötigte diese Details und studierte, was Bermuda über die Verteidigung gegen einen Werwolf gesagt hatte.

Die meisten Werwölfe waren zahm und den größten Teil des Monats in ihrer normalen Gestalt, erklärte Bermuda in *Mysteriöse Kreaturen*. Einige wählten Lupei jedoch, weil es ihnen dort möglich war, sich jede Nacht zu wandeln, nicht nur bei Vollmond.

Oh, dachte Liv. Das fing an, mehr Sinn zu ergeben. Warum sonst sollten sich ein paar Leute dafür entscheiden, in einer kalten und bedrückenden Gegend zu leben? Sie erkannte sofort, dass ihre Witze dort überhaupt nicht ankommen würden und sie diese besser für sich behalten sollte. Sie hatten einmal einen Stammkunden in Johns Laden namens Andrei, der aus Rumänien kam. Jedes Mal, wenn Liv einen Witz machte, vertiefte sich sein Blick und er sagte: »Das ergibt keinen Sinn. Häng deinen Job nicht an den Nagel. Repariere lieber weiter Kaffeekannen.«

Wenn sich die Werwölfe nachts wandeln konnten, vollkommen unabhängig von der Mondphase, dann musste sie ihre Reise sorgfältig planen. Liv erschrak, als die traurige Realität sie traf: Sie musste wie eine Sterbliche reisen. In einem verdammten Flugzeug! Mit schreienden

Kindern! Und Menschen, die ihren persönlichen Bereich nicht respektierten, zu laut sprachen und mit offenem Mund kauten. Und Dinge wie Thunfischsandwiches in Flugzeugen aßen!

Oh, nein! Das würde sie umbringen!

Sie wollte, dass der Rat ihre Magie sperrte, sobald sie in der Nähe von Lupei war und sie dann wieder entsperrte, sobald sie aus dem Dorf heraus kam, was lange vor Einbruch der Dunkelheit geschehen musste. Hoffentlich würde es nicht lange dauern, bis sie die Namen der Rudelmitglieder und des Alphas herausgefunden hatte.

Liv blätterte die Seite um, um die bildliche Darstellung eines Werwolfs zu finden. Er sah aus, wie sie es erwartet hatte, aufrecht stehend wie ein Mann, aber mit Beinen wie die Hinterläufe eines Wolfes und muskulösen Armen mit langen Krallen an den Händen. Haare bedeckten den Körper dieses Tieres und das Gesicht war mehr wölfisch als menschlich. Liv zitterte bei der Vorstellung, ohne ihre Magie auf eines dieser Monster zu treffen. Sie würde definitiv Pfefferspray und eine Hundepfeife einpacken. Und natürlich auch Bellator.

Ihre Stimmung sank weiter, als sie von der nächsten Seite laut vorlas.

»Die einzige Waffe, die einen Werwolf töten kann, ist Silber. Alles andere wird ihn nur verwunden.«

Damit verschaffte ihr Bellator keinen Vorteil gegenüber den Wölfen. Das bedeutete, dass Liv für ein mögliches Worst-Case-Szenario etwas aus reinem Silber in die Finger bekommen musste. Sie hatte es ernst mit der Einhaltung ihres Versprechens gegenüber Sophia gemeint und ihrer lebendigen Rückkehr. Und außerdem wollte sie wirklich noch nicht sterben.

Zum ersten Mal seit langer Zeit hatte sie ihr Leben irgendwie genossen. Ja, die Dinge waren kompliziert, mit den Geheimnissen des Hauses und der Aufdeckung der verborgenen Geschichte, aber abgesehen davon hatte sie Sophia, Clark und John. Und obwohl er es nie erfahren durfte, war auch Rory zu einem ihrer Lieblingsmenschen geworden. Es gab andere, die sie auch als Freunde betrachtete – eine Gemeinschaft von Menschen, die sie eigentlich gerne um sich herum hatte. Sie war nicht bereit, das aufzugeben und sich ihren Eltern und Geschwistern auf dem Friedhof anzuschließen.

Wieder erinnerte sie sich an das Bild von der Tür der Reflexion und Schuldgefühle machten sich in ihre Kehle breit. Liv war fast glücklich und es fühlte sich alles falsch an. Sie wusste, dass ihre Eltern wollen würden, dass sie glücklich wäre. Sie wären dankbar, wenn sie eine Art Familie gefunden hätte. Aber für sie fühlte es sich falsch an.

Liv versuchte herauszufinden, wo sie eine Silberwaffe bekommen könnte, die gegen einen Werwolf wirken sollte, als sich Clark am Ende des Flurs materialisierte.

»Sie sind jetzt bereit, dich zu empfangen«, sagte er und schaute sie unsicher an.

»Ich habe mich entschieden, meine Magie noch nicht sperren zu lassen«, erklärte Liv. »Ich brauche eine Silberwaffe und ich will nicht wie ein Sterblicher reisen. Kann ich dich anrufen, wenn ich dazu bereit und in der Nähe des Dorfes bin?«

Clark zögerte sichtlich. »Adler wird das nicht gefallen. Er wird eine Ausrede dafür finden, warum es jetzt getan werden muss und er wird wütend sein, dass sie sich Zeit genommen haben, dich zu treffen und du bist einfach abgehauen.«

»Das ist noch ein weiterer Grund dafür, dass ich damit warten werde«, feuerte Liv zurück.

Clark lachte tatsächlich. »Du genießt es wirklich, ihn wütend zu machen, nicht wahr?«

»Es gibt meinem Leben einen Sinn.«

»Der gesamte Rat muss anwesend sein, damit wir deine Magie sperren können«, erklärte Clark.

Liv warf ihm einen skeptischen Blick zu. »Woher weißt du das?«

Clark seufzte. »Weil es so ist, wie es ist. Ohne alle Ratsmitglieder kann die Magie eines Magiers nicht ver- oder entsperrt werden. Warum solltest du das überhaupt infrage stellen?«

Liv konnte es nicht sagen. Es war ihr gerade in den Sinn gekommen, dass es ein wenig seltsam klang. »Nun, dann, wirst du dich mit ihnen abstimmen müssen, um meine Magie morgen zu sperren, wenn ich dich anrufe? Und sie muss vor Einbruch der Dunkelheit in Rumänien wieder entsperrt werden. Die Wölfe wandeln sich jede Nacht, oder zumindest können sie es.«

Clarks Augen weiteten sich, aber er nickte. »Ich werde mein Bestes tun, das zu koordinieren, aber sei vorsichtig. Mir gefällt diese Situation überhaupt nicht.«

»Wir wissen bereits, dass Adler mich tot oder in sämtlichen Einzelteilen haben will«, sagte Liv. »Das ist nur noch ein weiterer Versuch, mich loszuwerden.«

»Deshalb solltest du aufhören, ihn so sehr zu ärgern, besonders nach allem, was wir erfahren haben«, antwortete Clark.

Livs Augen huschten kurz zur Schwarzen Leere. »Ehrlich gesagt, wissen wir nicht, ob Adler dahintersteckt. Er könnte auch nur ein Idiot mit einer Vendetta gegen lustige Leute sein, die fantastische Witze machen.«

»Er hat es offensichtlich auf dich abgesehen«, begründete Clark.

»Und ich vermute nicht, dass sich das ändern wird, wenn ich plötzlich anfange, wie Bianca an ihm zu hängen«, erklärte Liv. »Denk daran, dass es das ist, was ich in meinem Herzen bin, was er nicht mag und das ändert sich nicht. Ich mag seine Art von Regierung nicht und er weiß das. Aber keine Sorge, ich werde von dieser Todesmission und jeder anderen, die er mir entgegenschleudert, zurückkehren.«

Clark nickte, war aber nicht ganz überzeugt.

»Was ist mit den Elfenverhandlungen los?«, erkundigte sich Liv. »Emilio und Maria sind doch gerade dabei?«

»Du weißt, dass ich das nicht mit dir besprechen kann«, seufzte Clark.

»Ich weiß, dass du es *nicht wirst*«, antwortete sie mürrisch.

Er rief den Stock herbei, den sie einmal bei ihm gesehen hatte, als er sie im Laden besucht hatte. Er hatte einen Löwenkopf oben auf und die Handwerkskunst war unglaublich. »Hier, nimm das. Er ist aus reinem Silber.«

»Aber das ist ein Stock«, sagte Liv und studierte das kompliziert geschnitzte Gerät. Er hatte seltsame Muster um den Korpus herum und war auf eine eigenwillige Weise geformt. »Was soll ich tun, einen Werwolf damit zu Tode prügeln?«

»Nein. Er hat mehrere Eigenschaften, die ihn zu einer großartigen Waffe machen«, erklärte Clark. »Ich bevorzuge ihn als Stab, aber er kann sich verändern.«

Er hielt ihn horizontal, zog an beiden Enden und spaltete den Stock in zwei Teile. Im Inneren befanden sich zwei Klingen, die, obwohl sie klein waren, tödlich scharf aussahen.

Livs Mund klappte auf. »Verdammt, das ist knallhart! Ich dachte, du sagtest, es sei kein Schwert im Inneren versteckt?«

»Es ist auch nicht eines«, sagte er schüchtern. »Es sind zwei.«

Liv rollte mit den Augen. »Wann wolltest du mir sagen, dass du so eine tolle Waffe besitzt?«

Clarks Gesicht verdunkelte sich, als er die Schwerter wieder zusammenschob und alles wieder zu einem Stock verband. Sie verschmolzen miteinander und leuchteten leicht. »Er gehörte unserem Vater, also lass bitte nicht zu, dass ihm etwas passiert.«

Liv nickte und fühlte eine Welle des Stolzes, als sie die Waffe nahm.

Kapitel 11

Das Dorf Lupei erschien fast idyllisch, als Liv von der Spitze einer Anhöhe darauf hinunterblickte. Obwohl es höllisch kalt war, war das Tal, in das die strohgedeckten Häuser eingebettet waren, noch grün, sodass es trügerisch wärmer aussah als es war. Man könnte meinen, dass es aus dem strahlend blauen Himmel und üppig grünen Bäumen entstanden war.

Auf den Weiden grasten Schafe und Bauern arbeiteten auf den Feldern. Mitten im Dorf befand sich ein hoher Turm und um ihn herum erstreckten sich Wege, die sich um die verschiedenen Gebäude schlängelten.

Noch täuschender als das malerische Aussehen von Lupei war die Tatsache, dass es von Werwölfen bevölkert war, die es genossen, sich an Touristen und Herumtreibern zu erfreuen. Das war es, was der Bericht aussagte und machte es für Liv etwas besser, weil sie nicht hinter den Dorfbewohnern her waren. Es machte sie jedoch als Außenseiterin zu einem Hauptziel, sollte sie sich nach Einbruch der Dunkelheit noch dort befinden.

Liv nahm den Stock ihres Vaters in die Hand und bereitete sich auf den nächsten Schritt in diesem Plan vor. Es erschien ihr mittlerweile fremd, dass sie ihre Magie über Jahre nicht mehr gewollt hatte und sie eher widerwillig entsperren ließ, als sie ihre Rolle als Kriegerin übernahm und jetzt war sie unglaublich traurig, dass sie sie wieder sperren musste. Es fühlte sich an, als hätte sie eine Freundin verloren, eine, die sie fast so sehr vermissen würde wie das Atmen.

Sie hatte ihre Magie nicht zu schätzen gewusst, sie als Last angesehen. Als Ursache für die Probleme der Welt. Aber jetzt, nachdem sie sich damit vertraut gemacht hatte, konnte sie sich nicht mehr vorstellen, lange von ihr getrennt zu sein. Magie war nicht das Problem der Welt. Es waren die Magier und magische Kreaturen, die sie missbrauchten und benutzten, um andere zu kontrollieren.

Deshalb waren die Sterblichen für das Haus wichtig, glaubte sie. Liv hatte versucht, sich darüber klar zu werden, warum das Haus ursprünglich mit Sterblichen und Magiern errichtet worden war. Nun ergab es Sinn, denn Sterbliche, die keine Magie hatten, wären objektiv und brächten dieses Element der Gerechtigkeit mit, von dem sie glaubte, dass es im Haus fehlte. Wie die Inschrift auf der Innenseite des Kriegerrings besagte: Gemeinsam sind wir stark und ausgeglichen.

Das war es, was die Sterblichen in das Haus brachten: Gleichgewicht.

Zuvor hatte Liv gedacht, dass die vierzehn Steine um den größeren Diamanten auf dem Ring die sieben Ratsherren und Krieger darstellten, aber jetzt sah alles anders aus. Die Steine stellten sowohl die sterblichen Sieben als auch die magischen Sieben dar. Das Gleichgewicht wurde nicht dadurch erreicht, dass man nur Ratsmitglieder und Krieger hatte, sondern vielmehr Sterbliche und Magier. Sie sehnte sich danach, die vollständige Geschichte des Hauses zu erfahren, wie es entstanden und wie alles schiefgelaufen war.

Aber zuerst musste sie sich um andere Dinge kümmern. Sie drehte den Stock in ihren Händen und genoss die Leichtigkeit der Waffe. Es war surreal, dass sie den Stock ihres Vaters hielt. Sie konnte sich nicht daran erinnern, ihn gesehen zu haben, als sie aufgewachsen war. Nun, vielleicht ein oder zwei Mal, jetzt, wo sie darüber nachdachte.

Akio hatte sich den Nachmittag Zeit genommen, um ihr beim Üben zu helfen und jetzt fühlte sie sich wohl dabei, zwei Schwerter in den Händen zu halten. Es gab einige beeindruckende Angriffsmöglichkeiten, obwohl sie Bellator bevorzugte. Akio hatte erklärt, dass das darauf zurückzuführen sei, dass Bellator für sie angefertigt worden sei. Als sie Unwissenheit darüber vortäuschte, hatte er ihr einfach nur ein schlaues Grinsen zugeworfen. Sie wussten beide, dass es ein Riesenprodukt war und anscheinend kannte er die Wahrheit. Es war gut, dass sie ihm vertrauen konnte, sonst hätte sie ihn töten müssen, als er das offenbart hatte, obwohl sie sich nicht sicher war, ob sie es gekonnt hätte. Akio war ein Gegner, dem sie sich nie stellen wollte.

Ein Lichtblitz in ihrem Rücken ließ sie sich augenblicklich anspannen. Sie zog die beiden Enden des Stocks auseinander und drehte sich um, bereit wen auch immer zu zerstückeln.

Stefan trat durch das Portal, während sie sich duckte. Er zuckte nicht vor einem Nahkampf zurück, sondern grinste einfach nur.

Liv holte tief Luft, erhob sich und senkte ihre Waffen. »Im Ernst, möchtest du einen neuen Haarschnitt? Weil du fast einen bekommen hättest.«

Stefan fuhr mit den Händen durch sein schwarzes Haar und machte es etwas unordentlicher als zuvor. »Du bist eine Frau mit vielen Talenten. Dämonentöterin, Wassernixenbezwingerin … und jetzt auch noch Friseurin.«

»Was machst du hier, Stefan Ludwig?«, fragte Liv und starrte ihn verwundert an. Sie wusste, warum er hier war und dachte ernsthaft darüber nach, ihre Schwerter draußen zu lassen, um ihn zu bedrohen. Stattdessen schob sie sie wieder zusammen und genoss den Funken Magie, der sie zu einem einzigen Stab verschmolz.

Stefan blickte über die Landschaft, seine Daumen in der Tasche seiner Jacke und sein Kinn hoch erhoben. »Ich dachte nur, ich könnte etwas frische Luft gebrauchen.« Er atmete tief durch, seine Brust hob sich.

»Du könntest Atembeschwerden bekommen, wenn ich deine Lunge durchbohre«, drohte Liv.

Stefan stand neben ihr auf dem Hügel und schenkte ihr ein kleines Lächeln. »Wie hoch ist die Wahrscheinlichkeit, dass der Ort, den ich für eine kleine Pause ausgewählt habe, derselbe ist wie der, an dem du dich zufällig aufhältst?«

»Wo ich gerade dabei bin, in ein von Werwölfen befallenes Gebiet zu gehen, wolltest du sagen.«

Stefans Mund öffnete sich unter Vortäuschung eines Schocks. »Was? *Das* ist der Fall, an dem du dran bist? Ich hatte keine Ahnung.«

»Sicher, sicher«, sagte Liv und verschränkte ihre Arme über der Brust.

»Ernsthaft, das ganze Werwolf-Jagd-mit-gesperrter-Magie-Ding hatte ich total übersehen.«

»Du bist ein schlechter Lügner«, stellte Liv fest.

»Okay, gut«, gab Stefan nach und wandte sich direkt an sie. »Verklag mich doch. Ich bin gekommen, um zu helfen. Schau, ich bin hier und die Werwölfe und ihr scheinbares Übel machen mir nichts aus.«

»Ja, aber es gibt noch ein paar andere Probleme«, begann Liv. »Das Erste ist, dass wir nicht wissen, ob sie im Dorf bleiben oder ob einer von ihnen hier hochkommen könnte. Dann bist du vielleicht nicht mehr in der Lage, deine böse Allergie zu kontrollieren. Wenn du einen Werwolf ausschaltest, weil du keine Selbstkontrolle mehr hast, wird sich das ganze Rudel auflösen und du wirst meine Mission ruinieren.«

»Ich nehme dir so ziemlich alles, was du gerade gesagt hast, übel«, sagte Stefan mit einem Lächeln in der Stimme.

»Solltest du auch.«

»Ich habe Selbstbeherrschung«, argumentierte er.

»Ja? Wie viele Dämonen hast du getötet?«

»Diesen Monat?«, fragte er. »Die Zahl ist nicht so berauschend.«

»Nein, nur heute?«

»Oh ...« Seine blauen Augen huschten weg und gaben vor, den Hang zu studieren. Er fuhr mit der Hand über seinen Mund und murmelte etwas.

»Hast du zwei gesagt?«, fragte Liv.

Er schüttelte den Kopf. »Zehn.«

Liv pfiff. »Und das alles vor dem Mittagessen. Das ist beeindruckend, aber mein Standpunkt bleibt. Du bist gezwungen, das Böse auszurotten. Das ist nichts, was du kontrollieren kannst. Das Beste, was du tun kannst, ist, dich manchmal von ihm fernzuhalten. Aber dieser Fall ist nicht der richtige für dich. Ich muss die Werwölfe tolerieren, um die Rudelmitglieder zu finden. Wir wissen beide, dass du die Dinge nur komplizierter machen würdest.«

»Ich würde deine Mission nie ruinieren wollen«, meinte Stefan und Reue schwang in seiner Stimme mit.

»Nun, das ist das andere Problem, wenn du schon hier auftauchst«, erklärte Liv. »Das ist *meine* Mission und ich brauche dich nicht zum Händchen halten oder zur Rückendeckung. Wie hast du überhaupt meinen Standort gefunden?«

»Ich habe einen Blick auf Rainas Bericht werfen wollen«, gab er zu. »Zufällig war die Datei über deine Mission geöffnet und ich hatte die Koordinaten für dein Portal.«

»Ach, wie praktisch.« Liv zog ihren eigenen Apparat heraus und warf einen Blick auf die Uhrzeit. »Eigentlich wartet der Rat darauf, dass ich anrufe, damit sie meine Magie sperren können.«

»Ich weiß«, sagte Stefan leise. »Und ich weiß, dass du nicht willst, dass ich deine Hand halte. Nicht einmal annähernd. Es ist nur, dass diese Mission so unorthodox ist und ein Krieger normalerweise Verstärkung hätte.«

»Aber es wird mir nichts passieren«, argumentierte Liv.

»Adler hat es auf dich abgesehen, so wie er es auf mich abgesehen hatte, als mir mein erster Dämonenfall zugewiesen wurde.«

»Ich weiß«, schrie Liv fast, frustriert, weil sie mit den Leuten über das Gleiche sprach. »Aber was hast du getan? Hast du dich beschwert? Hast du gejammert? Oder bist du da rausgegangen und hast bewiesen, dass du dich, egal wie eingeschüchtert du warst, nicht abschrecken lässt?«

Stefan schwieg für einen Moment und studierte sie. »Ich verstehe«, sagte er schließlich.

»Ich weiß es zu schätzen, dass du helfen willst«, milderte Liv ab. »Und bei der Dämonenjagd ergab das auch Sinn. Dieser Fall ist jedoch anders. Er passt nicht zu dir. Das Beste, was du tun kannst, ist, mich meinen Job machen zu lassen und ein wenig Vertrauen zu haben, dass ich es richtig machen werde.«

Er presste seine Hand an die Brust und neigte leicht den Kopf. »Ich merke jetzt, dass ich dir einen falschen Eindruck vermittelt habe. Es ist nicht so, dass ich mir Sorgen mache, dass du Schutz brauchst oder ich glaube, dass du den Job nicht richtig machst. Es ist nur so, dass ich das Gefühl hatte, dass ich dein Leben leichter machen könnte, indem ich dir helfe. Liv, es tut mir leid, dass ich eine Grenze überschritten habe.«

Liv wollte wütend auf ihn sein, aber es war schwierig, besonders bei dem entschuldigenden Blick, den er ihr zuwarf. »Du bist gut darin, diese Grenzen zu überschreiten, nicht wahr?«, neckte sie.

»Nun, ich weiß, dass ich aufhören sollte, dir zu folgen und das werde ich auch, aber in diesem Fall bin ich nur aufgetaucht, um zu sehen, ob du vielleicht doch denkst, dass ich dir helfen könnte.«

»Stefan ...«, sagte sie scharf.

Er hielt seine Hände hoch. »Ich erinnere mich, dass ich allergisch gegen das Böse bin. Ich gebe zu, dass es manchmal schwer zu kontrollieren ist, aber ich hoffe, dass ich es irgendwann unter Kontrolle bringen werde.«

Liv nickte und wusste, dass es ihn umbringen könnte, wenn er es nicht tat. Wie Renswick gesagt hatte, war der Versuch, all das Böse in der Welt zu zermalmen, eine unmögliche Aufgabe, die einen Mann töten würde. »Gehst du für den Rest des Tages auf Dämonenjagd? Das Dutzend voll machen?«

Stefan schüttelte den Kopf. »Ich denke, ich nehme mir den Rest des Tages frei. Ich habe gehört, dass es in Island ein Spa mit Thermalbecken gibt.«

Liv hob eine Augenbraue an und wartete auf den Witz.

»Hey, ich habe dir gesagt, dass ich es versuche«, gab Stefan nach einem langen Moment zu. »Ich weiß, dass ich nicht ununterbrochen weitermachen kann, sonst wird es mich auffressen. Außerdem wird der Rat misstrauisch, wenn ich zu viele Dämonen auf einmal ausschalte. Niemand außer dir und Hester weiß, dass ich den Dämonen durch den Biss ganz leicht folgen kann.«

Oder dass er zudem superschnell war und außergewöhnlich viel Kraft hatte, dachte Liv.

»Sei einfach vorsichtig mit Touristen«, sagte Liv. »Sie können Inkarnationen des reinen Bösen sein, wenn sie wollen.«

Stefan lachte. »Oh, ich weiß nicht. Ich habe einen Dämon in Disney World verfolgt und war für eine Weile verwirrt. Ich wusste nicht, ob ich dem Dämon nachgehen oder die Typen aus der Gruppe niedermähen sollte, die im Durchgang in die falsche Richtung gingen, in ihre Handys plauderten, Schmalzgebäck aßen und absolut zu viel Platz gebraucht haben.«

Liv betrachtete Stefan wie einen Außerirdischen, der gerade aus dem All hergebeamt worden war. Als er den seltsamen Ausdruck auf ihrem Gesicht sah, blickte er auf seine Brust herab, als ob er erwartete, dort einen großen Fleck zu sehen. »Was? Was habe ich gesagt?«

Liv schüttelte den Kopf. »Du hast die richtigen Dinge gesagt.«

Stefan lachte. »Du schätzt meine allgemeine Abneigung gegen die meisten Leute, oder?«

»Das tue ich«, gab sie zu. »Ich finde es wunderbar ironisch, dass es unsere Aufgabe ist, die Bevölkerung zu schützen, wenn wir die meisten dieser Menschen nicht ertragen können.«

Stefan seufzte dramatisch. »Ja, es ist ein undankbarer Job und die meisten verdienen es nicht, gerettet zu werden und doch sind wir so toll, dass wir es trotzdem tun.«

Liv schüttelte den Kopf. »Okay, du bist jetzt mit deinem riesigen Ego und dem Mangel an Bescheidenheit zu weit gegangen.«

»Ja, ich weiß. Aber hey, ich bin froh, dass wir unsere allgemeine Verärgerung über die menschliche Rasse teilen können.«

Genau in diesem Moment hatte Liv den Impuls, Stefan vom Haus der Vierzehn zu erzählen. Der Drang war so stark, dass sie fast nachgab, aber sie fand schließlich die Willenskraft, es nicht zu tun. Mehr Leuten davon zu erzählen war gefährlich und sie brauchte Stefans Hilfe bei diesen Dingen nicht. Nicht bei dem Werwolf-Fall oder bei der Wiederherstellung des Hauses der Vierzehn. Zumindest noch nicht. Hoffentlich nie wieder.

»Ich überlasse den Rest dir«, brach Stefan schließlich die Stille und holte Liv zurück in die Realität. Er schuf ein Portal und schenkte ihr einen letzten Blick über die Schulter.

»Genieße deinen Spa-Tag«, verabschiedete sich Liv und winkte Stefan zu, während sie ihr Handy herausholte.

Kapitel 12

Als Liv den Hügel hinunter in das Dorf Lupei ging, fühlte sie sich, als wäre sie nackt. Es lag nicht daran, dass sie ihren Umhang und Bellator zu ihrer Wohnung in LA geschickt hatte, kurz bevor sie Clark anrief, weil sie wusste, dass beide sie als Magierin kennzeichnen würden. Ohne Magie fühlte sich Liv nackt und unerfahren, einfach nicht wie sie selbst.

Der Rat hatte ihre Magie sofort, nachdem sie Clark von der Anhöhe aus angerufen hatte, gesperrt. Zuerst hatte Liv nichts gespürt, dann entstand eine riesige Leere in ihr, als ob ein tiefer Krater in ihrem Wesen geöffnet worden wäre. Mit jedem Atemzug spürte sie die hohlen Schmerzen, die drohten, sie in ihren Bann zu ziehen.

Liv wusste nicht, wie sie fünf Jahre ohne ihre Magie hatte durchstehen können, aber als sie darüber nachdachte, war der Schmerz über den Tod ihrer Eltern alles gewesen, was sie über lange Zeit fühlen konnte, also hatte sie den Unterschied nicht bemerkt. Die Magie, so erkannte sie jetzt, vervollständigte sie. Ohne sie war es, als würde eines ihrer Gliedmaßen fehlen.

Liv strich mit den Händen über ihre Arme und versuchte, Wärme in ihre Gliedmaßen zu befördern, weil sie die tief eindringende Kälte spürte, als die Winde über die Hügel fegten.

Der Rat war auf Abruf bereit, ihre Magie zu aktivieren, wenn sie später an diesem Tag anrufen würde. Sie hatte gehofft, dass dies eine schnelle Untersuchung sein würde, aber in Wahrheit hatte sie keine Ahnung, worauf sie zusteuerte, als sie einen Fuß in das Dorf Lupei setzte.

Eines war klar: Es gab keinen Starbucks in diesem Dorf. Eigentlich vermutete Liv, als sie den unbefestigten Weg hinuntermarschierte, dass dies die Hauptverkehrsader sein musste und sie fühlte sich, als wäre sie in der Zeit zurückgeworfen worden.

Sobald sie das Dorf betreten hatte, schienen die Farben ihrer Kleidung zu verschwinden und sich mit den gedämpften Tönen der Gebäude zu vermischen.

Auf der Straße spielten Kinder, traten eine Dose und schwangen Holzstöcke wie bei einem Schwertkampf. Sie machten jedoch nicht die gleichen Geräusche wie fröhliche Kinder sonst. Stattdessen klangen sie ernst und riefen sich in einer leisen Tonlage zu.

In dem Wissen, dass sie ihren Umhang nicht tragen und den Stock darunter verstecken konnte, hatte Liv beschlossen, ihn zu benutzen und humpelte mit einem falschen Hinken durch das Dorf. Sie nahm an, dass dieser Umstand sie noch zugänglicher machen würde, da die Menschen sich von ihr nicht bedroht fühlten. Aber sie könnte auch als leichte Beute für Werwölfe erscheinen, weshalb sie vor Einbruch der Dunkelheit aus dem Kaff verschwinden musste. Das sollte kein Problem sein, wenn sie schnell genug arbeitete.

Das Geräusch eines Fahrzeugs erregte Livs Aufmerksamkeit und sie drehte sich um, um einen Reisebus zu entdecken, der die Straße hinter ihr hinunterfuhr und Staub aufwirbelte. Liv trat an die Seite und beobachtete, wie er vorbeikam und schließlich vor einer Reihe von Gebäuden anhielt.

DIE LOYALE FREUNDIN

Aus der Ferne bemerkte sie, wie Menschen mit Rucksäcken und Daunenjacken ausstiegen und aufgeregt miteinander sprachen, während sie in die glanzlose Umgebung starrten. Touristen, dachte Liv. Anscheinend waren die verschiedenen Höhlen, die es in diesem Gebiet gab, Lupeis Attraktionen für Reisende. Es war auch eine Drehscheibe für einige außergewöhnliche Wanderungen. Liv vermutete jedoch, dass das Rudel der Werwölfe diese Attraktionen erfunden hatte, um Gäste anzuziehen. Es gab etwa ein Dutzend potenzieller Abendessen in der Gruppe, die gerade in das Gasthaus am Ende der Straße stürmte.

Liv bedeckte ihr Gesicht wegen des Staubes, den der Bus hochwarf, als er aus dem Dorf herausfuhr. Er kam nur ein einziges Mal jeden Tag durch das Dorf und würde erst am nächsten Tag zurückkehren. Ein Weg rein und ein Weg raus. Die Werwölfe hatten sich in diesem abgelegenen Dorf abseits der ausgetretenen Pfade und von allem anderen – so gut es ging – schön eingerichtet.

Liv winkte einer Frau zu, die auf der Veranda des Gemischtwarenladens hockte. Sie sah aus wie eine Pionierin mit ihrem langen Kleid und dem Schal, der ihr graues Haar bedeckte. Die alte Frau erwiderte Livs erzwungenes Lächeln nicht.

»Hallo«, Liv begann zu blinzeln und fühlte sich wie in einem Schwarz-Weiß-Film, je weiter sie in das Dorf kam. Alles war grau in grau gehalten, als ob dort Farbe verboten wäre.

Die Frau hob ihr Kinn als Reaktion auf den Gruß an.

»Sprechen Sie Englisch?«, fragte Liv die Frau, ihre Augen schossen zu den Fenstern des Ladens. Die Vorhänge waren für einen Moment zurückgezogen worden, aber als sie genauer hinsah, war derjenige, der herausgeschaut hatte, verschwunden.

Die Frau schaukelte weiter, ihre knorrigen Hände umklammerten die Armlehnen des Stuhls mit einer seltsamen Intensität. Sie sah Liv an und sagte kein Wort.

»Sie spricht nicht«, sagte ein Mann hinter Liv. Sie hatte ihn nicht näherkommen hören und sprang fast hoch, als sie ihn so nah bei sich vorfand. Er trug eine dicke Lederjacke und sein Gesicht war mit einem dichten Bart bedeckt, der seinen Mund verbarg.

Liv wich einen Schritt vor dem Mann zurück, der wahrscheinlich in ihrem Alter war, aber durch seine Gesichtsbehaarung viel älter aussah. »Oh, dann tut es mir leid, dass ich sie belästigt habe.«

Der Mann studierte Liv mit einem seltsamen Blick, seine Augen landeten auf dem Stock in ihrer Hand. »Claudia hat seit über zwei Jahrzehnten kein Wort mehr gesagt«, fuhr er fort und verlagerte seine scharfen Augen auf die alte Frau. »Aber ja, wir sprechen hier alle Englisch. Sonst wäre es jetzt kein sehr einladender Ort für Touristen, oder?«

Liv nickte und studierte den Mann. Seine Jeans hatte einige Flicken, als ob sie mehrmals zerrissen und dann wieder repariert worden wäre. Vielleicht war er ja ein Werwolf, der sich nachts von seiner menschlichen Kleidung befreit hatte oder er war halt einfach nur sparsam.

Liv streckte eine Hand aus und sagte: »Hi, ich bin Sally. Schön, dich kennenzulernen.«

Er starrte ihre Hand an, ergriff sie aber nicht. Stattdessen konzentrierte er sich auf den Stock. »Du gehörst nicht zur Wandergruppe, oder?«

Livs Blick fiel auf den Stock in ihrer Hand. »Um ehrlich zu sein, nein, das tue ich tatsächlich nicht. Ich bin Malerin. Ich wollte diese Reise eigentlich mit meinem Freund machen.

Er ist der Wanderer und Entdecker. Ich sitze lieber am Hang und male Landschaften.«

»Wo ist er denn?«, fragte der Mann mit einem seltsamen, berechnenden Blick in seinen grauen Augen.

Liv ließ ihr Kinn leicht sinken. »Er ist nicht mitgekommen. Zu beschäftigt damit, das Nachbarsmädchen abzuknutschen.«

Der Mann hielt eine Hand hoch, die überall mit roten Kratzern bedeckt war, von denen die meisten frisch zu sein schienen. »Keine Details aus deinem Privatleben.«

Liv seufzte, nachdem sie diese tolle Geschichte doch so intensiv eingeübt hatte und wünschte sich, sie könnte nun zumindest ein wenig mehr davon erzählen. Was war der Sinn darin, eine Rolle zu erlernen, wenn man nicht damit auftreten konnte? »Nun, das ist gut, denn ich bin es wirklich leid darüber zu reden«, meinte sie schließlich.

Die Augen des Mannes wanderten zum Gemischtwarenladen. Liv folgte seinem Blick und entdeckte die undeutliche Gestalt, die durch die Vorhänge blickte.

»Ich bin Fane«, stellte der Mann sich vor und zog ihre Aufmerksamkeit wieder zurück auf sich. »Hast du schon eine Unterkunft für die Nacht?«

Liv zuckte mit den Schultern. »Habe ich nicht. Ich hatte vor im Gasthaus zu bleiben.«

Zur Hölle, eigentlich wollte sie bis zum Einbruch der Dämmerung längst wieder weg sein, aber das durfte sie ihm nicht sagen. Wer gerade im Dorf Lupei war, sollte angeblich dort auch übernachten, aber Liv plante nach Hause zu portieren.

Sie stellte sich vor, dass er den Mund verzog, aber es war schwer zu sagen mit seinem dicken Bart. »Das Gasthaus wird für die Nacht bereits ausgebucht sein.«

»Oh«, sagte Liv und holte tief Luft. »Nun, vielleicht kampiere ich dann einfach. Ich nehme an, der Gemischtwarenladen wird ein paar Vorräte da haben.«

Fane schüttelte den Kopf. »Ich würde es dir nicht raten.«

»Ich bin an extreme Bedingungen gewöhnt«, argumentierte Liv. »Die Kälte stört mich nicht.«

Fane warf einen prüfenden Blick über die Schulter, als hätte er etwas gehört, bevor er ihn wieder auf sie richtete. »Ich würde es dir trotzdem nicht empfehlen.«

»Nun, dann besorge ich mir besser Vorräte«, meinte sie und strich über die Tasche, die sie über ihre Schulter geworfen hatte.

Der Mann streckte die Hand schneller aus, als er es hätte tun sollen, packte ihren Arm und zwickte sie grob. Liv erstarrte und spürte, wie ihr Puls plötzlich in ihren Schläfen pochte.

»Geh da jetzt nicht rein«, warnte er.

»Oh, haben sie geschlossen?«, fragte Liv.

Er schüttelte den Kopf. »Es ist einfach kein guter Zeitpunkt.«

»Okay«, antwortete Liv und zog das Wort in die Länge. »Ich schätze, ich werde mich dann darum bemühen müssen, doch ein Zimmer im Gasthaus zu bekommen. Vielleicht haben sie in letzter Minute doch noch etwas frei.«

»Das werden sie nicht haben«, bemerkte Fane, als sie ein paar Schritte vorwärts humpelte.

Liv drehte sich um und bot ein fröhliches Lächeln. »Aber es ist einen Versuch wert. Danke für deine Hilfe.«

Sie war ein paar Meter die Straße hinuntergekommen, als Fane wieder neben ihr materialisierte und sich dabei mit einer Schnelligkeit bewegt hatte, die mit der von Stefan vergleichbar war.

»Wo kommst du her?«, fragte er.

»Nun, ich bin in ...«

»Nein, ich meine gerade eben«, unterbrach Fane. »Ich habe dich den Hügel herunterkommen sehen.« Er zeigte dorthin, wo sie sich aufgehalten hatte. Vom Dorf aus war es schwer, etwas in solcher Entfernung zu erkennen, aber wenn er sie den Hügel hinunterwandern gesehen hatte, musste er besser sehen können als er sollte.

»Ich bin mit einem Bauern mitgefahren«, log Liv. »Ich habe seinen Namen vergessen, aber er konnte mich nur so weit bringen. Ich musste den Rest des Weges zu Fuß latschen.«

»Vermutlich hat Palin dich hier abgesetzt«, sagte Fane ohne weiter zu fragen. »Er bringt Touristen oft so nah wie möglich an Lupei heran und lässt sie dann außerhalb unserer Grenzen zurück.«

Liv kaute an ihrer Lippe, nicht sicher, ob sie zustimmen oder schweigen sollte.

Die Kinder, die auf der Straße spielten, blickten von ihrem primitiven Spiel auf, als sie sich näherten und ihre Gesichter zeigten beim Anblick von Fane ein Lächeln. »Papa«, jubelte ein Mädchen mit dunkelbraunen Haaren und einem Gesicht voller Sommersprossen, rannte zu ihm und sprang an ihm hoch. Er nahm und umarmte das Kind, als es die Arme um seinen Hals und die Beine um seine Taille legte.

»Du bist wieder da!«, sang das Mädchen und küsste ihn auf beide Wangen.

Er klopfte ihr auf den Rücken und flüsterte ihr etwas ins Ohr.

Liv tat so, als würde sie es nicht bemerken, aber sie sah einen deutlich besorgten Blick in ihren Augen.

»Wir verlassen dich hier«, sagte Fane und nickte in Richtung Gasthaus. »Sie werden im Gasthaus nichts für dich haben, aber wenn du eine Unterkunft brauchst, ich habe ein Zimmer.«

Liv erzwang ein Lächeln. »Danke. Das ist wirklich nett von dir, aber …«

»Ich versuche nicht, nett zu sein«, unterbrach Fane sie. Er zeigte auf ein Haus am Ende einer Straße, das aussah wie alle anderen Häuser. »Ich lebe dort. Es ist nichts Besonderes, aber es ist besser als im Gasthaus.« Seine grauen Augen schwenkten zum Gasthaus und er schüttelte den Kopf, als ob er versuchte, ein schlechtes Gefühl zu zerstreuen. »Trink den Met im Gasthaus nicht, Sally. Eigentlich solltest du dort gar nichts trinken oder essen.«

Liv wusste nicht, was sie sagen sollte, besonders als das kleine Mädchen, das er festhielt, ihre großen Augen auf sie richtete und das Wort »Nicht« sagte.

»Okay, danke«, meinte Liv und humpelte in Richtung Gasthaus mit dem deutlichen Eindruck, dass Fane in den wenigen Minuten, die sie mit ihm verbracht hatte, mehr über sie herausgefunden hatte, als ihr lieb war. Es lag in der Art und Weise, wie er sie anstarrte, als ob er in ihren Geist sehen und Teile ihrer Seele studieren würde.

Kapitel 13

Im Gasthaus herrschte reges Treiben, als Liv die schwere Tür aufschob. Die Touristen fielen augenblicklich durch ihre hellen, dicken Jacken auf. Sie saßen am Feuer oder an den Tischen in der Ecke, stießen mit ihren Gläsern an und sprachen aufgeregt über die kommenden Abenteuer.

Liv zwängte sich durch die enge Lobby und machte sich auf den Weg zum Empfangstresen, wo eine Frau damit beschäftigt war, ein Gästebuch zu studieren. Sie hatte langes, graues Haar, das in Locken um ihr faltiges Gesicht fiel. Ihre Hände waren am Gelenk merkwürdig gebeugt und ähnlich wie bei Fane waren sie von langen, roten Striemen bedeckt, die frisch erschienen. Ihre Kleidung war einfach und hatte ebenfalls mehrere Flicken.

Als Liv zum Empfang trat, erwartete sie, dass die Frau aufblicken und ihr Aufmerksamkeit schenken würde. Das tat sie allerdings nicht.

Liv räusperte sich. Die Frau schien es nicht zu bemerken.

Es gab eine Glocke auf dem Tresen zwischen ihnen und Liv dachte darüber nach, sie zu bedienen, um Aufmerksamkeit zu erregen. Stattdessen sagte sie: »Entschuldigung?«

»Wir sind voll«, sagte die Frau mit tiefer Stimme und blickte weiterhin unbeirrt in das Gästebuch.

Als Liv über die Theke blickte, bemerkte sie, dass die momentan geöffnete Seite des Buches vollständig leer war. Der Frau schien es jedoch egal zu sein, ihre Aufmerksamkeit galt ausschließlich dem Buch. Liv hatte den deutlichen Eindruck, dass sie zuhörte, anstatt unsichtbare Tinte auf der Seite zu lesen. Ihre Ohren waren groß und lugten zwischen ihren Haaren hervor.

»Ich hatte gehofft, dass ...«

Das Kinn der Frau ruckte nach oben, ihre grauen Augen wanderten über Liv und sie fühlte sich plötzlich unerwünscht. »Ich sagte doch schon, dass wir voll sind.«

»Richtig ...«, antwortete Liv. »Gibt es eine Liste, in die ich meinen Namen eintragen kann, falls ein Platz frei wird?«

Die Nasenlöcher der Frau bebten und etwas Dunkles schob sich über ihre Augen, bevor sie wieder zurück auf das Buch starrte.

»Du suchst einen Platz zum Schlafen, oder?«, sagte eine Stimme mit einem starken Akzent an ihrem Ohr.

Sie verspannte sich, fühlt den Mann in ihrem Rücken. Er war nah – wirklich nah. Er drückte sich plötzlich gegen sie. Als sein Atem ihr Haar berührte, roch er nach Alkohol und Butterscotch-Bonbons, was eine eher seltsame Kombination war.

Gleichzeitig wich Liv zur Seite aus und drehte sich um, betrachtete den massigen Mann, der neben ihr erschienen war. Er war nicht so groß wie Rory, aber seine Brust war doppelt so breit wie die des Riesen. Im Vergleich dazu hatte der Mann eine schmale Taille und trug, wie die anderen Einheimischen, geflickte Kleidung. Seine Hände steckten in fingerlosen Handschuhen, aber sie ahnte, dass sie sehr wahrscheinlich auch mit Kratzern übersät waren, die zu denen auf seinen Wangen passen würden. Wie bei Fane war sein Gesicht zum Teil von einem schweren Bart verdeckt, aber seine Augen waren anders. Dunkler und im Hintergrund brütete etwas Unheimliches.

Der Blick des Mannes fiel auf den Stock in Livs Hand, er trat daraufhin sofort einen Schritt zurück und kniff die Augen zusammen. Als hätte er etwas in die Augen bekommen, blinzelte er schnell und ruckte seinen Kopf zur Seite.

»Wir sind komplett voll«, sagte die Frau sofort, als hätte ihr jemand eine Frage gestellt.

Der Mann nickte, ein Knurren kam über seine Lippen. »Ich sehe das. Ja, wir sind voll hier im Gasthaus.«

»Das ist okay«, meinte Liv und versuchte, locker zu klingen, obwohl ihr Herz plötzlich raste. Sie wurde das Gefühl nicht los, dass da jemand in ihrem Kopf war oder zumindest versuchte, da hereinzukommen. Oder sie von allen Seiten der Lobby beobachtet wurde. Sie sah sich um und tat so, als würde sie die bescheidene Einrichtung betrachten. Die Stühle waren ausgeblichen und voller Staub. Die Gemälde an der Wand waren mit einer feinen Rußschicht vom Kamin bedeckt und die Wände waren … Liv wandte ihren Blick ab und sah die Lobby plötzlich deutlicher. Überall an den holzverkleideten Wänden waren Kratzspuren zu sehen.

»Wie heißt du, Schatz?«, fragte der Mann, seine Augen starr auf den Stock gerichtet, den sie in der Hand hielt.

»Sally«, antwortete sie sofort und bot ihm ihre Hand nicht an. Ihr Instinkt sagte, sie solle sich so schnell wie möglich von ihm zurückziehen, um Platz zwischen ihnen zu schaffen. *Verschwinde verdammt noch mal von hier.*

Das Lachen der Touristen, die ihnen am nächsten standen, erreichte sie und erregte Livs Aufmerksamkeit.

»Warum kommst du nicht mit mir auf einen Drink, Sally?«, lud der Mann sie ein. »Dann könnten wir dir vielleicht doch irgendwo ein Zimmer suchen, wenn Vera damit einverstanden ist.«

Die alte Frau blickte von ihrem Buch auf, ihre Augen wanderten zwischen den verschiedenen Gruppen hin und her und landeten auf Liv. »Wenn sie kein Gepäck hat, kann sie bleiben, Soren.«

»Das habe ich mir gedacht«, knurrte der Mann.

Liv zeigte auf ihre bescheidene Tasche. »Ich habe nur diese hier.«

»Komm schon, Schätzchen«, sagte Soren und schlenderte durch die Menge. Er glitt anmutig zwischen den Gruppen hindurch, trotz seiner Größe.

Liv folgte mit der Gewissheit, dass sie gerade den Rudelführer gefunden hatte. Er war stark und hatte dieses Alpha-Aussehen. Die anderen Einheimischen sahen ihn mit einem Hauch von Respekt an, als sie an ihnen vorbeigingen.

Soren trat durch einen Torbogen, der zu einer an das Gasthaus angeschlossenen Taverne führte. Es roch nach Asche und gekochtem Fleisch, was keine einladende Kombination war. Als sie den Bereich betrat, blickten sechs bärtige Männer von verschiedenen Stellen in dem abgedunkelten Raum zu ihr auf. Alle Augen begutachteten sie, bevor sie zu dem Stock in ihren Händen flogen. Liv tat ihr Bestes, um sich auf die Waffe zu stützen, während sie sich um die klapprigen Tische herum schlängelte und vorgab, zu humpeln.

Sie bemerkte, dass die meisten Tische Ähnlichkeit mit der Kleidung der Einheimischen hatten; sie waren an vielen Stellen ausgebessert worden, als wären sie schon oft zusammengebrochen.

Als Soren an der Bar vorbeikam, blickte er auf die Kellnerin dahinter, eine Frau mit dunklen Haaren und einem säuerlichen Ausdruck auf ihrem Gesicht. »Bring uns eine Runde, Carla«, befahl er.

Sie stellte den Bierkrug, den sie gerade abwischte, ab und schnappte sich sofort die fertigen Getränke.

»Setz dich«, befahl Soren und zeigte auf eine Reihe von Stühlen, die nicht stark genug aussahen, um Livs Gewicht zu tragen, geschweige denn Sorens riesige Gestalt.

Liv tat, wie ihr gesagt wurde, überblickte die Taverne und nahm die verschiedenen Gesichter auf, die sie noch immer beobachteten. *Sechs Rudelmitglieder*, dachte sie und studierte sie. Sie alle hatten ein ähnliches Aussehen, ihre Gesichter waren mit dichten Bärten bedeckt und hatten frische Kratzspuren an Hals, Wangen und Händen. Ihre Kleidung war zerrissten und bestand aus gedämpften Farbtönen, verglichen mit den Touristen, die immer noch aufgeregt plauderten.

Liv war sich nicht sicher, ob die Fantasie ihr einen Streich spielte, aber die verschiedenen Touristengruppen schienen lauter geworden zu sein, seit sie das Gasthaus betreten hatte. Die Einheimischen hingegen tauschten verschlagene Blicke, als würde ihre Geduld mit jeder Minute abnehmen.

Soren schnippte mit seinen dicken Fingern direkt vor ihrem Gesicht. »Ich nehme deine Sachen und lege sie für dich zur Seite.«

Liv nahm den Stock zwischen ihre Knie, zog die Tasche über ihren Kopf und übergab sie ihm mit einem sanften Lächeln. »Danke. Die Gastfreundschaft hier ist wirklich etwas Besonderes.«

»Nicht der Rede wert«, sagte Soren und warf ihre Tasche in die Ecke, wo es – wie Liv bemerkte – noch andere Taschen gab, alle mit glänzenden Etiketten, die wahrscheinlich den Touristen gehörten.

Als Soren sich wieder zum Tisch umdrehte, nickte er in die Ecke dahinter. »Warum lehnst du deinen Stock nicht da an, damit er dir nicht im Weg ist?«

»Das ist okay«, sagte Liv ruhig. »Ich mag es, ihn ganz nah bei mir zu haben. Ich kann ohne ihn nicht so gut klarkommen.«

Der Mann schien das für einen Moment zu überdenken. »Ist das so?«

Carla, die Kellnerin, kam mit einer Flasche braunen Schnaps und zwei schmutzigen Gläsern an ihren Tisch. Ihr Gesichtsausdruck war keineswegs einladend, als sich ihre Augen trafen.

»Hi«, sagte Liv und bemerkte, dass sie keine Kratzer an den Händen hatte, wie die anderen. »Wie geht es dir heute?«

Ihre Augen schossen zu Soren, bevor sie ihnen beiden die Getränke einschenkte. »Ungefähr so wie gestern.«

»Carla«, sagte Soren, hob sein Glas an und schnüffelte daran, »meine neue Freundin hier, Sally, möchte, dass ihr Stock aus dem Weg ist, damit wir uns entspannen können. Stell ihn für sie in die Ecke, ja?«

Die Frau griff nach dem Stock, aber Liv schlug ihre Hand schneller weg, als sie es beabsichtigt hatte und schreckte hoch.

Soren und Carla starrten sie mit Verachtung an. Die sechs Einheimischen um die Bar herum taten dasselbe, eine seltsame Hitze in ihren Augen.

»Oh, danke«, meinte Liv, um ihre plötzliche Aktion zu überspielen. »Ich würde mich freuen, wenn du ihn nehmen würdest. Aber zuerst müsste ich mal für kleine Mädchen. Kannst du mir die Richtung zeigen?«

»In der Lobby«, antwortete Carla und beugte den Kopf in die Richtung.

Liv nickte und schenkte Soren ein sanftmütiges Lächeln. »Ich bin gleich wieder da. Eine lange Reise und eine kleine Blase sind eine schlechte Kombination.«

Seine Augen verweilten zu lange auf ihrem Gesicht, bevor er einen Schluck nahm und sein Kopf drehte sich in Richtung der Rezeption, die auf der anderen Seite der lauten Taverne sechs Meter entfernt war. »Komm sofort zurück, wenn du fertig bist. Ich glaube, es ist gerade ein Zimmer frei geworden.«

»Oh, das ist ja großartig«, sagte Liv und wich zurück, ihre Ferse blieb fast in den unebenen Bodenbrettern hängen. Sie fing sich, bevor sie den Halt verlor.

Als sie sich auf den Weg in die Lobby machte, konnte sie das Gefühl nicht loswerden, dass sie der einzig nüchterne Besucher an diesem Ort war. Die Touristen waren laut vor Aufregung und kippten einen Drink nach dem anderen hinunter. Und die Einheimischen beobachteten sie weiter und fragten sich vielleicht, ob sie mit einer Portion Kartoffelpüree oder Portwein besser bekömmlich wären.

Einmal in der Lobby angekommen, blickte Vera zu Liv auf, ihre grauen Augen waren unbestreitbar voller Wut.

»Die Toiletten sind da drüben«, murrte die alte Frau und zeigte auf einen dunklen Flur, als hätte sie ihr Gespräch in der lauten Taverne mitgehört.

»Danke«, antwortete Liv und humpelte zur Tür. »Ich bin gleich wieder da. Ich brauche nur etwas frische Luft.«

Vera schien diese Idee nicht zu gefallen, basierend auf dem finsteren Blick, der sich auf ihrem Gesicht ausbreitete.

Die kühle Bergluft, die Liv entgegenwehte, als sie hinausging, war ein willkommenes Gefühl nach der erdrückenden Hitze im Gasthaus. Sie ging die Straße hinunter und erkannte, dass sie ihre Tasche zurückgelassen hatte, aber das war egal. Das Einzige Wichtige war, dass sie ihr Handy hatte.

Fane war definitiv ein Rudelmitglied. Wie auch Vera und die sechs Männer in der Taverne. Soren war der Alpha. Für

Liv war das von Anfang an offensichtlich gewesen. Und das Blutbad, das allem Anschein nach regelmäßig in der Taverne stattfand, war nichts, was Liv bereit war, weiter zu dulden. Sie war jedoch nicht in einer Position, in der sie es leicht verhindern konnte, nicht ohne ihre Magie.

Das Buch Bermudas hatte besagt, dass Werwolfsrudel immer aus zehn Mitgliedern – neun Rudelmitglieder und ein Alpha – bestehen. Das bedeutete, dass sie nur noch einen weiteren Werwolf finden musste.

Sie humpelte wieder am Gemischtwarenladen vorbei und bemerkte, dass die alte Frau im Schaukelstuhl, Claudia, verschwunden war, obwohl sich der Schaukelstuhl immer noch bewegte, als wäre er erst kürzlich verlassen worden.

Liv ging in diese Richtung.

Der Schaukelstuhl knarrte unheimlich, als Liv vor der Tür stehen blieb. Es brannte kein Licht im Inneren, aber das ›Geöffnet‹-Schild hing immer noch im Fenster, obwohl die Vorhänge zugezogen waren.

Tief einatmend, öffnete Liv die schwere Tür, ein Glockenschlag signalisierte ihren Eintritt.

Sie zuckte bei dem Anblick vor sich zusammen, wollte über die Schwelle zur Tür zurückstolpern und so weit wie möglich aus dem Dorf Lupei rennen.

Was auch immer sie erwartet hatte vorzufinden, als sie diese Stadt betreten hatte, das war es nicht.

Kapitel 14

Drei Gesichter sahen sie von verschiedenen Orten im Gemischtwarenladen an, ihre Hundeaugen leuchteten leicht. Sie waren aber keine Werwölfe. Sie waren etwas dazwischen. In der Hauptsache menschlich, aber die Gesichter mit Fell bedeckt. Ihre Kiefer ähnelten denen von Wölfen, mit langen Schnauzen, aber ihre Körper wirkten schwach oder alt. Seltsamerweise trugen sie Kleidung, als wären sie halb Wolf und halb Mensch.

Liv sah über ihre Schulter. Es war mitten am Nachmittag. Wie hatten sich diese Werwölfe gewandelt? Sie hatte angenommen, sie hätte mehr Zeit.

In der Erwartung, dass die drei seltsamen Gestalten auf sie losgehen würden, stolperte Liv mit ihrem Stock in den Händen zurück und war bereit, ihn zu benutzen, wenn eine von ihnen angreifen würde. Sie stieß an etwas.

Fast schreiend drehte sich Liv zur Seite, machte eine Rolle und zog ihren Stock auseinander, bereit sich mit ihren beiden Schwertern zu verteidigen. Da stand die alte Frau, die im Schaukelstuhl gesessen hatte, vollkommen aufrecht vor ihr: Claudia. Sie hatte ihren Blick auf Liv fixiert und den Kopf mechanisch zur Seite geneigt und machte – keineswegs abgeschreckt durch die Waffenpräsentation – einen Schritt nach vorne.

»Du solltest nicht hier sein«, sagte Claudia mit einer eher animalischen als menschlichen Stimme. Die Frau schien in Liv zu sprechen, was sie vermuten ließ, dass sie für den Rest ihres Lebens von dieser Stimme verfolgt werden würde.

»ICH-ich-ich …«, stammelte Liv, wich zurück und stolperte fast, als sie das Ende der Veranda erreichte. »Es tut mir leid.«

»Es muss dir nicht leidtun«, meinte die Frau und drehte ihren Kopf herum, um das Gasthaus für einen Moment zu betrachten. »Verschwinde einfach von hier und komm nie wieder zurück. Vergiss, was du hier gesehen hast.«

Liv nickte. »Ich verspreche, das werde ich.«

Als ob die Frau plötzlich wieder von ihrem Alter eingeholt worden wäre, krümmte sie sich, humpelte in Richtung des Schaukelstuhls und nahm Platz. Sie begann, vorwärts und rückwärts zu schaukeln, sodass der Stuhl ihrer Bewegung folgte. Die Tür zum Gemischtwarenladen flog zu, die Glocke läutete kurz und wurde dann still.

»Steck es weg, bevor sie es sehen«, flüsterte die alte Frau so leise, dass Liv einen Moment lang dachte, sie hätte es sich eingebildet.

»Was?«, fragte sie und lehnte sich nach vorne.

»Jetzt«, sagte Claudia plötzlich, ein einziges drängendes Wort.

Liv schob ihren Stock wieder zusammen und er wurde mit einem winzigen Funken versiegelt.

Die Straße hinunter verließen drei Gestalten das Gasthaus. Liv schluckte und erkannte sofort, dass es Soren und zwei andere Wölfe waren.

Mit ihrem Herz, das bis zum Hals schlug, trat und fiel sie halb von der Seite der Veranda und eilte eine Gasse hinunter. Die Werwölfe in Lupei sollten sich jede Nacht wandeln können, aber nicht tagsüber. Es ergab keinen Sinn.

Und unter den vierhundert Einwohnern des Dorfes befanden sich weit mehr als zehn Wölfe. Außerdem konnte sie sich nicht erklären, weshalb sie den ausgeprägten Eindruck hatte, dass die im Gemischtwarenladen alt und menschlicher waren als die Wölfe – oder irgendwie dazwischen steckten.

Liv sprintete zum Rand des Dorfes, als sie Schritte hinter sich hörte. Jemand rannte ihr nach. Sie legte an Tempo zu, hielt ihren Stock in einer Hand und war bereit, ihn zu benutzen. Keine Magie zu haben, war das Schlimmste, was möglich war. Überall um sie herum waren Wölfe – sie wusste es. Konnten sich Soren und seine Gang wandeln wie die im Gemischtwarenladen? Worauf hatte sie sich da nur eingelassen?

Sie schob die Hand in ihre Tasche und griff nach ihrem Handy. Ihr Herz explodierte fast in ihrer Brust.

Es war nicht mehr da!

Sie rannte so schnell sie konnte, presste den Stock unter den Arm und griff in beiden Taschen nach ihrem Handy. Sie hatte es direkt nach dem Anruf bei Clark und dem Sperren ihrer Magie dort hineingesteckt – sie wusste es. Und doch waren alle ihre Taschen leer. Jemand hatte es ihr abgenommen!

Ihr Handy war weg und mit ihm jede Möglichkeit, ihre Magie zurückzubekommen.

Liv rannte weiter und hörte, wie die Schritte hinter ihr schneller wurden. Sie näherten sich ihr und sie konnte ihnen nicht entkommen. Sie waren zu schnell und alles, was sie hatte, war der Stock ihres Vaters. Die junge Magierin befürchtete, dass er nicht genug gegen drei Werwölfe sein würde oder wie viele auch immer hinter jenen standen.

Liv war sich nicht sicher, ob es helfen könnte, das Dorf zu verlassen. Könnten die Werwölfe ihr folgen? Waren sie nicht unfähig, sich in einer beliebigen Nacht außerhalb der Dorfgrenzen zu verwandeln? Sie war sich nicht sicher, aber sie musste es schaffen. Da war nur noch eine weitere Reihe von Gebäuden und dann die Straße. Sie glaubte mit jeder Faser ihres Körpers, dass sie es schaffen würde.

Liv sprintete und kam bei den letzten Häusern an. Sie war so nah dran. Als sie die Ecke eines verfallenen Bauernhauses passierte, streckte sich eine Hand aus und ergriff sie, hielt sie fest und bedeckte ihren Mund.

»Wenn du überleben willst«, flüsterte ihr eine heiße Stimme ins Ohr, »dann bleib absolut ruhig und halte den verdammten Stock von mir fern.«

Kapitel 15

Die Hände des Mannes, die Livs Mund bedeckten, rochen nach Holz und Salz. Sie dachte darüber nach, ihn zu beißen und sich zu befreien, aber etwas in ihr sagte, sie solle besser nicht versuchen, einen Werwolf zu beißen. Das wäre nur schlechtes Benehmen.

Die Gestalt zog sie enger zu sich und holte sie in den Schatten des benachbarten Hauses. Ihr Atem ging durch das Laufen und Festhalten durch diesen Fremden ruckartig und obwohl sie sich nicht sicher war, was sie tun sollte, behielt sie ihren Stock unten. Er hatte gesagt, dass sie ruhig bleiben musste, wenn sie überleben wollte, also hielt sie den Atem an.

Eine Sekunde später endeten die Schrittgeräusche, gefolgt von einem Rascheln. Schnüffeln. Einem leisen Knurren.

»Ich glaube sie ist entkommen«, rief die Stimme eines Mannes von der anderen Seite des Hauses und ließ Liv fast aufkeuchen. Sie stieß einen langsamen Atemzug aus und achtete darauf, kein Geräusch zu verursachen.

»Ja, ich rieche sie nicht mehr«, antwortete eine andere Stimme.

»Lasst uns zurück zum Gasthaus gehen und uns bei Vera melden«, sagte ein Mann.

Mehrere Schritte waren zu hören, dann verschwanden alle Geräusche für einen Moment. Als ein Schaf auf einer nahegelegenen Weide blökte, wehrte sich Liv gegen die Umklammerung.

Der Mann ließ sie los und drehte sie zu sich herum, um ihr mit einer Kraft gegenüberzutreten, die beeindruckend war.

Es war Fane mit einem tödlich ernstem Gesichtsausdruck. Er hielt einen Finger an seinen Mund, das weltbekannte Zeichen für ›Halt den Mund‹.

Liv nickte. Sie war sich nicht sicher, warum Fane ihr zu Hilfe geeilt war oder ob er sie überhaupt gerettet hatte. Vielleicht wollte er sie für sich selbst, seine eigene persönliche Mahlzeit an diesem Abend und nicht mit den anderen teilen. Er hatte ihr angeboten, bei ihm zu bleiben. Aber es lag etwas in seinen Augen, das sie dazu brachte ihm vertrauen zu wollen. Aber ohne Magie, ohne Möglichkeit, sie zurückzubekommen und in einem Dorf mit einem Haufen wilder Werwölfe festsitzend, hatte sie nicht wirklich eine Wahl.

Fane zog die weite Jacke aus, die er trug und gab sie Liv. Sie schaute ihn verwirrt an und schüttelte den Kopf. Die Geste war nett, aber ihr war nicht kalt. Eigentlich schwitzte sie stark und fühlte sich ziemlich erhitzt vom Rennen und dem Adrenalinschub.

Fane beugte sich nah heran und flüsterte ihr ins Ohr: »Zieh sie an, sonst werden sie dich riechen.«

Oh, dachte sie. Das ergab Sinn. Vielleicht war das der Grund, warum sie aufgehört hatten, sie zu verfolgen? Fanes Geruch hatte sie verwirrt oder sie getäuscht.

Liv schlüpfte in die riesige Jacke und tat, was ihr gesagt wurde. Sie war wie ein Mantel für Liv, die Ärmel bedeckten ihre Hände.

Fane schaute um die Ecke und überprüfte die Lage. Nachdem er festgestellt hatte, dass die Gasse frei war, griff er Livs Arm und zog sie in den offenen Bereich zwischen den beiden Häusern hinaus.

Liv war sich nicht sicher, warum, denn sie hatte gedacht, dass erst Nachmittag war, aber das Licht sah aus wie in der Abenddämmerung; als ob die Sonne bereits dabei war unterzugehen. Sie sah sich um und dann erkannte sie es. Die höchsten Berge lagen im Westen, blockierten die Sonne und sorgten für einen früheren Sonnenuntergang. Sie hätte das einkalkulieren müssen. Bald würde die Sonne in diesem Dorf voller Werwölfe untergehen, die sich jede Nacht wandeln konnten und scheinbar Snacks aus Touristen machten.

Sie erinnerte sich daran, dass sie eine dieser Besucherinnen war.

Fane führte Liv durch das Dorf und nahm einen weitläufigen Weg, der sich zwischen den Gebäuden hindurchschlängelte. Er hielt alle paar Meter an, um zu schnüffeln, seine Ohren bewegten sich leicht in Richtung verschiedener Geräusche.

Als sie an der Straße angekommen waren, auf der er angedeutet hatte, dass er dort leben würde, zeigte er auf ein bescheidenes Haus mit Strohdach. Liv wartete darauf, dass er den Weg zeigte, aber stattdessen drückte er sie und sprach: »Los.«

Unklar, was genau sie tun sollte, aber definitiv chancenlos, rannte Liv zum Haus und zögerte an der Tür.

Er winkte ihr zu, Dringlichkeit lag in seinen Augen.

Sie legte ihre Hand auf den Türknauf, sie war noch unentschlossen. Dann ertönte die männliche Stimme von vorhin auf der Hauptstraße, nur zwei Häuser entfernt.

»Glück gehabt?«, rief er. Es war Soren, wie sie jetzt an seinem Akzent erkannte.

»Keine Spur«, antwortete jemand. »Aber wenn sie noch hier ist, werden wir sie heute Abend finden.«

Liv drückte die Tür auf, als Fane aus dem Schatten des Gebäudes trat, in dem er sich versteckt hatte und jetzt auf die Hauptstraße zurannte.

Liv schlug die Tür hinter sich zu und lehnte sich dagegen.

Kein Werwolf wartete darauf, Livs zu zerreißen, als sie in dem kleinen Haus stand. Zu ihrer Erleichterung befand sich nur eine Person im Hauptraum. Das kleine Mädchen von vorhin lag auf dem Bauch vor dem Feuer und las ein Buch.

Sie drückte sich beim Anblick von Liv nach oben und sah sie neugierig an. »Papa sagte, du wärst da draußen und würdest dich in Schwierigkeiten bringen. Du hast im Gasthaus nichts gegessen oder getrunken, oder?«

Das Mädchen war ungefähr so alt wie Sophia, aber sie war größer und ihre Augen schienen viel reifer als die einer normalen Achtjährigen. Ihr dichtes dunkles Haar fiel kaskadenartig über ihren Rücken und sie trug ein einfaches Kleid und dicke Strumpfhosen.

»Nein, habe ich nicht«, flüsterte Liv und durchsuchte den Raum, während sie versuchte, zu Atem zu kommen. Der Raum war klein und eng und die Möbel waren mit dicken Decken abgedeckt. An der Seite befand sich eine bescheidene Küche, die nur eine sehr begrenzte Ablagefläche und keine Geräte, nur einen Holzofen und ein kleines Waschbecken enthielt.

Auf der Rückseite war ein winziger Flur, der wahrscheinlich in die Schlafzimmer führte.

»Ist sonst noch jemand hier?«, fragte Liv das Mädchen.

Sie schüttelte den Kopf. »Papa und ich leben allein. Meine Mama ist mit einem anderen Rudel weggelaufen, das südlich von hier lebt. Papa sagt, wir werden sie nicht wieder sehen, aber ich weiß es nicht. Es sind schon seltsamere Dinge passiert.«

DIE LOYALE FREUNDIN

Liv nickte nur, nicht sicher, wie sie darauf reagieren sollte, dann erkannte sie, dass sie immer noch Fanes Jacke trug. Sie zerrte am Ärmel und sah das Mädchen an. »Glaubst du, ich kann die jetzt ausziehen?«

»Ja«, antwortete sie. »Sie können dich hier drin nicht riechen. Papa stellt verschiedene Dinge um unser Haus herum auf, um die Sterblichen zu schützen.«

Liv ließ die Jacke von den Schultern gleiten und spürte plötzlich die Kälte in dem kleinen Haus. Sogar trotz des brennenden Feuers war es an diesem Ort noch viel kälter, als sie es gewohnt war – eine Kälte, die ihre Zähne zum Klappern brachte und sie denken ließ, dass sie für immer in ihren Knochen hängenbleiben würde.

»Deine Mutter ist mit einem anderen Rudel weggelaufen?«, fragte Liv und bemerkte, dass es im Haus nur wenige persönliche Gegenstände gab, nur Bücher und gerahmte Stickereien. »Ist sie ein ...«

Das Mädchen nickte und zeigte auf die Tür. »Papa kommt jetzt zurück. Du solltest von der Tür weggehen.«

Liv tat es und einen kurzen Moment später stolzierte Fane durch die Tür, schlug sie zu und verriegelte vier Schlösser. Als er sich umdrehte, um Liv anzusehen, trat sie einen Schritt zurück, nicht sicher, was sie von dem brütenden Blick halten sollte, den er ihr zuwarf.

»Du bist vorerst in Sicherheit«, flüsterte er ihr vorsichtig zu.

Vorerst in Sicherheit, dachte Liv. *Bedeutet dies Sicherheit bis später, wenn er es sich anders überlegt und mich frisst?*

»Kannst du mir bitte erklären, was hier vor sich geht?«, fragte Liv und drückte ihren Stock an die Brust, um sich zu entspannen.

Fane zeigte auf die Küche und richtete seine Aufmerksamkeit auf seine Tochter. »Alina, mach Abendessen, ja?«

Sie nickte und machte sich mit dem Kopf nach unten auf den Weg. »Ja, Papa.«

Fane marschierte zu Liv hinüber und sah auf sie herab, mit einem Ausdruck, den sie nicht lesen konnte. Sie festigte ihren Griff um dem Stock und war bei Bedarf bereit zum Angriff.

Fane schluckte, sein großer Adamsapfel war in seinem Hals zu sehen und die Fäuste ballten sich an seiner Seite. Er verengte seine Augen mit Blick auf den Stock in ihren Händen und schüttelte den Kopf. »Warum bist du hierhergekommen, Kriegerin?«

Kapitel 16

Liv war für einen Moment sprachlos. Alina hatte in der Küche aufgeschaut, die Neugierde überdeckte ihr sommersprossiges Gesicht.

»Woher weißt du, dass ich eine Kriegerin bin?«, fragte Liv, unsicher, ob sie leugnen sollte. Alles an dieser Situation war unglaublich verwirrend.

Fane zeigte auf den Stock in ihren Händen. »Der gehörte Theodore Beaufont. Du hast seine Augen. Und wenn du hier bist, dann wegen des Hauses der Sieben, was dich zu einer Kriegerin machen würde.«

Das war eine fantastische Argumentation, dachte Liv, beeindruckt davon, wie er das alles zusammengefügt hatte.

»Woher kennst du meinen Vater? Und woher wusstest du, dass das sein Stock ist?«, wollte Liv wissen und griff die Waffe noch fester, bereit, sie bei Bedarf auseinander zu ziehen. Sie mochte es wirklich nicht, dass Alina so aufmerksam aus der Küche zusah, aber was würde sie tun, wenn Fane sie angreifen würde? Sie musste sich verteidigen, auch wenn das bedeutete, es vor den Augen seiner Tochter zu tun.

Fane machte einen Schritt zurück und gab ihr etwas Freiraum. Er seufzte. »Ich kannte deinen Vater. Es tut mir leid für deinen Verlust. Ich habe gehört, was mit ihm und deiner Mutter passiert ist. Sie waren ...« Er zögerte, eine seltsame Zärtlichkeit strömte in seine Augen. »Sie waren besser als die meisten anderen.«

»Was? Du kanntest sie?«, fragte Liv erstaunt.

»Ich habe ihm den Stock gegeben«, erklärte Fane.

Livs Augen fielen ungläubig auf den Stock mit den Klingen aus reinem Silber in ihren Händen. »Was? Aber du bist ein Werwolf. Wie … Ich meine, warum? Ich verstehe das wirklich nicht.«

Fane nickte und schien ihre Verwirrung zu verstehen. »Deine Eltern, so gut sie auch waren, haben sich viele Feinde gemacht, aber nur, weil sie sich bemüht haben, für die Rechte der Werwölfe zu kämpfen. Sie wussten, dass viele von uns ehrliche Leute waren, die unseren Fluch bestens im Griff hatten. Als deine Mutter versuchte, ein besonders bösartiges Rudel südlich von hier einzufangen, nahmen sie es persönlich.«

»Ich machte mir Sorgen um deinen Vater, also ließ ich den Stock anfertigen und zu ihm schicken. Es war meine Art, ihm dafür zu danken, dass er unser Dorf nach den Gesetzen des Rates geschützt hatte. Ich kannte die Position, die er als Ratsvorsitzender eingenommen hatte und ich hatte Angst, dass das bulgarische Rudel hinter ihm her sein würde. Leider scheint es, dass etwas anderes hinter deinen Eltern her war und ich glaube nicht, dass es Werwölfe waren.«

Livs Beine zitterten und sie beruhigte sich, indem sie ihre Hand an eine nahegelegene Wand legte.

»Du solltest dich setzen«, sagte Alina und brachte ihr eine Tasse mit einem dampfenden, heißen Getränk. »Trink das. Es wird deine Nerven beruhigen.«

Liv blickte Fane unsicher an.

Er nickte. »Es ist nur Tee. Ich habe keinen Grund, dich unter Drogen setzen zu wollen, Kriegerin. Ich bin nicht wie die anderen.«

Liv nahm den Becher und setzte sich auf die Strohbank vor dem Feuer, die an manchen Stellen hart und an anderen durchgesessen war. »Ich verstehe nicht, was hier vor sich geht. Nichts davon stand im Bericht. Wer waren die Werwölfe im Gemischtwarenladen?«

Fane erwärmte seine Hände vor dem Feuer. »Zuerst sage mir, warum du hier bist. Dann kann ich die Lücken füllen.«

»Nun, der Rat ist auf die Angriffe auf Touristen und Wanderer in Lupei aufmerksam geworden«, erzählte Liv.

Fane seufzte laut. »Ich wusste, dass sie es tun würden. Ich habe das Rudel davor gewarnt, dass sie zu weit gegangen sind.«

Liv blies in den Tee und genoss die warme Tasse in ihren Händen. »Ich wurde geschickt, um die Namen der Rudelmitglieder und des Alphas herauszufinden.«

»Und sie haben deine Magie gesperrt, damit du unbemerkt bleiben kannst«, vermutete Fane.

»Ja, aber irgendjemand hat mein Handy gestohlen, also kann ich sie nicht reaktivieren lassen. Ich hänge hier fest«, erklärte Liv.

»Bis zum Morgen«, stimmte Fane zu. »Bei Sonnenaufgang musst du über den Grat gehen und zu Palins Haus wandern. Es ist etwa 30 Kilometer entfernt. Er wird dich von dort in die Stadt bringen, von wo du deinen Rat erreichen und deine Magie reaktivieren lassen kannst.«

30 Kilometer entfernt. So lange in der Kälte durch die Hügel zu wandern, würde nicht einfach werden. Liv vermisste ihre Magie sehr. Nie wieder würde sie diese so einfach sperren lassen.

Fane atmete aus und nahm den Becher Tee, den Alina ihm gab. Er nickte ihr dankbar zu. »Es scheint, als hätten deine Eltern ihr Wort gehalten und die Wahrheit über Lupei nicht preisgegeben.«

»Die Wahrheit?«, bohrte Liv nach.

»Dein Rat hat dich gebeten, die Rudelmitglieder und den Alpha zu identifizieren, was bedeutet, dass sie die Wahrheit immer noch nicht kennen.« Fane schluckte seinen Tee und fuhr mit der Hand über seinen Bart. »Vor Jahren kam das Rudel aus Bulgarien hierher, was uns Probleme bereitete und unerwünschte Aufmerksamkeit durch den Rat erregte. Deiner Mutter wurde befohlen, hierherzukommen und dem ein Ende zu setzen. Ähnlich wie das Haus der Sieben Magier verfolgt, wollten sie auch uns mit einer Art magischer Peilsender überwachen, aber sie wusste, dass es falsch wäre. Sie stellte fest, dass es das bulgarische Rudel war, das alle Probleme verursacht hatte, also vertrieb sie es aus dem Dorf und behielt unser Geheimnis für sich, da sie wusste, dass der Rat etwas Extremes tun würde, wenn sie die Wahrheit herausfinden würden. Sie haben uns dank ihr nie mit diesen Geräten ausstatten können. Bis heute bist du der einzige lebende Magier, der die Wahrheit über Lupei weiß.«

Liv legte ihre Stirn kraus. »Welche Wahrheit? Ich bin völlig verwirrt und weiß von nichts.«

Fane leerte seinen Tee und hielt den Becher für Alina bereit. Sie nahm ihn pflichtbewusst und kehrte in die Küche zurück, um den Inhalt der Töpfe auf dem Herd umzurühren. »Dein Name ist nicht Sally. Wie heißt du?«

Liv errötete, nachdem sie die Frage nicht erwartet hatte. »Ich bin Liv. Liv Beaufont, das zweite Kind meiner Eltern, das die Rolle des Kriegers übernommen hat.«

Trauer erfasste Fanes Augen. »Es tut mir leid. Es scheint, dass die Tragödien bei den Beaufonts anhalten. Es ist schwer für die Edlen, der Verfolgung zu entkommen.«

Liv bemerkte, dass die Striemen auf Fanes Händen alle verschwunden waren. Jetzt waren da nur noch schwache rosa Linien.

»Liv, du weißt, was Lupei ist, oder?«

Sie nickte und dachte an das Buch Bermudas zurück. »Dort haben Werwölfe ihren Ursprung.«

»Das ist richtig«, bestätigte er. »Es war ein Fluch, den ein unglaublich mächtiger Magier vor Jahrhunderten über das Dorf gelegt hatte. Jetzt ist es unser Biss, der die Krankheit verbreitet. Nur die aus Lupei können jemanden in einen Werwolf verwandeln.«

Liv sagte nichts, trank nur ihren Tee und wartete darauf, dass er weiter erzählte.

»Als deine Mutter hierherkam, entdeckte sie, was los war«, fuhr Fane fort. »Es waren nicht die Werwölfe von hier, die Probleme verursachten. Es war das bulgarische Rudel, das versuchte, uns durch eine Falle in Schwierigkeiten zu bringen. Sie half uns, sie loszuwerden.«

Alina sah sie von der Küche aus an. »Das war, als meine Mutter gegangen ist. Sie mochte die anderen lieber.«

Fane seufzte. »Nicoleta wollte Berühmtheit und sie wollte das hier nicht haben, wo wir alle gleich sind. Aber sie war stärker als die anderen wegen des Fluches und sie hatte die Macht, andere in Werwölfe zu verwandeln.«

»Ich verstehe es immer noch nicht«, gab Liv unsicher zu und versuchte, all die seltsamen Puzzleteile zusammenzufügen. »Was ist nun das Geheimnis?«

»Das Geheimnis, das deine Mutter dem Rat vorenthielt, hielt uns am Leben. Niemand weiß, dass nur der Biss eines Werwolfes aus Lupei den Fluch verbreiten kann«, vermittelte Fane.

»Das ist es also?«, fragte Liv. »Du bist Teil des Originalrudels, das den Fluch in sich trägt. Hatte meine Mutter Angst vor dem, was der Rat tun würde, wenn er die Wahrheit herausfinden würde?«

Er nickte. »Sie wusste, dass sie von ihr verlangen würden, dass sie uns ausrottet. Werwölfe sind kein Problem, mit dem das Haus gerne zu tun hat. Alle anderen magischen Kreaturen würden sie dabei unterstützen. Wenn andere wüssten, dass nur das Lupei-Rudel diesen Fluch verbreiten kann, würden wir ausgelöscht und es gäbe keine Sorgen mehr, dass sich Werwölfe verbreiten könnten.«

»Wow«, sagte Liv und fuhr sich mit den Händen durch die Haare bei dem Versuch, das zu verdauen. »Es ist verrückt, dass nur ein Rudel aus zehn Wölfen das Einzige ist, das andere infizieren könnte.«

Fanes Augen wanderten kurz zu seiner Tochter. »Das ist der andere Teil des Geheimnisses, das du vielleicht schon herausgefunden hast, wenn du genau darüber nachdenkst.«

Liv blinzelte ihn an und versuchte zu verstehen, was ihr entgangen war. Sie hatte seit ihrer Ankunft so viel erlebt, dass sie keine Gelegenheit hatte, etwas davon zu analysieren. Sie dachte an das Gasthaus mit den brutalen Kratzspuren überall und die Einheimischen in geflickter Kleidung. Dann erinnerte sie sich an den Gemischtwarenladen, wo sie die seltsamen Werwölfe vorgefunden hatte. Es fügte sich alles zusammen, sie verstand es plötzlich und ließ beinahe ihre Tasse fallen.

»In Lupei gibt es kein Zehnerrudel«, schlussfolgerte Liv. »Jeder in der Stadt ist ein Werwolf, nicht wahr?«

Fane stieß einen schweren Atemzug aus. »Ja, das ist richtig«, bestätigte er. »Der Magier, der uns damit bedacht hat, hat es so gemacht, dass jeder verflucht ist, der hier geboren wird.«

Liv blickte zu Alina, die damit beschäftigt war, Brot zu schneiden. »Also, auch deine Tochter?«

Fane nickte mürrisch. »Ihr Fluch ist ruhend, wie bei mehr als der Hälfte der Bewohner. Er tritt nur bei Vollmond zutage, aber auch nur dann. Der Rest von uns wandelt sich jede einzelne Nacht.«

Liv dachte an die Frau in der Bar, die Soren gebeten hatte, ihren Stock zu nehmen. Sie musste eine Besucherin sein.

»Und die Leute im Gemischtwarenladen?«, fragte Liv.

»Das sind einige unserer ältesten Bewohner«, erklärte Fane. »Sie haben Schwierigkeiten, sich zu wandeln, etwas, das mit zunehmendem Alter auftritt. Claudia beaufsichtigt sie und sorgt dafür, dass die Touristen sie nicht sehen.«

»Claudia hat mit mir gesprochen«, gab Liv zu. »Du hast gesagt, sie hat schon lange nicht mehr gesprochen.«

»Claudia hat schon lange nicht mehr mit einem Außenstehenden gesprochen«, sagte Fane. »Ich bin überrascht, dass sie etwas zu dir gesagt hat, aber das war ein Grund, warum ich dich hierher gebracht habe. Sie traut denen von außerhalb Lupei nicht. Wir hatten es mit so vielen zu tun, auch mit vielen Werwölfen, die gewandelt wurden und hierherkamen, um Informationen zu bekommen, die sie sich geweigert hat, ihnen zu geben. Niemand darf die Wahrheit erfahren. Wenn sie es täten, nicht auszudenken was der Rat dann tun würde.«

»Wenn es die Geburt in Lupei ist, die den Fluch auslöst, dann …«

Es schien Liv so offensichtlich, aber sie wusste nicht, wie sie ihre Frage formulieren sollte und fühlte sich, als wäre sie unhöflich.

»Wir haben unser Werwolfdasein nicht immer als Fluch betrachtet«, bot Fane an. »Es hatte so sein sollen, als der Magier den Zauber aussprach, aber im Laufe der Zeit waren wir sehr stolz auf die Tatsache, dass wir von dem einzigen Ort der Welt kamen, an dem reine Werwölfe herumstreunten, nicht diese Halbblüter, die von denen gewandelt wurden, die unser Dorf im Laufe der Zeit verlassen hatten. Die Familie meines Vaters und meiner Mutter war stolz auf unser Erbe und ich bin es auch. Nicoleta und ich wollten, dass unsere Tochter teilt, wer wir sind. Und wegen deiner Mutter wussten wir, dass sie sicher in dieser Welt aufwachsen konnte.«

»Jahrhundertelang, bevor die Bulgaren in unser Gebiet eindrangen, hatten wir friedlich gelebt, unser Vieh aufgezogen und uns daran ergötzt, ohne den Menschen zu schaden. Alle paar Jahre wurde einer von uns unruhig, ging und verbreitete den Werwolf-Fluch auf der ganzen Welt. Das war jedoch eher eine Seltenheit.«

»In letzter Zeit gab es jedoch eine Verschiebung in der Rangfolge des Rudels. Unsere langjährige Alpha Relia ist gestorben und seitdem ist alles zum Teufel gegangen. Die neue Alpha begnügt sich nicht damit, so zu überleben, wie wir es immer getan haben. Damals kamen die ersten Touristen nach Lupei und das Blutbad begann schnell. Was im Gasthaus passiert, ist nichts, was die meisten von uns hier dulden. Wir wollen uns absondern, aber wir sind machtlos gegen die aktuelle Alpha.«

»Du meinst Soren?«, fragte Liv.

Fane legte seinen Kopf zur Seite und hatte diese Frage offensichtlich nicht erwartet. »Soren? Oh nein, er ist nicht unser Alpha. Vera schon. Sie war diejenige, die Relia getötet und das Dorf übernommen hat. Sie hatte es satt, dass wir unter dem Radar leben, aber sie versteht nicht, was wir zu verlieren haben. Es waren ihre Söhne, die davonliefen und das bulgarische Rudel gegründet haben. Diese Familie versteht es nicht. Sie wollen Gewalt und Blut und es ist ihnen egal, wer verletzt wird oder ob wir alle den Preis dafür zahlen müssen. Sie verstehen nicht, dass es falsch ist, unschuldige Menschen zu töten.«

»Wow …Vera«, wunderte sich Liv und hatte Schwierigkeiten zu glauben, dass die alte Frau hinter dem Empfangstresen der Kopf von allem war. »Und die Rudelmitglieder tun, was sie im Gasthaus anordnet …«

Fane nickte. »Sie billigen Veras Wege, obwohl der Rest von uns für sich bleibt.«

»Aber nicht Papa«, meldete sich Alina und brachte eine dampfende Schüssel mit Eintopf mit. »Er geht nachts raus und versucht, sie aufzuhalten.«

Liv nahm den Eintopf entgegen und genoss die schmackhaften Aromen.

»Ich versuche es, aber es läuft nicht gut«, erklärte Fane weiter. »Sie sind zu stark und hören nicht auf die Vernunft. Jede Nacht gibt es ein anderes Blutbad mit unschuldigen Menschen im Mittelpunkt. Vera lässt ihre Männer deren Eigentum außerhalb unserer Grenzen verkaufen und benutzt das Geld, um mehr Werbung über Lupei zu machen, damit jeden Tag mehr Touristen auftauchen.«

»Das ist krank«, sagte Liv und ihr verging sofort der Appetit.

Alina brachte ihrem Vater eine Schale mit Eintopf. Er nahm sie entgegen und seufzte tief, als er sich setzte. »Kann ich dir vertrauen, so wie ich früher deiner Mutter vertraut habe?«

Liv nahm das Stück des knusprigen Brotes, das Alina ihr anbot, mit einem höflichen Nicken. »Ja, natürlich kannst du das. Ich weiß nur zu gut, was passieren würde, wenn der Rat die Wahrheit erfahren würden.«

»Aber sie werden die Namen der Alpha und der Rudelmitglieder wollen«, befürchtete Fane.

»Ja, und du musst mir nur sagen, wer die anderen Männer in der Taverne waren, die mit Soren gearbeitet haben«, sagte Liv.

Fanes Gesicht wurde dunkel. »Nicht alle von ihnen sind schlecht. Soren ist es, ganz sicher. Er wollte schon seit Ewigkeiten, dass jemand wie Vera die Macht übernimmt, damit er die Show anführen konnte. Viele der Männer haben jedoch keine Wahl. Ein Alpha wie Vera hat eine Möglichkeit, ihren Einfluss zu verbreiten. Sie droht so lange, bis sie ihren Willen durchgesetzt hat. Früher, als Relia an der Macht war, war es friedlich. Diese Männer waren nie ein Problem. Alles kommt auf die Alpha an und obwohl ich schon lange versuche, gegen sie anzukämpfen, wird es nur eine Frage der Zeit sein, bis sie uns alle dazu gebracht hat, ihrem Gebot zu folgen.«

Alina setzte sich mit einem kleinen Becher Eintopf zu den Füßen ihres Vaters hin und sah zu ihm auf. »Du bist nicht wie sie, Papa. Du kannst dem Ruf der Alpha widerstehen.«

Fane tauchte sein Brot in seinen Eintopf und schüttelte den Kopf. »Nicht mehr lange, meine süße Alina. Sobald die Alpha ihre Dominanz ausübt, werde ich ihr nicht mehr widerstehen können.«

»Dann würde jeder aktive Werwolf in diesem Dorf Touristen ermorden, nicht wahr?«, fragte Liv.

Fane kaute, seine Augen glitten zur Seite. »Es ist viel schlimmer als das. Vera hat die Macht, den schlafenden Wolf zu wecken. Sie könnte bestimmen, dass sich unsere Kinder zu anderen Zeiten als dem Vollmond wandeln.«

Liv zitterte. Werwolfkinder, die unschuldige Sterbliche zerfleischten? Das war bei Weitem das Krankeste, was sie je gehört hatte.

»Kannst du hier nicht weggehen? So weit wie möglich von Vera wegkommen?«, fragte sie.

Fane sah seine Tochter an. »Ich kann nicht. Zum einen bin ich an diese Alpha gebunden, ob es mir gefällt oder nicht. Ihre Macht über mich ist zu groß. Einige sind gegangen, aber der Wolf in mir ist sehr stark. Außerdem kann ich mein Dorf oder die älteren Menschen im Gemischtwarenladen nicht im Stich lassen. Oder Claudia. Sie brauchen mich, denn sie können nicht einfach aufstehen und gehen.«

Liv nickte und verstand sofort. »Ich werde einen Plan erstellen, um dem Rat ausreichend Informationen zu geben, dann komme ich zurück und helfe dir, Vera zu erledigen.«

Fanes Augen leuchteten für einen Moment auf und Liv ließ fast ihr Brot in den Eintopf fallen. Sein Blick flog zu den hohen Fenstern. Die Sonne war fast untergegangen.

Er stand auf und stellte sein Essen auf die Theke in der Küche. »Ich muss rausgehen.«

»Du wandelst dich«, vermutete Liv.

Er nickte. »Ich bin keine Gefahr für dich. Ich kann mich beherrschen. Alle Werwölfe können es. Die meisten wollen es einfach nicht. Allerdings musst du bei Alina drinnen bleiben. Egal, was du hörst, verlasse dieses Haus nicht vor morgen früh.«

Fane zeigte auf den Stock, der neben Liv stand. »Egal was passiert, lass die Waffe nicht aus den Augen. Er ist das einzige Silber in diesem Dorf und deine einzige Hoffnung zu überleben, sollte einer von Veras Wölfen heute Nacht hier einbrechen.«

Kapitel 17

Als Fane gegangen war, begann Liv unruhig umherzulaufen. Es gab keinen Fernseher, der sie ablenkte und kein Telefon, mit dem sie Clark anrufen konnte. Keine Möglichkeit, die Angst, die sich in ihr aufbaute, zu unterdrücken.

Nachdem Alina sich entschuldigt hatte, um sich für das Bett fertig zu machen, materialisierte sich Plato neben Liv. Sie begann fast zu schreien, weil sich ihre innere Anspannung löste.

»Wo warst du?«, atmete sie auf.

Er schaute sich um und nahm die bescheidene Behausung in Augenschein. »Es ist nicht so leicht für mich, hierherzukommen. Dieser Ort hat etwas Unnatürliches an sich und er versucht immer wieder, mich hinauszudrängen.«

»Das liegt daran, dass jeder hier ein Werwolf ist«, flüsterte sie. Ja, Fanes Geheimnis war bei ihr sicher. Sie würde es nicht einmal Clark erzählen, aus Angst, dass er aufgrund seines Eides verpflichtet sein könnte, die Informationen an den Rat weiterzugeben. Plato war jedoch anders. Er war gewissermaßen ein Teil von ihr und sie musste mit jemandem darüber reden.

Plato nickte. »Das ergibt jetzt mehr Sinn. Völlig sinnfrei ist jedoch, dass du dich nachts in einem Dorf voller Werwölfe aufhältst.«

»Meine Magie ist gesperrt und jemand hat mein Handy geklaut«, erklärte Liv. »Ich kann erst morgen früh hier weg und selbst dann …« Ihre Stimme erstarb, die Augen weiteten sich vor Aufregung. »Hey, kannst du zu Clark gehen? Sag ihm, er soll meine Magie aktivieren. Sag ihm, dass es mir gut geht, aber ich muss hier raus.«

Platos Augen schlossen sich kurzzeitig. »Es tut mir leid, aber nur du selbst kannst fordern, dass deine Magie aktiviert wird.«

Liv atmete aus. »Nun, kannst du ihm wenigstens sagen, dass ich nicht tot bin?«

Plato seufzte. »So arbeite ich wirklich nicht, aber …«

Liv funkelte ihn mit einem mörderischen Blick an.

»Ja, schon gut. Ich werde ihm sagen, dass es dir gut geht«, sagte Plato sofort. »Aber meine Frage ist, *geht es* dir wirklich gut? Hier sind überall Werwölfe und ich kann nicht viel länger bleiben. Das kleine Mädchen kommt gleich zurück und sie ist eine von ihnen. Ich kann nicht mit ihr im selben Raum sein.«

»Die Rivalität zwischen Hunden und Katzen endet nie, oder?«

»So etwas in der Art«, antwortete Plato.

»Bitte sag Clark einfach, dass ich morgen anrufen werde, obwohl ich nicht weiß, wie ich ihn ohne mein Handy bei all seinen Rufnummern erreichen kann«, meinte Liv. »Mein Geld ist in meiner Tasche, die mir die dummen Hunde abgenommen haben, also weiß ich nicht einmal, wie ich irgendwo hinkommen soll, wenn ich aus diesem Dorf raus bin.«

»Komm einfach in die Stadt«, bot Plato an. »Ich treffe dich dort und habe dann Clarks Kontaktinformationen.«

Die Tür zum Badezimmer öffnete sich und Alina erschien einige Sekunden später, ein vorsichtiger Ausdruck auf ihrem Gesicht. Sie trug ein kariertes Nachthemd, und ihr Haar war aus ihrem Gesicht zurückgebunden. »Mit wem hast du gesprochen?«

Liv sah sich um und war dankbar, dass Plato rechtzeitig verschwunden war. »Mit mir.«

Das kleine Mädchen nahm das Buch, das sie vorher gelesen hatte und rollte sich vor dem Feuer zusammen. Sie klopfte auf den Boden neben sich und sah zu Liv auf. »Willst du dich zu mir setzen? Ich lese dir aus meinem Buch vor. Das wird helfen, dich abzulenken.«

Liv war im Begriff ›Wovon?‹ zu fragen, als ein unheimliches Heulen die Nachtluft durchschnitt und ihr Schauer über den Rücken jagte. Sie spannte sich an, ihre Augen huschten zur Tür, die zum Glück sicher verschlossen war.

Wieder klopfte Alina auf den Boden. »Komm. Setz dich zu mir. Das Rudel ist die ganze Nacht wach. Versuch einfach, sie zu ignorieren. Ich lese dir vor bis du einschläfst.«

Liv wusste nicht, was sie sagen sollte. Dieses kleine Mädchen hatte, ähnlich wie Sophia, in einer fremden Welt schnell erwachsen werden müssen. Sie kniete sich neben sie, lehnte sich an ein paar Kissen und zwang sich ein Lächeln ins Gesicht. »Danke«, sagte sie.

Alinas Augen landeten auf dem Stock, den Liv neben der Couch hatte liegen lassen. »Denk daran, was Papa gesagt hat.«

Liv griff nach dem Stock und holte ihn an ihre Seite.

Alina nickte und öffnete das Buch. »Keine Sorge, sie werden heute Abend nicht hereinkommen. Das ist nur für alle Fälle.«

Liv hielt sich den Stock nahe an die Brust, als das Mädchen anfing zu lesen und Schreie die Luft im Dorf Lupei erfüllten.

Kapitel 18

Erst als Fane am nächsten Morgen zurückkam und Liv Entwarnung gab, machte sie sich auf den Weg in die Berge. Sie konnte spüren, wie er sie aus sicherer Entfernung beobachtete, was ihr Gefühl ein wenig verbesserte. Ihn direkt nach seiner Nacht als Werwolf zu sehen, erschütterte sie bis ins Mark. Er war ramponiert und mit blauen Flecken übersät zu Hause angekommen. Als sie ihn gefragt hatte, ob er in Ordnung wäre, hatte Alina sich gemeldet und erklärt, dass es ihm spätestens am Nachmittag wieder gut gehen würde.

Nach einer langen und anstrengenden Wanderung traf Liv den Bauern Palin. Er sagte kein Wort, als er sie in die nächste Stadt fuhr. Als sie ausgestiegen war, fuhr er wieder los, bevor sie ihm danken konnte.

Alles, was Liv wollte, war ihre Magie entsperren, damit sie nach Hause zurückkehren und versuchen konnte, herauszufinden, wie man mit den Werwölfen umgehen musste und insbesondere mit Vera, der Frau, die ein perfektes, friedliches Dorf von Werwölfen in Monster verwandelt hatte. Liv fühlte sich stolz, dass sie an einem Fall arbeiten konnte, an dem vor nicht allzu langer Zeit auch ihre Mutter gearbeitet hatte. Sie hätte nie gedacht, dass ihr Leben so nah mit dem ihrer Mutter zusammenhängen würde. Manchmal fühlte sie sich, als würden sie in parallelen Dimensionen leben, ihre Wege würden sich kreuzen, allerdings nur auf der Quantenebene.

Liv hatte viel Zeit, über all das nachzudenken, denn als sie Clark schließlich erreichte, informierte er sie, dass Adler abwesend war und deshalb ihre Magie nicht aktiviert werden konnte.

»Ich kann nicht in Rumänien bleiben«, beschwerte sie sich und sprach leise, sodass der Ladenbesitzer, der ihr erlaubt hatte, den internationalen Anruf zu tätigen, nicht zuhören konnte.

»Ich weiß nicht, wann Adler zurückkehren wird«, erklärte Clark. »Es steht ihm eigentlich nicht zu, einfach so zu verschwinden.«

»Aber hast du heute Abend kein Treffen mit den Sieben?«

Clark schwieg für ein paar Sekunden. »Er wird nicht dabei sein.«

»Was?«, stöhnte Liv. »Ich muss nach Hause.«

»Das ist mir klar«, antwortete Clark. »Ich habe dir ein Flugticket gekauft und ich schicke dir etwas Geld. Ich habe auch einige Fäden gezogen, sodass die Passkontrolle kein Problem sein sollte. Morgen bist du wieder zu Hause und Adler ist bis dahin auch zurückgekehrt. Dann werden wir deine Magie wieder freischalten.«

»Kannst du nicht hierher ein Portal öffnen und mich holen?«, fragte Liv frustriert und fühlte sich plötzlich sehr anspruchsvoll.

»Ich kann nicht«, sagte Clark mit Bedauern. »Wir stecken knietief in den Informationen über die Elfenverhandlungen.«

Plötzlich wünschte sich Liv, sie hätte Stefan nicht weggeschickt.

»Keine Sorge«, tröstete Clark. »Wir bringen dich nach Hause und dann ist alles wieder gut.«

Nein, das wäre es nicht, denn sie wollte Adler Sinclair dafür umbringen und sich dann dem Zorn des Rates stellen.

Liv knirschte mit den Zähnen und dachte, dass der Zeitpunkt für Adlers Urlaubstag sehr seltsam gewählt war. Sie stellte sich dann den Albino vor, der in einem Hawaii-Hemd am Strand saß und Tonnen von Sonnencreme auftrug, während er gemütlich mysteriöse Geschichten las. Das war ein Bild, das ihr den Appetit raubte, obwohl sie nicht annähernd so hungrig war wie sonst, weil sie ihre Magie nicht mehr hatte.

Glücklicherweise hatte Alina sie mit frischem Brot, Trockenfrüchten und Nüssen losgeschickt, die ihr nach der langen Wanderung schon geholfen hatten. Das kleine Mädchen hatte Liv auch etwas Geld gegeben, das sie aus einer Blechdose geholt hatte, die sie hinten im Schrank aufbewahrte. Liv gab etwas davon dem Ladenbesitzer, der ihr erlaubt hatte, sein Telefon zu benutzen und ging ohne ein Wort zum Flughafen.

✦ ✦ ✦

»Weißt du, in wie vielen Warteschlangen ich angestanden habe?«, fragte Liv, als sie Clark am Eingang zum Haus der Sieben traf.

»Ich schätze in mehr als einer«, antwortete er etwas schüchtern.

»Warst du schon mal auf einem Flughafen?«, bohrte Liv, als sie den langen Flur entlang gingen.

»Nein, aber ich habe gehört, dass es faszinierende Orte zur Beobachtung von Menschen sind.«

»Das ist wahr, denn rate mal, was es überall gibt?« Sie hielt inne, aber er beantwortete diese rhetorische Frage nicht. »Leute! Sie schlendern ohne eine Ahnung, wohin sie gehen, plaudern in ihre Handys, weil wir natürlich alle wissen wollen, was sie an diesem Wochenende zu tun gedenken. Ihre Nachkommen beaufsichtigen sie nicht, die, genau wie sie, an einem Gerät kleben, aber keine Kopfhörer benutzen, sodass jeder die Musik mithören kann, wenn sie immer wieder versagen und daher kein Level bei *Angry Birds* aufsteigen.«

»Was sind *Angry Birds*?«, fragte Clark stirnrunzelnd.

»Ich kann nicht anders, als zu glauben, dass du irgendwie den Sinn meiner Geschichte nicht verstehst«, seufzte Liv müde. Sie trug immer noch die gleiche Kleidung wie in Lupei, da sie lieber ihre Magie freigeschaltet hätte, als zuerst zu duschen.

»Nun, wo wir gerade von Geräten sprechen«, sagte Clark und zog ein Telefon aus seiner Tasche, »Ich war etwas voreilig und habe dir ein neues Handy besorgt. Denkst du, es war eines der Rudelmitglieder, das deines gestohlen hat?«

Liv nickte und wandte ihre Augen von den Augen ihres Bruders ab. Sie wollte ihn nicht anlügen, aber die Realität war, dass sie alle anlügen musste, um das Dorf Lupei zu schützen. Sie würde ihm irgendwann die Wahrheit sagen, aber nicht jetzt. Er brauchte keinen zusätzlichen Stress. Ihre Mutter hatte die Informationen ihrem Vater anvertraut und er hatte mitgearbeitet, um ihr zu helfen. Anscheinend hatte ihn das in eine gefährliche Lage gebracht. Clark hatte schon genug am Hals.

Als ob Clark ihre Gedanken wahrnehmen würde, zeigte er auf den Stock, von dem Gott sei Dank die Sicherheitskräfte am Flughafen dachten, er sei tatsächlich nur ein Gehstock. »Hat sich Vaters Waffe als nützlich erwiesen?«

Liv festigte ihren Griff. »Ja, ich würde sogar sagen, er ist wahrscheinlich der Grund, warum ich jetzt hier stehe.«

Sorgenfalten breiteten sich auf Clarks Gesicht aus. »Nun, behalte ihn noch ein wenig länger, zumindest bis du diesen Werwolf-Fall erledigt hast. Du könntest ihn wieder brauchen.«

»Ist der Faulenzer von seiner Reise zurück?«, fragte Liv, als sie vor der Baumkammer innehielten.

Clark schoss ihr einen verwirrten Blick zu. »Wer?«

»Adler«, sagte sie. »Ich bin bereit, meine Magie zurückzubekommen.«

»Oh, ja«, sagte Clark, es dämmerte ihm. »Er ist hier. Gerade angekommen.«

»Ich frage mich, wohin er so dringend musste, während ich ohne Magie inmitten von Werwölfen festsaß«, beschwerte sich Liv.

»Ich weiß es nicht«, sinnierte Clark. »Ehrlich gesagt, bin ich mir nicht sicher, ob er das Haus der Sieben überhaupt verlassen hatte. Niemand hat ihn kommen oder gehen sehen. Aber es war schon suspekt, dass er freigenommen hatte, wenn auch nur für einen Tag, vor allem bei unseren aktuellen Aufgaben.«

Livs Augen glitten automatisch zur Schwarzen Leere. Sie hätte schwören können, dass sie das Flüstern aus diesem Bereich gehört hatte, aber sie war der Meinung, dass es auch der Mangel an Schlaf und das Flugzeugessen sein könnten, die sie halluzinieren ließen.

»Okay, nun, gehen wir endlich in die Kammer, damit wir fertig werden«, meinte Liv. »Ich brauche eine Dusche und anschließend einen Teller Nachos.«

Clark stimmte zu, während er mit der Nase rümpfte. »Ja, eine Dusche brauchst du dringend. Tut mir leid, aber du riechst irgendwie nach Farm.«

Kapitel 19

Alle in der Kammer drehten sich um, als Liv durch die Tür der Reflexion trat. Sie konnte nicht umhin zu bemerken, dass sich Stefans Gesicht bei ihrem Anblick vor Erleichterung aufhellte. Adler hingegen schien nicht glücklich darüber zu sein, dass sie sicher zurückgekehrt war.

»Miss Beaufont, war es wirklich notwendig, dass dein Bruder dich ins Haus der Sieben begleitet?«, fragte Adler, als sie ihren Platz einnahm.

Abgesehen von Stefan waren die einzigen anderen anwesenden Krieger Akio und Trudy, die stoisch, mit den Händen auf dem Rücken auf ihren Plätzen standen.

»Nun, da mir das Geld für das Taxi ausgegangen ist und jemand den Fahrer bezahlen musste, ja, es war notwendig«, sagte Liv. »Natürlich hätte ich keinen Flug aus Rumänien mit zwei Zwischenstopps und anschließend ein Taxi vom Flughafen nehmen müssen, wenn ich meine Magie gehabt hätte.« Liv tippte mit dem Finger auf ihr Kinn, als würde sie nachdenken. »Nun, warum hatte ich meine Magie nicht, als ich in Rumänien feststaß? Könnte es daran gelegen haben, dass die feine Miss deVries im Urlaub war?«

Hester grinste sie schelmisch an.

»Oder lag es daran, dass Ratsheer Ludwig eine Magen-Darm-Problematik hatte und die letzten beiden Tage im Bett verbrachte?« Liv tat so, als würde sie sich erkundigen.

Raina zwinkerte Liv zu.

»Oh, ja, richtig! Ich glaube, es lag einzig und allein daran, dass du, Mister Sinclair, seltsamerweise andere Angelegenheiten zu erledigen hattest«, erklärte Liv.

Adlers Nasenlöcher bebten, als er sich zurücklehnte, aber er sah ganz und gar nicht beeindruckt aus. »Ich versichere dir, dass nichts am Timing merkwürdig war. Ich hatte einfach wichtige Dinge zu erledigen, die nicht warten konnten.«

»Richtig«, murrte Liv. »Eine Timesharing-Präsentation, an der du verpflichtend teilnehmen musstest? Geschworenenpflichten? Hast du dich schon wieder als Schiedsrichter in der Little League gemeldet und dort ehrenamtlich ein Baseballspiel für Kinder geleitet?«

»Miss Beaufont«, schnappte Adler, seine Irritation war spürbar. »Was ich getan habe, geht dich nichts an, auch nicht den Rat. Er ist sich dessen bewusst und du tust gut daran, dich an deinen Stellenwert hier zu erinnern.«

»Ich wäre auch sehr irritiert«, sagte Haro von seinem Platz auf der anderen Seite des Tisches aus. »Wenn ich ohne Magie in Rumänien festsitzen und die Transportmittel für Sterbliche nutzen müsste, um zurückzukehren und würde ähnliche Aussagen über dich machen, Adler.«

Raina nickte. »Dem kann ich nur zustimmen. Der Zeitpunkt deiner Abreise war unglücklich gewählt und obwohl wir jetzt alle wissen, dass du nicht vermeiden konntest, was auch immer du tun musstest, musste Kriegerin Beaufont darunter leiden.«

Liv lächelte innerlich. Der Rat begann, gegen Adler zu rebellieren. Auch wenn es nur in diesen kleinen Schritten vorwärts ging, so war es doch ein Fortschritt.

»Ich erinnere euch alle daran, dass Miss Beaufont erklärt hat, dass sie bei Einbruch der Dunkelheit aus Lupei raus sein wollte und dann müsste ihre Magie wieder entsperrt werden«, erklärte Adler, wobei die Erregung in seiner Stimme auffiel. »Sie hat uns zu diesem Zeitpunkt nicht angerufen und da wäre ich noch verfügbar gewesen.«

»Das war so, weil mir mein Handy gestohlen wurde und ich in diesem schönen Dorf festsaß«, informierte Liv. »Die haben übrigens kein WLAN, keine Handys und nicht einmal eine verdammte Schreibmaschine, mit der ich eine Nachricht hätte schreiben um sie dir per Pony-Express zuschicken können.«

»Jetzt bist du doch hier«, antwortete Adler. »Hast du herausgefunden, wer die Rudelmitglieder und ihr Alpha sind?«

»Das habe ich«, antwortete Liv. »Aber ich kann diese Geschichte viel besser mit meiner Magie erzählen. Würdet ihr sie bitte entsperren? Dann kann ich einen Duftzauber wirken, damit ich mich nicht mehr selbst riechen muss.« Sie blickte Stefan von der Seite an »Ich rieche nach Schafen und nassem Hund.«

Er nickte. »Ich fürchte, das weiß ich bereits.«

»Ich bin bereit, die Magie von Kriegerin Beaufont zu entsperren«, erklärte Hester und drückte einen Knopf auf dem Bedienfeld vor ihr. Die anderen Ratsmitglieder murmelten übereinstimmend.

»Mach dich bereit, Miss Beaufont«, sagte Adler. »Auf mein Zeichen, Ratsmitglieder. Eins, zwei, drei. Jetzt.«

Was auch immer die Ratsmitglieder als Nächstes taten, Liv sah es nicht. Stattdessen war ihr Blickfeld von hellen Lichtern durchzogen und sie fühlte, wie ein seltsames Gefühl durch ihre Brust strömte. Sie stolperte fast wie beim letzten Mal rückwärts, aber sie konnte stehen bleiben und sich daran erinnern, was Plato über das Atmen gesagt hatte, als ihre Magie wieder freigeschaltet wurde. Sie atmete tief ein und beugte ihre Finger, wobei die Kraft, die sie fast drei Tage lang vermisst hatte, durch sie floss.

Um ihre Magie zu testen, zeigte Liv auf sich selbst, erfrischte ihre Kleidung und ihren Körper und beseitigte den Farmgeruch.

»Viel besser«, meinte Stefan und stieß die Luft hörbar aus, als hätte er den Atem angehalten.

»Hey!«, beschwerte sich Liv. »Ich hacke nie auf dir herum, wenn du auftauchst und nach Dämonen riechst.«

»Das solltest du wahrscheinlich tun«, konterte er und zeigte ihr ein Lächeln. »Wenn wir uns nicht darauf verlassen können, dass unsere Freunde uns auf diese Dinge aufmerksam machen, sind wir verloren.«

»Du hast recht«, grinste sie. »Du hast Spinat oder so was zwischen den Zähnen.«

Das hatte er nicht, aber es könnte unterhaltsam werden, ihm die nächsten Minuten zuzusehen, wie er in seinen Zähnen herumstocherte. Die Krähe flog von einem unsichtbaren Ort herunter und krächzte sie an.

Stefan zwinkerte. »Du lügst.«

Liv streckte dem Vogel ihre Zunge heraus. »Warum musstest du alles ruinieren?«

»Diabolos geht es nicht um deine Angelegenheiten«, klärte Lorenzo auf. »Er reagiert lediglich auf Lügen.«

Liv richtete ihre Augen auf den Vogel. Sie musste ihn verscheuchen, bevor sie ihre Rede hielt – oder vielleicht war es besser, dass sie seine Aufmerksamkeit mit dieser kleinen Lüge auf sich gezogen hatte. Dann würde es dem Rat nicht auffallen, wenn sie die nächsten paar Kleinigkeiten auf den Tisch bringen musste.

»Diabolos ist sein Name?«, fragte Liv und blickte Stefan seitlich an. »Ich hätte ihn eher für einen Felix gehalten.«

Stefan hatte seine Augen an die Decke geheftet, als würde er versuchen, quadratische Gleichungen in seinem Kopf zu berechnen. Liv wusste, dass er tatsächlich versuchte, sich in Anwesenheit der Krähe in Schach zu halten.

»Dein Bericht, Miss Beaufont«, forderte Adler trocken.

Sie nickte. »Ja, ich würde nichts lieber tun, als ihn abzugeben.«

Diabolos krächzte wieder.

Liv verengte ihre Augen beim Anblick der Krähe. »Im Ernst, du wärst ein echter Wermutstropfen auf einer Gartenparty, bei der jeder höfliche Gespräche führen muss.«

»Es ist nicht üblich, direkt mit den Regulatoren zu sprechen«, belehrte Bianca mit einem mahnenden Blick.

Regulatoren, dachte Liv nach.

»Und doch gibt es keine Gesetze dagegen«, argumentierte Liv. »Ich denke, wenn ihnen niemand Aufmerksamkeit zukommen lässt, sind sie wahrscheinlich ziemlich einsam.«

»Dein Bericht?«, wiederholte Adler und klang noch gereizter als zuvor.

»Ja, also, ich habe festgestellt, wer die Rudelmitglieder und ihr Alpha sind«, sagte Liv und war vorsichtig, wie sie ihre Informationen preisgab, um Diabolos nicht auszulösen.

»Alle von ihnen?«, erkundigte sich Haro.

»Ja«, bestätigte Liv, und hielt ihre Augen von der Krähe fern.

»Gut«, lobte Adler. »Dann musst du in das Dorf Lupei zurück und sie alle entsorgen.«

»Alle?«, hakte Liv nach. »Ich glaube, die Alpha ist das Problem. Es mag noch ein paar weitere ihr loyale Anhänger geben, aber in den meisten Fällen sind es einfache Männer, die gezwungen waren, den Anweisungen ihrer Alpha zu folgen.«

»Obwohl ich weiß, dass es eine Herausforderung sein wird, zehn Werwölfe auszuschalten, muss das getan werden, um dieses Problem endgültig und dauerhaft zu beheben«, sagte Adler. »Diese Werwölfe wissen, was die Vereinbarung besagt und sie begehen einen direkten Verstoß.«

Fane hatte recht, erkannte Liv. Wenn der Rat wüsste, dass das ganze Dorf Lupei voller Werwölfe war, die zudem als Einzige den Fluch verbreiten konnten, würden sie wahrscheinlich auch dafür stimmen, dass allesamt ausgerottet werden müssten.

»Ich kann Kriegerin Beaufont helfen«, meldete sich Trudy sofort.

Liv wollte protestieren, aber sie wusste nicht, wie sie das anstellen sollte, ohne unerwünschte Aufmerksamkeit auf sich zu ziehen.

Adler seufzte. »Okay, sehr gut. Ihr beide solltet in der Lage sein, mit einem Rudel Wölfe umzugehen. Ich möchte, dass dieses Problem schnell gelöst wird. Und wenn du nicht in der Lage sein solltest, alle Wölfe auszuschalten, dann wird Decar das übernehmen.«

»Das wird nicht nötig sein«, widersprach Liv. »Ich bin mir sicher, dass Kriegerin DeVries und ich dazu mehr als fähig sind.«

Ihre Augen fielen auf Diabolos und sie war dankbar, dass der Vogel seinen Schnabel dieses Mal geschlossen hielt. Liv hatte bereits viele Zweifel wegen der Rückkehr nach Lupei und des Kampfes gegen Vera, während sie gleichzeitig die unschuldige Bevölkerung des Dorfes schützen wollte. Trudy im Schlepptau zu haben, würde die Dinge eher verkomplizieren.

Kapitel 20

»Wenn ich ausziehe, kannst du die Wohnung anschließend deutlich teurer vermieten«, sagte Liv zu John, als sie auf dem langen Balkon standen, den sie gezaubert und ihre kleine Wohnung damit vergrößert hatte. Das Studio, mit ursprünglich knapp 40 Quadratmetern, war heute mehr als doppelt so groß, mit einem separaten Schlafzimmer abgehend vom Wohnbereich und einem begehbaren Kleiderschrank. Eigentlich war es kein Studio mehr, sondern eine große Mehr-Zimmer-Wohnung.

»Du hast nicht vor, bald auszuziehen, hoffe ich?«, fragte John und blickte vom geräumigen Balkon auf die Straße darunter. Jasminblüten schlangen sich durch die Laube über ihren Köpfen und schützten sie vor der Sonne. Bevor sie gezaubert hatte, war dieser Bereich einfach eine Feuerleiter mit kaum genug Platz für eine Person gewesen, aber jetzt hatte Liv einen Ort, um ihren Morgenkaffee zu trinken und die Zeitung zu lesen. Sie hatte sogar mit Plato geschertzt, dass sie eine Katzentoilette für ihn da draußen aufstellen könnte und er war als Reaktion darauf eingeschnappt gewesen. Er hatte noch nie zuvor ein Katzenklo benutzt. Ehrlich gesagt, wusste Liv gar nicht, wo er sein Geschäft verrichtete. Noch so ein Lynx-Geheimnis.

»Nein, natürlich nicht.« Liv betrachtete ihr Meisterwerk anerkennend. »Ich habe den Ort einfach so gestaltet, wie ich ihn möchte. Ich weiß aber immer noch nicht, warum du mir nicht erlaubt hast, deine Wohnung umzugestalten.«

John winkte ab. »Ich mag meine Wohnung so wie sie ist. Die Upgrades für den Laden waren praktisch. Dank dir ist der Ort perfekt gewappnet für all die neuen Aufträge, die wir bekommen.«

»Es war Clark, der das alles gemacht hat«, gab Liv zu. »Aber dank ihm weiß ich nun, wie man Räume erweitert. Zumindest werde ich nach und nach immer besser darin.«

John blickte auf die Stelle, an der sie standen und machte sich Sorgen, die ihm auch anzusehen waren. »Es ist schon sicher, auf diesem Balkon zu stehen, oder?«

Liv verbarg ihre eigene Besorgnis nicht. Sie hatte mehrmals versucht, die Böden zu verbessern, aber der alte mit dem ursprünglich gerissenen Hartholz tauchte nach ein paar Tagen immer wieder auf. »Weißt du was? Vielleicht sollten wir reingehen. Ich muss noch ein paar weitere Upgrades machen, dann lass uns Pizza und Donuts essen gehen.«

»Was davon?«, fragte John und folgte ihr ins Haus.

»Beides«, zwitscherte Liv fröhlich. »Warum sollten wir uns entscheiden müssen?«

»Nun, ich bin mir nicht sicher, ob mein Arzt dem zustimmen würde«, lautete Johns Einwand. »Aber ich bin auch kein Magier, der essen kann was er will.«

Liv hielt inne, als sie drin waren. »Nach reiflicher Überlegung gehen wir besser in das neue vegane Restaurant zwei Straßen weiter Richtung Downtown. Ich habe gehört, dass ihre Hummustacos ziemlich gut sind.«

John zog eine Grimasse. »Hey, ich will zwar nicht so früh sterben, aber das bedeutet noch lange nicht, dass du mich gleich dazu zwingen musst Kaninchenfutter zu essen. Das Leben soll man genießen.«

Liv betrachtete ihn für einen Moment. »Hast du deine Medikamente genommen?«

Er nickte.

»Und diese Superfood-Mischung getrunken, die ich für dich vorbereitet habe?«, quetschte sie ihn weiter aus.

Er nickte wieder.

»Gut, dann lass uns Pizza essen gehen, aber wir belegen die hauptsächlich mit Gemüse«, sagte sie und drehte ihre Hand Richtung Zimmerdecke, sodass sie mehrere Meter nach oben ging. »So ist es besser. Ich brauchte eine hohe Decke.«

»Wow«, sagte John und staunte über die neu angehobene Decke. »Glaubst du, Miss Goodwin über dir hat das gespürt?«

»Diese senile alte Fregatte würde es nicht mal bemerken, wenn ein Raumschiff in ihrer Wohnung landen würde«, begründete Liv.

»Das ist wirklich eine erstaunliche Magie«, meinte John. »Ich habe bei Chloe nie gesehen, dass sie ihre für so etwas benutzt hat.«

»Oh, nicht?«, wunderte sich Liv. »Wofür hat sie ihre benutzt?«

John kratzte sich am Kopf. »Ich bin mir nicht ganz sicher. Viele Tränke. Bequemlichkeiten. Manchmal hat sie Menschen verzaubert und sie tun lassen, was sie wollte. Aber ihre Magie fühlte sich nicht so rein an wie deine, wenn das für dich Sinn ergibt?«

Liv nickte. Dies war das zweite Mal, dass John von Magie gesprochen hatte. Das war seltsam für einen Sterblichen und das nicht nur, weil sie verändert worden waren, um keine Magie erkennen zu können. John konnte sie nicht nur sehen, sondern auch fühlen, ähnlich wie Rory. Der Riese war mit Magie bestens vertraut und konnte sogar die Kraft eines Magiers spüren.

»Nun, ich bin froh, dass ich die Expansionszauber größtenteils beherrsche«, seufzte Liv. Sie sah sich um und versuchte zu entscheiden, was sie sonst noch brauchen könnte. Das ließ sie aus irgendeinem Grund an Mortimer denken und sie beschloss, ein paar Fenster hinzuzufügen.

»Das Fenster ist an einer Innenwand«, sagte John. »Die, die du mit meiner Wohnung teilst. Welche Aussicht erwartest du da?«

Liv dachte einen Moment nach und zeigte dann auf das Fenster. »Nun, warum nicht Meerblick? Das *ist* LA.«

John warf einen Blick aus dem Fenster und staunte über den Anblick der Wellen des Pazifischen Ozeans, die auf den Strand rollten. »Wow. Wenn ich deine Wohnung jemals anderweitig vermieten sollte, werde ich einiges erklären müssen.«

»Ernsthaft, John, lass mich deine Wohnung wenigstens mit einer Gourmetküche oder einem Filmraum ein bisschen aufwerten.«

»Vielleicht …«, sagte er und schien sich für die Idee zu erwärmen. »Aber nicht jetzt. Ich bin sicher, es gibt viel wichtigere Dinge, für die du deine Energie aufwenden könntest.«

Wie das Töten von Werwölfen, dachte Liv. Sie und Trudy wären normalerweise gleich nach Erhalt ihres Auftrags vom Rat nach Lupei gegangen, da Liv nicht wollte, dass noch weitere unschuldige Touristen sterben mussten. Momentan war aber gerade Vollmond, die denkbar schlechteste Zeit also, um dorthin zu reisen, da sie über die Bewohner Bescheid wusste.

Trudy hatte sie allerdings gefragt, warum das wichtig wäre, da das Rudel sich doch sowieso jede Nacht wandeln konnte. Liv erfand jedoch die Ausrede, dass sie bei Vollmond nochmals mächtiger wären. Es könnte der Wahrheit entsprechen, nach allem was sie erfahren hatte, aber sicher war, dass es definitiv keine gute Idee wäre, in ein Dorf mit vierhundert Werwölfen zu kommen. Damit wäre es unmöglich gewesen, die Wahrheit von Trudy fernzuhalten.

Sie musste ihre Reise sorgfältig planen, damit Trudy die älteren Leute im Gemischtwarenladen nicht zu sehen bekam oder etwas erfuhr, was sie misstrauisch werden lassen könnte. Wenn alles nach Plan verlief, würden sie nach Lupei kommen und dort wieder heraus sein, bevor es dunkel wurde, nachdem sie Veras Herrschaft als Rudelführerin beendet hatten.

»Was ich noch lernen möchte, ist, wie man mit Magie Feuerbälle erschafft und wirft wie ein Gnom«, meinte Liv sehnsüchtig.

John sah sie unsicher an. »Ich dachte immer, Gnome wären gut darin Kekse zu backen und Spielzeug herzustellen?«

Liv lachte. »Du meinst Elfen, also diese Cartoon-Typen. Echte Elfen erschaffen meist Artefakte, die von Magie durchdrungen sind. Und sie können echte Nervensägen sein, wenn sie dich erwischen, wie du aus einem Strohhalm trinkst, von dem sie behaupten, dass er für die Zerstörung der Erde verantwortlich ist.«

»Ja, sie verhaken sich in den Nasen von Meeresschildkröten, oder?«

Liv nickte. »So etwas in der Art. Aber Gnome, die viel weniger gesellig sind als Elfen, verfügen über eine Feuerball-Magie, die sie mir nicht mitteilen wollen. Sie sind auch Bergleute, die Zugang zu wertvollen Edelsteinen mit magischen Kräften haben.«

»Nun, ich bin sicher, du wirst Zugang zu ihnen finden und ihr Handwerk auf die eine oder andere Weise lernen«, sagte John gutmütig.

Liv drehte sich, um ihre Arbeit zu begutachten und dachte, sie wäre mit den Renovierungen fast fertig. Da bemerkte sie ein kleines Stück Papier, das von der hohen Decke herunterschwebte. Es landete mit einem seltsamen knallenden Geräusch auf ihrem neuen Couchtisch.

Unsicher, was das sein konnte oder ob sie es gefahrlos anfassen konnte, unternahm Liv zaghafte Schritte in Richtung Papier.

»Was ist das?«, fragte John neugierig und betrachtete es.

»Ich bin mir nicht sicher«, meinte Liv. »Es könnte eine Falle sein.«

»Es ist nur ein winziges Stück Papier«, dachte er laut.

»Ich traue dem nicht ganz.« Sie drehte ihren Finger in der Luft und hob das Papier an, sodass es direkt vor ihrem Gesicht schwebte. Die schlampige Handschrift sagte:

Liv Beaufont,

ich habe einen Termin mit Doktor Jay Dowling, dem Chef-Neurowissenschaftler und Genetiker an der UCLA, für deine Sterblichen vereinbart.

Dein Freund,
Mortimer

Liv schnappte sich den Zettel, ein Lächeln huschte über ihr Gesicht. »Hey, John. Bist du bereit für einen kleinen Ausflug?«

Er lächelte, seine Augen funkelten. »Natürlich. Was immer du möchtest.«

Kapitel 21

Liv zog den Stein aus ihrem Umhang, den sie von Rudolf bekommen hatte und fuhr mit ihrem Zeigefinger und Daumen darüber.

»Rudolf, du Gauner, wo steckst du?«, fragte sie. Sie schloss die Augen und wusste, dass John sie ansah.

Der Fae erschien kaum eine Sekunde später mit einem Knall, der sie die Augen öffnen ließ. Zu ihrem Entsetzen trug er einen Kilt, der viel zu viel von seinen Knien und Oberschenkeln zeigte und kein Hemd.

»Nun, hallo, meine Süße!«, sagte Rudolf und breitete die Arme aus. »Brauchst du eine Umarmung?«

Livs Blick flog unsicher zu John, bevor sie Rudolf anstarrte. »Ich brauche dich …«

Rudolf legte seinen Finger auf Livs Lippen und sie hielt inne. »Pst. Du musst kein Wort mehr sagen. Ich wusste, dass dieser Tag kommen würde. Liebe Liv, ich weiß, dass du von mir besessen bist, aber mein Herz gehört einer anderen.«

Liv schlug seine Hand weg und rollte mit den Augen. »Ich habe versucht zu sagen, dass du dein sterbliches Mädchenspielzeug zusammen mit John und mir zu einem Arzt bringen musst. Ich möchte ein Experiment durchführen.«

Rudolf dachte einen Moment lang darüber nach, offensichtlich hatte sie ihn aus der Bahn geworfen. »Also willst du, dass ich Serena mit deinem Freund an einen Ort bringe, damit wir so ein kleines Doppel-Dings machen können?«

Liv versuchte, die Abscheu zu schlucken, so gut sie konnte. »Nein, du Idiot. John ist nicht mein Freund und es wird nichts Ekliges zwischen uns geben. Ich möchte deine Freundin zu einem Arzt bringen, um herauszufinden, warum sie keine Magie sehen kann, John aber schon.« Sie sprach langsam, als würde er kein Englisch verstehen und sagte: »Weißt du, was ich zu erklären versuche?«

Er nickte langsam. »Okay, also brauchst du mich, um Serena zu holen? Was sollen wir anziehen?«

»Nun, zuerst einmal brauchst du noch ein Hemd«, erklärte Liv. »Das andere ist mir wirklich egal, aber bedecke deinen Körper. Vielleicht auch dein Gesicht. Zweitens, hol sie sofort und dann müssen wir zur Universität.«

Rudolf zuckte mit den Achseln und sah fast enttäuscht aus. »Gut. Ich werde sie holen und zu dir zurückkehren, aber das klingt unglaublich langweilig. Könnten wir nicht wenigstens zuerst in einen Club gehen? Vielleicht auf ein paar Wackelpudding-Shots?«

Liv schüttelte den Kopf. »Der Termin ist in zwanzig Minuten. Geh und hol das Wrack, das du von den Toten zurückgebracht hast, dann werfe ich das Leichenmädchen in ein MRT. Danach kannst du wieder völlig lästig sein und die Gesellschaft ihrer wertvollen Ressourcen berauben.«

Rudolf verbeugte sich. »Ich kann mir nichts Besseres vorstellen.«

Nachdem der Fae verschwunden war, wandte sich Liv mit einem entschuldigenden Blick an John. »Tut mir leid, aber ich brauche seine Freundin, um ein Testmuster zu erstellen.«

»Du musst dich nicht entschuldigen«, meinte John abweisend. »Ich denke, Rudolf ist ziemlich unterhaltsam. Ich freue mich darauf, seine Frau kennenzulernen.«

»Eigentlich glaube ich …«

»Du dreckige, kleine Nutte, was willst du von meinem Mann?« Serena schnitt Liv das Wort ab, nachdem sie sich vor der Kriegerin materialisiert hatte, die Arme vor der Brust verschränkt.

Im Gegensatz zum ersten und einzigen Mal, als Liv sie gesehen hatte, war das Gesicht der Sterblichen rosig und ihr Haar frisch gestylt, nicht klebrig nass wegen des Aufenthaltes im Brunnen. Liv schaute Rudolf angewidert an, nachdem er nach Serena durch das Portal gekommen war. Glücklicherweise hatte er ein Hemd angezogen, aber er trug immer noch diesen schrecklichen Kilt, der zu viel Oberschenkel zeigte.

Liv streckte ihre Hand aus, keineswegs abgeschreckt von den barschen Beleidigungen des Mädchens. »Aber ja, gerne geschehen. Es war mir eine Freude, dich vom Boden eines tiefen Brunnens zu holen, der von einer tödlichen Wassernixe bewacht wurde. Ich habe dich sogar so überaus gerne gerettet, dass ich mein Leben riskiert habe, nur damit du eine zweite Chance bekommst.«

Serena hob ihre Nase in die Luft und wies Livs angebotene Hand zurück. »Ru, du hattest recht. Sie steht auf dich. Ich sehe es jetzt mit eigenen Augen.«

Liv nickte, nachdem sie das erwartet hatte. »Apropos recht haben, hast du damit jetzt gemeint, dass ich dich und Ru brauche, um mich zu einem Arzt zu begleiten, damit ich alle Sterblichen vor einem verrückten und gefährlichen Zauber retten kann?«

Serena zitterte, als wäre ihr plötzlich kalt. »Ich weiß jetzt was du immer meinst, Ru. Sie versucht so zu tun, als wäre sie nicht in dich verliebt und erfindet allerlei Gründe, warum ihr etwas zusammen unternehmen solltet. Ich erkenne aber die Wahrheit.«

DIE LOYALE FREUNDIN

John trat mit einem leichten Lächeln auf seinem Gesicht vor, bot Serena seine Hand und verbeugte sich. »Meine liebe Sterbliche, mach dir keine Gedanken wegen Liv. Sie ist nicht hinter deinem Mann her. Ich versichere dir, dass er für sie nicht von Interesse ist.«

»Was meint dieser seltsame Mann denn damit?«, fragte Serena Rudolf flüsternd.

»Ich glaube, er meint, dass Liv Beaufont lesbisch ist«, flüsterte Rudolf bühnenreif zurück. »Das ergibt Sinn. Das erklärt, warum sie sich von mir und meinen Annäherungsversuchen distanziert hat.«

Serena schoss ihm einen heißen Blick zu.

»Ich meinte natürlich, bevor dein Herz begonnen hat zu schlagen«, fügte Rudolf hastig hinzu. »Ich habe immer nur mit anderen Frauen gespielt, weil du tot warst. Und Liv hätte nichts davon wegen ihrer sexuellen Orientierung.«

»So ist das nicht«, sagte Liv gleichgültig. »Ich mag Männer.«

»Wenn sie Männer sagt, meint sie Mädchen, die nicht wie sie sind«, erklärte Rudolf.

»Tue ich nicht«, konterte Liv.

»Und sie ist mit ihrem Job verheiratet und würde keinen guten Mann bemerken, selbst wenn er ihr eine kleben würde.«

»Wenn er das täte, würde ich ihn in den Schwitzkasten nehmen und sicherstellen, dass er nie mehr Kinder zeugen könnte«, bemerkte Liv.

Rudolf kicherte. »Verstehst du was ich meine, Serena? Sie ist ziemlich ungeschliffen. Wahrscheinlich wird sie nie einen Geliebten finden, egal ob sie nun ihre richtige sexuelle Orientierung herausfindet oder nicht.«

Liv seufzte. »Meine sexuelle Orientierung, ob hetero oder nicht, geht dich nichts an.«

»Oh, Magier sind immer so eingeschränkt, dass sie denken, sie müssten nur eine einzige sexuelle Orientierung wählen. Habe ich recht?«, fragte Rudolf John.

Livs Freund schien für die Frage überhaupt nicht empfänglich zu sein. Stattdessen wandte er einfach seine Augen ab und schaute zu Liv, um sie vor dem Fae zu retten.

»Okay, wir haben einen Termin, zu dem wir pünktlich erscheinen müssen und ich will, dass ihr euch alle benehmt«, befahl Liv.

»Kein Problem, Boss«, sagte John und salutierte.

Liv schüttelte den Kopf. »Ich rede nicht mit dir. Ich bezog mich auf Rudolf und seine Leichenbraut.«

Kapitel 22

Die Vierergruppe trat durch das Portal vor der Arztpraxis. Obwohl Doktor Jay Dowling der führende Experte für Genetik und Neurowissenschaften im Land war, war sich Liv nicht sicher, ob dies überhaupt eine praktikable Möglichkeit war, mehr über die Sterblichen zu erfahren. Sie hatte keinen Grund zu glauben, dass es irgendwelche Unterschiede zwischen Johns und Serenas Gehirn geben würde, basierend auf der Tatsache, dass er Magie sehen konnte und sie nicht – obwohl sie ziemlich sicher war, dass Serenas Gehirnscan zeigen würde, dass ihr Kopf hohl wäre.

Gott sei Dank ist sie hübsch, dachte Liv und wartete darauf, dass die Sterbliche nach John durch das Portal trat. Sie stolperte nach dem Verlassen des Portals und wäre gestürzt, hätte Rudolf sie nicht an der Hand gehalten.

»Wie bin ich hierhergekommen?«, fragte sie, drehte sich herum und starrte ausdruckslos auf die Stelle des Portals.

»Du bist durch ein Portal gekommen«, erklärte Liv und zeigte darauf. »Kannst du es sehen?«

Serena schüttelte den Kopf. »Da ist doch nichts.« Sie wandte sich an Rudolf. »Verarscht mich diese Giftspritze? Gibt es da wirklich etwas?«

»Ich versichere dir, dass es eines gibt«, antwortete John statt des Fae.

Rudolf nickte und legte seinen Arm um Serenas Schultern. »Liv Beaufont lügt in vielen Dingen, aber in diesem Fall tut sie es nicht.«

»Wovon redest du da?«, fragte Liv beleidigt.

Rudolf hielt einen Finger hoch. »Du hast wegen deines Alters gelogen, nur für den Anfang.«

»Ich habe noch nie wegen meines Alters gelogen«, argumentierte Liv.

»Denk dran, du hast mir gesagt, dass du erst 22 bist, aber du siehst so viel älter aus.«

Liv stieß einen langsamen, bewussten Atemzug aus.

Rudolf begann mit einer Aufzählung und benutzte seine Finger dazu. »Und dann gibt es noch deine Lüge darüber, dass du nicht besessen von mir bist. Oh, und erinnerst du dich, dass du Königin Visa wegen deines Blutes, das du ihr geben solltest, angelogen hast?«

»Damit sie mich nicht umbringt?«, schoss Liv fröhlich zurück.

»Leute wie du haben immer irgendwelche Ausreden«, antwortete Rudolf. »Und vergiss nicht, dass du in dem Club voller Leute gesagt hast, dass du Billie Idol bist?«

Liv rollte mit den Augen. »Das warst du.«

»Und ich werde jetzt nicht auf die Dinge eingehen, die du unter Eid gesagt hast«, fuhr Rudolf fort.

Liv wandte sich an John und blickte ihn freundlich an. »Hackfresse hat dieses Problem, dass er seine eigenen Lügen und Täuschungen auf andere Menschen projiziert. Es ist irgendwie hinreißend, wenn man schreckliche, seelenlose Menschen mag, die kein Taktgefühl haben und unter Wahnvorstellungen leiden.«

»Er ist sehr unterhaltsam«, stimmte John mit einem Lächeln zu.

Liv öffnete die Tür zu der modernen Arztpraxis. Da Doktor Dowling ein Elf war, erwartete sie, dass Weihrauch verbrannt würde und Gebetsfahnen von der Decke baumelten.

Viele der Elfen, die sie getroffen hatte, waren ekelhafte Hippies, die nicht arbeiteten, wenn Merkur rückläufig war, während der Sommer-Tag-und-Nachtgleiche oder am Tag ihres monatlichen Bades.

Bestimmend zeigte Liv auf eine Reihe von Stühlen und befahl der Gruppe, sich zu setzen, während sie am Empfang ihre Ankunft meldete.

»Der Arzt wird gleich bei Ihnen sein«, sagte die Sekretärin, nachdem Liv die Namen notiert und die Papiere von John und Serena magisch ausgefüllt hatte. Glücklicherweise war sie eine Sterbliche und stellte keine Fragen wegen der schnellen Erledigung. Da sie wusste, dass Antworten wichtig waren, musste sich Liv Doktor Dowling anvertrauen, aber sie hatte einen Plan, wie sie danach mit ihm verfahren wollte. Sie wusste, dass zu viele Personen, die von ihren Informationen Kenntnis hätten, zu ihrer Beerdigung führen könnten. Deshalb wollte sie kein Risiko eingehen.

Als Liv sich setzte, sah Serena sie von der anderen Seite des Wartezimmers aus an. Liv ignorierte sie, holte *Mysteriöse Kreaturen* hervor und nutzte die Gelegenheit, mehr über Werwölfe oder auch andere Kapitel zu lesen, die das seltsame Buch zu bieten hatte.

Das Buch öffnete sich überraschend auf einer Seite über Fae. Dort stand:

Die Fae sind, obwohl sie aufgrund ihrer sprunghaften, oberflächlichen Natur schlecht dafür gerüstet sind, um den Herausforderungen des Lebens zu begegnen, eine unglaublich anpassungsfähige Rasse, die besser geeignet ist, harte Bedingungen zu überstehen als die meisten anderen. Sie sind wegen ihrer genetischen Struktur, die sie bei Verletzungen heilen kann oder auch wenn sie sich eine Krankheit zuziehen, ziemlich schwer zu töten.

Liv blickte über ihr Buch zu Rudolf, der seine Füße auf den Couchtisch stützte und ein Kinderbuch verkehrt herum las. Serenas Kopf lag auf seinem Schoß und sie hatte einen ernsten Gesichtsausdruck, während er mit so lauter Stimme vorlas, dass viele Sterbliche im Wartezimmer ihn am liebsten erschossen hätten. Wie üblich hatte er seine Flügel verzaubert, sich also den Sterblichen angepasst. Nun, abgesehen davon, dass er umwerfend schön und völlig irritierend war.

»Obwohl Teddy nicht ins Bett gehen wollte, als seine Mutter es ihm sagte, wusste er, dass er einen großen Tag vor sich hatte. Also zog er seinen Pyjama an und …«

»Hey, Dumpfbacke«, sagte Liv und schnitt ihm das Wort ab. »Belass es dabei.«

Serena verpasste ihr einen vernichtenden Blick. »Hör auf uns zu unterbrechen. Wir sind mitten im entscheidenden Teil der Geschichte.«

»Sie sterben alle«, sagte Liv trocken und las weiter in *Mysteriöse Kreaturen*.

Es stellte sich heraus, dass die Fae unglaublich schwer zu töten waren. Sonst wäre Rudolf wohl schon vor langer, langer Zeit gestorben.

Die Fae haben einige Schwächen, die ihre Gegner ausnutzen können, um sie zu verletzen. Die beste Verteidigung gegen einen Fae ist jedoch ein anderer Fae. Während Magier und Elfen Mühe haben, durch ihr Äußeres zu dringen, hat ein anderer Fae nur wenige Probleme, an den vorhandenen Schutzschilden vorbeizukommen. Aus diesem Grund kämpfen Fae selten gegeneinander, da sie wissen, dass die größte Schwäche für ihre Art ihre eigene Magie ist. Fae haben aufgrund dieser Tatsache in ihrer Geschichte kaum Bürgerkriege, da sie wissen, dass sie, wenn sie sich gegeneinander wenden, im Handumdrehen aussterben würden.

»Der Doktor hat jetzt Zeit für Sie alle«, bemerkte die Sekretärin von der offenen Tür zu den Sprechzimmern.

Liv erhob sich, trieb die anderen an und dachte an die seltsamen Informationen, die sie gerade gelesen hatte. Noch merkwürdiger war für sie, dass das Buch speziell dieses Kapitel aufgeschlagen hatte. Rory hatte ihr erklärt, dass es dem Leser alles zur Verfügung stellen würde, was er in diesem speziellen Moment wissen musste. Wusste das Buch, dass Liv Rudolf am liebsten umbringen wollte? Leider sah es so aus, als wäre es extrem schwierig, ihn bis zum Tode zu bekämpfen.

Ironischerweise wurden Liv und Rudolf zusammen in ein enges Büro gebracht, während von John und Serena die MRT-Aufnahmen gemacht wurden. Sie wäre zufrieden gewesen, ruhig dazusitzen und weiterhin in den *Mysteriösen Kreaturen* zu lesen. Rudolf hatte jedoch scheinbar für Stille nichts übrig und rief prompt ein Paddle-Ball-Spiel herbei und fing an, den Ball an seinem Gummiband gefährlich nahe an sie heran zu befördern. Es war, als ob das Universum versuchte, Liv dazu zu bringen, den Fae zu töten.

»Macht es dir was aus …?«, fragte sie, nachdem er sie ein drittes Mal fast getroffen hätte.

Er schüttelte den Kopf. »Überhaupt nicht.«

Liv seufzte und blätterte eine Seite um, ohne sie gelesen zu haben.

»Was denkst du, was der Sinn des Lebens ist, Livy?«, fragte Rudolf mit dem durchschaubar schlechten Versuch, ihr einen Spitznamen zu geben.

»Schmerz«, antwortete sie sofort. »Wir sind alle hier, um festzustellen, wie viel davon wir ertragen können und in deinem Fall, wie viel du bei anderen durch ständige Irritationen verursachen kannst.«

Er nickte, als ob das Sinn ergeben würde. »Ich stimme dir zu. Ich denke aber, es ist auch Liebe.«

»Danach bringen wir dich zu einem Ohrenarzt«, schlug sie vor.

»Ich habe das Gleiche gedacht«, murmelte er und drosch auf den Ball ein. »Ein Eis würde Serena sicherlich aufheitern.«

Liv senkte das Buch. »Im Ernst, bist du betrunken? Auf Drogen? Was ist dein Problem heute? Ich meine, mehr als an anderen Tagen.«

Rudolf hörte auf zu spielen. »Vielen Dank, dass du nach meinem Wohlbefinden gefragt hast. Ich habe etwas vor.«

»Darum geht es hier nicht«, schimpfte Liv.

Als ob er sie nicht gehört hätte, fuhr Rudolf fort: »Ich denke daran, Serena zu bitten, mich zu heiraten, aber ich bin nervös, weil sie auch nein sagen könnte.«

»Du hast sie von den Toten auferweckt.«

»Ich weiß, aber ich fürchte, dass das nicht genug war«, meinte Rudolf, lehnte sich nach vorne und legte seine Ellbogen auf die Knie.

»Mmmh…du hast hundert Jahre deines Lebens für diese Schlampe aufgegeben. Ich denke, du bist gut für sie.«

»Also denkst du, dass wir dann heiraten sollten?«, wollte Rudolf wissen.

»Wie auch immer du dich entscheidest, es ist mir absolut scheißegal.«

Rudolf nickte. »Ich weiß. Es muss für dich unangenehm sein, mit all deinen angestauten Gefühlen für mich.«

»Nein. Kein Problem. Versprich mir nur, dass du dich nie vermehren wirst.«

»Wo wir gerade davon sprechen«, lächelte Rudolf. »Wenn ich Serena bitte, meine Frau zu werden und sie sagt durch ein Wunder ja…«

»Noch einmal, ohne dich wäre sie tot.«

»Nicht jeder ist wie du, beeinflusst durch so kleine Taten der Zuneigung«, schnaubte Rudolf. »Wirklich, es ist kein Wunder, dass du noch keinen Mann hast. Du musst sie dazu bringen, sich mehr zu Mühe zu geben.«

»Wow, warum hast du noch kein Beratungsunternehmen eröffnet?«, fragte Liv emotionslos.

»Wie gesagt, sollte Serena meinen Antrag annehmen … nun, ich weiß, das ist seltsam, aber ich hatte gehofft, dass du meine Trauzeugin bei der Zeremonie sein würdest.«

Liv schüttelte den Kopf. »Nein. Ich kann nicht. Ich bin an diesem Tag beschäftigt.«

Rudolf runzelte die Stirn. »Wir haben doch noch keinen Termin festgelegt. Sie hat noch nicht einmal ja gesagt.«

»Das wird sie und es spielt keine Rolle, an welchem Datum oder zu welcher Uhrzeit. Ich schaffe es nicht, weil eure Hochzeit mich zum Kotzen bringt.«

Rudolf nickte verständnisvoll. »Eifersucht ist giftig. Sie wird dich krank machen. Aber ich kann nicht heiraten, wenn du nicht an meiner Seite bist. Du bist meine älteste Freundin.«

Liv neigte ihren Kopf und legte ihre Stirn in Falten. »Wir kennen uns erst seit ein paar Monaten.«

»Ich weiß!«, rief Rudolf aus. »Und doch bist du wie die Schwester, die ich nie hatte. Du bist wie eine meiner Cousinen, nur dass wir beide noch nie miteinander geschlafen haben.«

»Okay, ich brauche ernsthaft eine Kotztüte«, sagte Liv und bedeckte ihren Mund vor Ekel. Kopfkino ist was Schlimmes.

»Heißt das, dass du es tun wirst?«, hakte Rudolf nach.

Liv schüttelte den Kopf. »Nein, aber ich schicke dir als Hochzeitsgeschenk einen reparierten, gebrauchten

Radiowecker, der schrecklichen Empfang hat und nur Mittelwellenrundfunk spielt.«

Rudolf strahlte. »Ich liebe dich auch sehr. Und keine Sorge, ich werde Serena nichts von dem einen Mal erzählen, als du mich geküsst hast.«

»Nein«, antwortete Liv sofort. »Du hast mich geküsst und ich habe dir ins Gesicht geschlagen.«

Rudolf hielt die Hände an seine Brust und starrte sie liebevoll an. »Ich schätze diese Erinnerung auch mehr als alles andere. Nun, bis wir anfangen, zusammen Urlaub zu machen und dann jeden einzelnen Urlaub miteinander verbringen.«

»Ich. Kann. Nicht. Warte«, meinte Liv, als die Krankenschwester den Raum betrat.

»Der Doktor ist jetzt bereit Sie zu empfangen«, erklärte sie.

Liv stand auf und hoffte, dass diese Reise nicht nur Zeitverschwendung und Verschwendung von Gehirnzellen war.

Kapitel 23

Doktor Jay Dowling sah nicht so aus wie einer der Elfen, die Liv bisher getroffen hatte. Er ähnelte eher dem Weihnachtsmann, mit seinem weißen Bart, seiner Glatze und seinem runden Bauch. Doch er wirkte recht ernst, im Gegensatz zu Sankt Nikolaus, als sie vor seinem Schreibtisch Platz nahm. Sie hatte John mit dem schrecklichen Job allein gelassen, Rudolf und Serena beobachten zu müssen, während sie Kinderbücher lasen und sich gegenseitig im Wartezimmer die Haare flochten.

Der Arzt klopfte auf den Papierstapel auf seinem sauberen Schreibtisch und sah Liv unsicher an.

»Gibt es etwas, das du mir über diese beiden Patienten sagen möchtest, die ich im MRT hatte?«, fragte er.

Liv dachte einen Moment lang über diese Frage nach. »Ja. Der erste, John Carraway, kann Magie sehen und die andere, der Kelly-Bundy-Verschnitt, kann es nicht. Ich versuche festzustellen, ob ein körperlicher Unterschied zwischen ihnen besteht.«

Er hob eine buschige weiße Augenbraue. »Du sagst, dass dieser John Magie sehen kann? Und er ist ein Sterblicher?«

»Ja, das ist es, was ich versuche herauszufinden«, erklärte Liv. »Ist er eine genetische Anomalie? Wenn ja, was sind die Unterschiede zwischen jemandem wie ihm und jemandem wie Serena, die keine Magie sehen kann.«

Doktor Dowling nickte und setzte seine Lesebrille auf. »Das hilft tatsächlich. Mortimer, der diesen Termin für dich arrangiert hat, gab mir keine Informationen, also arbeitete ich blind, was vielleicht besser war, damit ich objektiver sein konnte.«

Liv war erleichtert, dass Mortimer keine Informationen weitergegeben hatte. »Gab es einen signifikanten Unterschied zwischen Johns und Serenas Gehirn-Scans?«

Er nahm die Bilder und betrachtete sie. »Es liegt ein ziemlich überraschender Unterschied vor. Genetisch gesehen ist John definitiv ein Sterblicher. Ich habe jedoch einen zusätzlichen Test mit Magie durchgeführt und seine DNA-Struktur ist etwas anders, als die der meisten anderen.«

»Was bedeutet das?«, fragte Liv und lehnte sich auf ihrem Platz nach vorne.

Der elfische Arzt schüttelte den Kopf. »Ich bin mir nicht ganz sicher. Es ist seltsam, aber ich habe Grund zu glauben, dass es etwas damit zu tun hat, warum sein Gehirn anders funktioniert als das von Serena.«

»Also diese Unterschiede … beziehen sie sich auf Magie?«, fragte Liv, ihr Herz schlug plötzlich schneller.

»Oh, ja«, sagte der Mediziner und sah sich die Akten an. »Ich bin mir nicht sicher, ob ich das jemals zu sehen bekommen hätte, wenn du John nicht zu mir gebracht hättest. Jetzt, nachdem ich gehört habe, was du gesagt hast, glaube ich, dass etwas die kognitiven Rezeptoren in Serenas Gehirn beeinflusst, die mit Magie zusammenhängen.« Er hielt einen der Scans hoch und zeigte auf einen markierten Bereich. »Das ist der Teil im Gehirn, den du und ich benutzen, wenn wir Magie erschaffen. In demselben Bereich nehmen wir sie auch wahr. Wie du aus dem Scan ersehen kannst, ist dieser Bereich in Serenas Gehirn inaktiv und wurde nie benutzt, was ich immer für typisch bei allen Sterblichen gehalten habe.«

Liv war überrascht, dass Serena überhaupt *etwas* von ihrem Gehirn benutzt hatte, sagte aber nichts und richtete ihre Aufmerksamkeit weiter auf den Arzt.

Er hielt einen weiteren Scan hoch. »Das ist John und wie du sehen kannst, wird dieser Bereich seines Gehirns sehr wohl genutzt, allerdings nicht in dem Maße, wie meiner, deiner oder der anderer magischer Kreaturen.«

»Was bewirkt, dass er Magie sehen kann«, schätzte Liv.

Doktor Dowling nickte, legte die Blätter auf den Schreibtisch und fuhr mit seinen Fingern durch den Bart. »Die Frage, die ich hypothetisch stelle, ist, was ist anders in Johns Genetik, das es ihm gestattet, dass dieser Bereich seines Gehirns funktioniert?«

Liv nahm die Diagramme und studierte sie. »Was wäre, wenn ich dir sagen würde, dass früher alle Sterblichen Magie sehen konnten, genau wie John.«

Dowlings Augen weiteten sich überrascht. »Das wäre ziemlich überraschend.«

»Bedeutet das, dass sich die Genetik von den Sterblichen im Laufe der Zeit verändert hat?«, fragte Liv.

Er dachte einen Moment darüber nach und schüttelte dann den Kopf. »Ich glaube nicht. Nicht in diesem radikalen Ausmaß. Für mich scheint es, dass John mit einer angelegten Fähigkeit in seinem Gehirn geboren wurde, die es ihm erlaubt, Magie zu sehen. Seine Vorfahren hatten sie wahrscheinlich auch und gaben sie an ihn weiter.«

»Angelegte Fähigkeit?«, fragte Liv. Sie hatte immer gewusst, dass John etwas Besonderes war, aber nicht so. Und der Teil über seine Vorfahren traf sie auf seltsame Art. Was wäre, wenn sich die Genetik der sterblichen Sieben von der anderer Sterblicher unterscheiden würde? Sie schüttelte den Gedanken ab und konzentrierte sich.

»Nun, wenn das, was du darüber sagst, dass Sterbliche früher Magie sehen konnten, wahr ist, dann lautet die nächste Frage: Was hindert Menschen wie Serena daran, sie zu sehen?« Der Arzt grübelte. Er massierte seine Schläfen, als er über weitere Blätter schaute. »Ehrlich gesagt, werde ich nur eine Vermutung anstellen können, nachdem ich diese Daten studiert habe und sagen, dass es möglich ist, dass etwas gesendet wird, das diesen Teil des Gehirns der Sterblichen daran hindert, ordnungsgemäß zu funktionieren. Johns Genetik ist so angelegt, dass das bei ihm nicht passieren würde. Natürlich ist das alles nur Vermutung, aber so beginnt Wissenschaft.«

Liv neigte ihren Kopf zur Seite. »Moment, etwas wie ein Sendesignal? Kann das möglich sein?«

»Es ist nicht nur möglich, sondern ich habe auch umfangreiche Recherchen zu diesem Thema durchgeführt«, antwortete der Elf. »Das Gehirn der Sterblichen ist unglaublich einfach zu beeinflussen, wenn ein Signal von einem bestimmten Ort gesendet wird. Ich habe angenommen, dass jemand sie sogar weltweit beeinflussen könnte, wenn er es wünscht.«

»Wenn jemand wollte, dass sie keine Magie sehen?«

»Genau«, triumphierte Doktor Dowling. »Aber dieses Signal würde bei John nicht funktionieren, wie sein Scan deutlich aufzeigt.«

»Also dieses Signal … wie könnten wir es lokalisieren?«, erkundigte sich Liv weiter.

Der Neurowissenschaftler dachte einen Moment darüber nach. »Das ist eine knifflige Frage. Es müsste auf magische Weise übertragen werden. Nur etwas mit Magie könnte so weitreichende Auswirkungen haben, was bedeutet, dass es von einem geografischen Ort ausgestrahlt werden müsste, der ein gewisses Maß an mystischer Macht besitzt.«

Etwas bildete sich in Livs Hals und sie konnte plötzlich nicht mehr atmen. »Wie ein Ort mit großer Höhe?«

Doktor Dowling nickte. »Das wäre der erste wichtige Faktor. Dann sollte dort auch eine gewisse mystische Kraft herrschen, wie auf einer der Großen Pyramiden oder an den Niagarafällen.«

»Was ist mit dem Matterhorn in den Schweizer Alpen?«, hakte Liv nach. »Wäre das ein so bedeutender Ort, von dem diese Wellen übertragen werden könnten?«

»Oh ja«, antwortete der Arzt sofort und war plötzlich aufgeregt. »Das wäre sogar ein erstklassiger Ort, der die für die Übertragung verwendete Energie schützt und sicherstellt, dass sie das vorgesehene Publikum erreicht.«

»Du denkst also, dass es möglich ist, dass jemand ein Signal sendet, das diesen Bereich des Gehirns hemmt und es so darstellt, dass Sterbliche keine Magie sehen können?«, forderte Liv Bestätigung für diese Informationen.

»Ja, alle Informationen deuten darauf hin«, stimmte der Elfenwissenschaftler zu. »Obwohl ich mehr Tests durchführen müsste, um die genauen Fakten zu ermitteln, aber ich habe vor, dies zu tun. Dies ist ein Thema, das meine ganze Aufmerksamkeit erfordert. Ich habe viele Kollegen, es wird auch für sie von Interesse sein.«

»Und John scheint davon nicht betroffen zu sein, wegen der außergewöhnlichen Zusammensetzung seines Gehirns?«, fragte Liv.

Wieder nickte Doktor Dowling. »Ich bin sicher, dass es noch andere Faktoren geben könnte, die das übertragene Signal hemmen würden. Vielleicht, dass der Sterbliche einer reinen Quelle der Magie ausgesetzt war oder die Erde für längere Zeit verlassen hatte, oder, nun, es gibt ein paar Szenarien, die mir einfallen und die funktionieren könnten.

Aber die Genetik wäre immer noch der wahrscheinlichste Faktor.«

Die Kanister, dachte Liv mit einem plötzlichen Ausbruch von Adrenalin. Was wäre, wenn Adler die Magie in Kanister abfüllen und wegschicken lassen würde, denn wenn Sterbliche ihnen ausgesetzt wären, könnten sie Magie wieder erkennen?

Liv stand auf und nahm die Akten von Doktor Dowlings Schreibtisch. »Danke. Das war unglaublich hilfreich.«

»Das sind eigentlich meine Akten«, meinte er, seine Lippen kräuselten sich missbilligend. »Ich brauche sie, um die Forschungen fortzusetzen, aber ich lasse Kopien für dich anfertigen.«

»Ich weiß, aber ich muss die hier leider mitnehmen«, erklärte Liv und sammelte die letzten Unterlagen ein. »Es tut mir leid und ich entschuldige mich auch dafür, was ich jetzt tun muss.« Sie zeigte mit dem Finger auf ihn und murmelte eine schnelle Beschwörung.

»Was musst du tun?«, fragte der Arzt, stand sofort auf und schüttelte den Kopf. »Und du kannst die nicht nehmen. Das sind meine einzigen Kopien. Das ist wichtig. Sterbliche sehen Magie! Jemand sendet ein Signal, das andere daran hindert Magie zu sehen. Eine genetische Anomalie. Es gibt hier so viel zu recherchieren. So viele …« Er sah sich um und bedeckte verwirrt sein Gesicht. Der Arzt schüttelte den Kopf, als wäre er gerade aus einem seltsamen Traum erwacht.

Vorsichtig streckte er seine Hand nach Liv aus. »Hallo. Ich bin Doktor Dowling. Was kann ich heute für dich tun?«

Liv bot ihm ein kleines Lächeln an und umarmte die Akten an ihrer Brust. »Eigentlich habe ich mich verlaufen und bin einfach in dieses Büro gekommen. Ich gehe jetzt.«

Er nickte und sah sich auf seinem Schreibtisch um, als hätte er etwas verlegt. »Sehr gut.«

Liv verließ das Büro und beeilte sich, damit ihre Anwesenheit keine Erinnerung wecken konnte, die sie aus dem Kopf des Arztes gelöscht hatte. Sie mochte es nicht, seinen Verstand wegen ihres Gesprächs oder der Tests, die er gerade durchgeführt hatte, zu manipulieren, aber es musste sein. Jetzt hatte sie noch einen Grund mehr, zum Matterhorn zu reisen. Ihre Eltern waren damals aus einem bestimmten Grund dorthin gegangen und vielleicht – nur vielleicht – war es der gewesen, weil sie das Signal ausschalten wollten, sodass die meisten Sterblichen Magie endlich wieder sehen konnten.

Kapitel 24

Trudy DeVries sah aus wie eine Kriegerin aus einem Geschichtsbuch, als sie durch das Portal vor Lupei in Rumänien trat. Sie trug eine Drachenhautrüstung, einen runden Schild und ein langes Schwert.

Im Vergleich zu ihr kam Liv wie ein obdachloser Magier daher. Sie starrte auf ihren großen schwarzen Umhang und den Stock ihres Vaters.

»Also, obwohl ich denke, dass du verdammt fabelhaft aussiehst«, begann Liv und starrte auf das kleine Dorf unten, »Finde ich, dass dein Outfit geradezu ›Wir sind hier, um euch in den Arsch zu treten‹ schreit.«

Trudy nahm die Position neben Liv ein, ihren kantigen Kiefer hielt sie hoch, während sie die Umgebung betrachtete. »Das ist im Allgemeinen der Eindruck, den ich erwecken möchte. Was versuchst du zu kommunizieren?« Sie deutete auf Livs bescheidene Kleidung, die verzaubert war, um die bittere Kälte fernzuhalten.

»Ich mache auf unschuldig«, erklärte sie. »Etwas, das sagt ›Hey, ich bin nichts Großartiges. Du kannst mich wahrscheinlich unterschätzen, bis zu dem Moment, an dem ich dich töte‹.«

Trudy nickte anerkennend. »Ich zweifle nicht an dir. Ich gebe zu, dass deine bisherige Bilanz beeindruckend ist und ich möchte mehr über deine unkonventionellen Methoden erfahren. Wie habt du und Stefan Sabatore, den Meisterdämon, abgeschlachtet?«

»Ich bin in einen verlassenen Innenhof marschiert und habe so getan, als wäre ich eine verlorene, dumme Blondine, um ihn aus seinem Versteck zu locken«, erzählte Liv und erinnerte sich an den schrecklichen Geruch, als der ekelhafte Dämon sie gepackt hatte.

»Oh, also benutzt du diesen harmlosen Ansatz dann oft?«

»Wenn es Sinn ergibt«, antwortete Liv.

»Obwohl ich deine Methoden respektiere«, konterte Trudy, »werden wir diesmal ein Rudel Werwölfe abschlachten, also denke ich, dass der erste Eindruck wichtig ist.«

Liv hatte Trudy von Anfang an respektiert, obwohl sie wenig Gelegenheit gehabt hatte, mit ihr zusammenzuarbeiten. Im Gegensatz zu Decar Sinclair und Emilio Mantovani hatte sie keinen selbstgefälligen, selbstverliebten Ausdruck, der ständig auf ihr Gesicht gezimmert war. Und im Gegensatz zu Maria Rosario lief sie auch nicht mit einem Hauch von Geheimnis umher.

Trudy, ob es nun gut oder schlecht in ihrer Rolle als Kriegerin war, schien ihre Emotionen auf dem Gesicht zu tragen. Wenn Adler ihr eine Rüge erteilte, war die Scham ihrem Gesicht deutlich anzusehen und wenn sie mit etwas nicht einverstanden war, was der Rat sagte, stand es eindeutig in den haselnussbraunen Augen geschrieben.

Liv hatte mit Hester, Trudys Schwester, zusammengearbeitet und wusste, dass man dem Ratsmitglied und der Heilerin vertrauen konnte. Sie behielt Stefans Geheimnis, von Sabatore gebissen worden zu sein, für sich und sie hatte auch Livs Geheimnis bewahrt, sowohl von einer Wassernixe als auch von einer Lophos gebissen worden zu sein. Es war jedoch falsch anzunehmen, dass sie, nur weil sie einem Familienmitglied vertrauen konnte, dem anderen auch vertrauen konnte. Aus logischer Sicht war es absolut sinnvoll. Die Familie hielt zusammen und sie dachten auf ähnliche Weise. Sie waren in der Regel loyal die gleichen Dinge betreffend.

Und Liv wusste von Stefan, dass Trudy mit den nicht registrierten Magiern sympathisierte, die sie aufgrund des Dekrets des Rates einfangen musste. Aus diesem Grund wollte sie das Risiko mit der Kriegerin eingehen.

»Ich denke nicht, dass wir uns das ganze Rudel vornehmen sollten«, begann Liv zaghaft und beobachtete Trudys Gesicht sorgfältig nach Anzeichen von Widerstand.

»Weil?«, fragte diese.

Die einfache Antwort war, dass das gesamte Rudel bedeuten würde, ein ganzes Dorf abzuschlachten. Das war jedoch ein zu großes Geheimnis, um es zu verraten, auch wenn sie dachte, dass sie Trudy völlig vertrauen konnte. Nicht nur das, es war eine Belastung. Manchmal verlieh den Leuten das Angebot von Informationen keine Macht. Es wurde zur unnötigen Last, die man schließlich allein tragen musste.

Liv wusste, wie das war, als sie auf das scheinbar idyllische Dorf starrte und selbst der wohlmeinendste Magier könnte dieses Geheimnis um Lupei als ein riesiges Problem ansehen. Wenn sie alle auslöschten, wäre der Werwolf-Fluch Geschichte – keine unnötigen Morde mehr im Zusammenhang mit Werwölfen, die verrückt geworden waren. Bermuda hatte in *Mysteriöse Kreaturen* aufgezeichnet, dass Werwölfe unberechenbar und geistesgestört seien, auch ohne den Vollmond. Obwohl andere ihren Ruf verschlechtert hatten, hatte Liv Fane in die Augen gesehen und gewusst, dass er anders war. Seine Leute waren anders. Sie waren diszipliniert und konnten ihren Werwolf kontrollieren.

»Die Rudelführerin, Vera«, begann Liv, »hat großen Einfluss auf ein paar Mitglieder. Vielleicht nur auf einen. Das müssen wir herausfinden. Die meisten anderen sind jedoch unschuldige Männer, die gezwungen wurden, ihren Befehlen zu gehorchen. Unter einer anderen Führung könnten sie sich anders verhalten.«

»Aber das dürfen sie nicht«, antwortete Trudy.

»Adler führt den Rat informell«, schlug Liv vor. »Denkst du, Hester sollte bestraft werden, wenn er plötzlich anfangen würde, sie Dinge tun zu lassen, die sie nicht tun wollte?«

»Plötzlich?«, fragte Trudy lachend.

Also war sie nicht ganz blind bezüglich seiner Einflussnahme. Das war schon mal was.

»Das Gesetz besagt, dass, wenn ein Rudel außer Kontrolle gerät, es bestraft werden muss«, rezitierte Trudy.

»Ja, aber was ist, wenn das Gesetz falsch ist?«, konterte Liv. »Was, wenn ein Rudel seinem Alpha folgen muss, egal was passiert? Diejenigen, die diese Gesetze schufen, haben keine Zeit mit Werwölfen verbracht. Sie wussten nicht, dass das Rudel der Gnade des Alpha ausgeliefert ist. Was auch immer er ihnen befiehlt zu tun, wird zum Gesetz. Sie können nicht dagegen angehen, auch nicht, wenn sie es wollten.«

»So wie wir«, sinnierte Trudy.

Liv schüttelte den Kopf. »Nein, ganz im Gegensatz zu uns. Wir sind keinen Rudelgesetzen unterworfen. Wir haben die freie Wahl. Das bedeutet, dass wir die Fähigkeit haben, das zu tun, was wir für richtig halten, unabhängig davon, was das Gesetz vorschreibt.«

»Also, was schlägst du vor?«, fragte Trudy.

»Ich denke, wir müssen Vera und ihren Stellvertreter ausschalten«, erläuterte Liv. »Dann kommen wir wieder zusammen und sehen, ob sich das Rudel verändert. Wenn sie immer noch ein Problem darstellen, schalten wir den Rest von ihnen aus.«

Trudy sah sie widerwillig an. »Ich habe die Dinge noch nie so geregelt.«

»Du meinst, dass du gegen die Befehle des Rates handelst?«, wollte Liv wissen.

»Nein, das habe ich öfter getan, als ich zugeben möchte«, antwortete sie. »In unserer Rolle denke ich, ist es schwierig, immer alles zu befolgen was der Rat möchte. Sie verstehen es absolut nicht. In ihrem Lebensumfeld sind die Menschen anders als in den Fallakten. Aber ich habe nie ein potenzielles Problem da draußen zurückgelassen.«

»Was war es dann, wenn du nicht registrierten Magiern erlaubt hast zu gehen?«, argumentierte Liv.

»Das ist etwas anderes«, widersprach Trudy. »Das sind unsere eigenen Leute. Sie könnten in die Irre geführt worden sein. Ich habe versucht, sie dazu zu bringen, das Richtige zu tun und ich habe ihnen geholfen, indem ich mehrere Warnungen ausgesprochen habe, bevor ich das tat, was der Rat gesagt hatte.«

Liv zitterte und dachte daran, dass Trudy Magier getötet hat, nur weil sie nicht bei einer übermächtigen Regierungsbehörde registriert waren. Sie wusste, dass die Kriegerin ein gutes Herz hatte, aber sie war nicht daran gewöhnt, selbstständig zu denken. Es war schwer, objektiv zu bleiben, wenn der Rat das Denken für einen übernahm.

»Werwölfe sind auch Menschen«, begann Liv. »Riesen, Trolle und Gnome auch.«

»Richtig ... und auch die Fae«, fügte Trudy hinzu.

Liv senkte ihr Kinn. »Kaum. Soweit würde ich jetzt nicht gehen!«

Das entlockte Trudy ein herzhaftes Lachen.

»Der Punkt ist, dass wir sie alle als unterschiedlich betrachtet haben. Du würdest Mitgefühl für unsere eigene Art zeigen und das Gesetz für sie verbiegen. Aber andere bekommen nicht die gleiche Nachsicht.«

»Und du denkst, sie sollten?«

»Ich denke, wenn wir unsere Arbeit als Krieger richtig machen wollen, müssen wir jeden Fall so annehmen, wie er kommt«, sagte Liv. »Ich sage nicht, dass wir das Gesetz missachten sollten. Eher als flexiblen Plan ansehen, den wir je nach Landschaft und Material modifizieren, oder was sonst noch eine Rolle spielt.«

Trudy dachte darüber nach. »Das war ein guter Vergleich.«

Liv lächelte. »Danke. Ich habe versucht, es nicht zu weit zu treiben. Sonst hätte ich vielleicht meinen Schwung verloren.«

Trudy schnippte mit den Fingern und ihr Aussehen änderte sich. Die sperrige Rüstung und der Schild verschwanden, das Schwert wurde gegen einen Stab ausgetauscht. Sie schaute Liv hoffnungsvoll an. »Okay, lass uns die Dinge auf deine Weise regeln. Wie lautet dein Plan?«

Kapitel 25

»Du spielst wirklich gerne den Köder, nicht wahr?«, bemerkte Trudy, nachdem Liv ihr den Plan mitgeteilt hatte.

»Ja, anscheinend habe ich einen dringenden Todeswunsch«, antwortete sie. »Deshalb esse ich Chili-Cheese-Burritos und weiß sogar, wie ich mich danach fühlen werde.«

»Ich mag es, wie gefährlich du lebst.«

Liv lächelte, als sie den Hügel hinunterging. Der Plan war nicht kompliziert, bot aber eine gewisse Flexibilität, je nachdem, wie die Dinge liefen. Auch würden Liv und Trudy nicht vorstoßen und blind alle Werwölfe massakrieren, ohne ihnen zuerst eine Chance auf Erlösung zu ermöglichen.

»Ich treffe dich in einer Stunde«, rief Trudy ihr nach und blieb an der Spitze des Hügels stehen.

Die Werwölfe im Dorf würden wissen, dass sich ein Magier näherte. Sie würden ihre Magie spüren, genau wie die Riesen. Deshalb war das Timing so entscheidend. Liv legte einen Geschwindigkeitszauber über sich und regelte ihn so, dass sie sich wie ein Werwolf bewegte, verstohlen und schnell. Sie hatte das Gefühl, als würde sie sich schneller fortbewegen als es ihre Beine überhaupt vermochten.

Glücklicherweise war sie mit dem Grundriss des Dorfes vertraut, da es das Vorankommen erleichterte. Liv raste am Touristenbus vorbei, bevor er vor dem Gasthaus anhielt. Sie hätte ein Portal direkt im Dorf vorgezogen, aber Wächterzauber verhinderten es, was wiederum typisch war. Jeder

Ort außer ihrer Wohnung und dem Elektronikladen schien solche Schutzmaßnahmen zu haben. Es war wahrscheinlich rückständig, dass sie um diese Bereiche herum platziert waren und damit der Komfort für die Sicherheit geopfert wurde.

Die Tür zum Gasthaus schwang noch immer durch ihr schwungvolles Eintreten, als sie vor Vera abrupt zum Stehen kam, die sich, genau wie schon einige Tage zuvor, hinter dem Empfangstresen aufhielt.

Sie starrte Liv an, ihre Nasenlöcher bebten. »Ich hätte dich als das sehen sollen, was du bist, Magierin.«

Liv bemerkte die Werwölfe, die aus der Taverne auf sie zukamen, Soren voran. »Du darfst mich Kriegerin nennen, Alpha.«

»Du hast Mumm, allein in mein Dorf zu kommen«, spuckte Vera, ihre grauen Augen blickten zu dem Rudel in Livs Rücken. »Hast du das herausgefunden, was du bei deinem ersten Besuch hier erfahren wolltest?«

»Ich weiß, dass du die Vereinbarung mit dem Haus der Sieben ganz bewusst direkt verletzt«, erklärte Liv und fühlte, wie die Haare auf ihren Armen zu Berge standen.

Dunkle Venen hatten begonnen, sich von Veras Augen aus auszubreiten, sodass sie aussah, als könnte sie sich jeden Moment wandeln. Es war aber noch keine Nacht.

Werwölfe konnten sich nur dann wandeln, sagte Liv zu sich selbst. Aber sofort erinnerte sie sich an die älteren Menschen im Gemischtwarenladen. Sie steckten in der Wandlung fest. Was wäre, wenn Vera diese Möglichkeit ebenfalls *hätte*? Sie war ein älterer Werwolf, wahrscheinlich der älteste im Rudel. Liv hatte nicht damit gerechnet, dass sie gegen sich wandelnde Werwölfe würde kämpfen müssen. Das sollte eigentlich ein schneller und einfacher Kampf werden.

»*Sollte er.*« Diese gefürchteten Worte hallten in ihrem Kopf wider, kurz bevor alles schiefging.

Veras winzige Augenbewegung hätte Liv normalerweise übersehen, aber durch den Geschwindigkeitszauber war sie ihr nicht entgangen. Liv wusste, dass sie, wenn sie Werwölfe bekämpfen wollte, Reflexe haben musste, die den ihren entsprachen.

Soren wippte auf seinen Fersen zurück und war kurz davor, nach vorne zu springen, als Liv mit ihrer Hand über die Schulter schnippte, als würde sie eine Fliege verjagen. Soren flog nach hinten in zwei weitere Rudelmitglieder und landete zusammen mit ihnen an der Wand.

Ohne ihre Augen von Vera abzuwenden, beugte sich Liv nach vorne. »Wie wäre es, wenn wir diese Angelegenheit privat besprechen würden? Andernfalls fürchte ich, dass es weiterhin nervige Unterbrechungen geben wird.«

Vera schien auf den ersten Blick nicht bereit zu sein, auf Livs Bitte einzugehen. Liv wusste jedoch, dass der einzige Weg, wie es funktionieren könnte, darin bestand, die Alpha von ihrem Rudel zu trennen. Die Männer würden ihr Leben geben, um sie zu beschützen, was bedeutete, dass sie dabei alle sterben würden.

»Soren«, knurrte Vera. »Bring den Eindringling nach hinten.«

Liv schüttelte den Kopf. »Das klingt toll und überhaupt nicht nach einer Falle, trotzdem würde ich doch die weite offene Fläche des Gasthauses vorziehen. Also, was du tun wirst, ist, dein Rudel nach draußen zu schicken und allen Touristen, die gerade die Straße verstopfen, sagen zu lassen, dass sie wieder in den Bus einsteigen sollen. Dann wird der Fahrer sie aus dieser Stadt herausbringen und ihnen eine Ausrede erzählen, die sie glauben werden. Ab heute werden hier keine Touristen mehr sterben.«

Veras Augen begannen zu leuchten, als sich die Venen weiter verdunkelten und auf ihre Wangen ausbreiteten.

»Wenn deine Männer hier raus sind«, fuhr Liv fort, »werden du und ich uns wie vernünftige Leute hinsetzen und die Vereinbarung mit dem Haus der Sieben besprechen und wie du es vermeiden kannst, sie erneut zu verletzen.«

Vera neigte den Hals zur Seite und verengte die Augen. »Das klingt für mich nicht nach einem guten Deal. Und du hast vielleicht ein bisschen Magie, aber du hast nichts gegen uns alle.«

»Das ist wahr, aber du willst doch keinen Ärger mit dem Haus der Sieben bekommen, nur weil du einem ihrer geliebten Krieger geschadet hast, oder?«, wagte Liv zu fragen, obwohl sie die Antwort bereits kannte.

»Es ist mir scheißegal, was das Haus der Sieben denkt«, höhnte Vera.

»Lass die Touristen gehen und dann besprechen wir das«, bat Liv erneut und erkaufte sich damit die dringend benötigte Zeit.

Vera schüttelte den Kopf, ihr langes graues Haar wogte. »Meine Jungs sind hungrig. *Ich* habe Hunger. Diese Touristen gehören uns.«

»Ich dachte mir schon, dass du mein vollkommen vernünftiges Arrangement ablehnen würdest«, sagte Liv nüchtern.

Das Geräusch des startenden Busmotors ließ Veras Ohren zucken. »Was hast du getan, Kriegerin?«

»Da ich angenommen habe, dass du nicht nachgeben würdest, habe ich es auf mich genommen, die Touristen aus der Stadt zu jagen«, erklärte Liv und arbeitete daran, ihre Stimmlage beizubehalten, während Veras Augen immer stärker leuchteten. »Anscheinend denken diese Touristen jetzt, dass das Gasthaus wegen Schädlingsbefalls geschlossen wurde.« Liv klopfte an ihr Kinn, als würde sie nachdenken. »Ich habe keine Ahnung, wie sie auf diese Idee gekommen sind.«

Der Lärm des Busses, der aus der Stadt brauste, ließ die Männer in Livs Rücken näherkommen. Sie konnte ihren Atem im Nacken spüren, wagte es aber nicht, ihnen Aufmerksamkeit zu schenken.

Liv hatte ihre Hausaufgaben in diesem Fall gemacht. Sie wusste, dass die ganze Macht bei der alten Dame lag, die vor ihr stand. Wenn die Männer wütend waren, dann nur, weil sie eine Verbindung zu ihrer Alpha hatten. Sie sagte ihnen, wie sie sich fühlen, was sie tun und wann sie es tun sollten. Sie waren ihre Roboter, die gezwungen waren, ihr uneingeschränkt zu gehorchen. Fane und die anderen im Dorf waren ein Stück von ihrem direkten Einfluss entfernt, aber auch sie waren immer noch ein Teil des Rudels. Die zweite Reihe, so dachte Liv über sie.

»Dafür wirst du bezahlen Kriegerin«, knurrte Vera, hob ihr Kinn und sah die Männer hinter Liv an. »Geht und versucht, sie zurückzuholen. Soren, du bleibst bei mir. Wir werden dieser jungen Magierin geben, was sie möchte.«

Bisher lief also alles nach Plan. Fane würde auf die Männer warten und sein Bestes tun, sie fernzuhalten, aber hoffentlich keinen zu hohen Preis dafür bezahlen. Deshalb musste Liv schnell sein. Je länger sie sich in Lupei aufhielten, desto größer war das Risiko, dass unschuldige Leute verletzt wurden.

»Gut«, sagte Liv, als Soren neben sie schlich und die anderen Männer zur Tür hinausmarschierten. »Du wirst einen Weg finden, innerhalb der Vereinbarung zu operieren. Ich wusste, dass du vernünftig sein würdest.«

Vera schüttelte den Kopf. »Oh, nein. Ich würde lieber sterben, als das zu tun. Es mag für meine Vorfahren gut genug gewesen sein, aber Schafe zu essen, wo wir eigentlich dazu bestimmt sind, Menschen zu jagen, ist nicht meine Art. Aber das würdest du nicht verstehen.«

»Also, was meintest du dann damit, dass du mir geben wirst, was ich möchte?«, fragte Liv verwirrt.

Soren schlug drohend mit der Faust in die Handfläche und starrte auf sie herab. »Wir werden dir einen fairen Kampf liefern, Sally. Das ist es doch, was du willst, nicht wahr?«

Liv schaute zwischen Vera und Soren hin und her und fühlte sich plötzlich winzig. »Wie kann das ein fairer Kampf werden? Zwei von euch gegen mich allein?«

»Wir alle wissen, dass Magier stärker sind als Werwölfe, wenn wir nicht gewandelt sind«, erklärte Vera und kam hinter der Empfangstheke hervor. Sie war so schlicht gekleidet, mit ihrer Jeans und ihrem Flanellhemd, dass es seltsam war sich vorzustellen, dass sie die Anführerin des Rudels sein sollte. »Also, zwei zu eins. Das ist nur fair.«

Liv rollte mit den Augen; sie hatte das alles erwartet. Nicht nur, dass Bermudas Buch viele der Lücken gefüllt hatte, sondern Alina hatte sie in der Nacht, in der sie in Lupei geblieben war, ausführlich beraten.

»Zuerst müssen wir ihr diesen lästigen Stock abnehmen«, verdeutlichte Soren, sein Atem roch nach verfaultem Fleisch, als er über Liv ausatmete.

»Ich würde ihn dir ja geben, aber ich brauche ihn zum Abstützen«, scherzte Liv. »Nun, wenn du ihn wirklich willst, schätze ich, kann ich ihn dir aushändigen.« Sie reichte ihm das Silber, aber er scheute davor zurück, als würde ihn nur allein der Anblick bereits verbrennen.

Soren ging auf Livs andere Seite, die gegenüber dem Stock, als die Tür an der Vorderseite plötzlich aufging. Auf der Schwelle stand eine schattenhafte Gestalt in einem langen Umhang.

»Einer der Touristen«, sagte Vera mit gedämpfter Stimme zu Soren. »Bring ihn hier rein.«

Trudy schob die Kapuze zurück, um ihre kurzen, stacheligen Haare und glühenden haselnussbraunen Augen zu zeigen. Der Stab, den sie vorher dabei gehabt hatte, materialisierte sich in ihrer Hand, als sie ins Licht trat.

»Ich bin kein Tourist, aber ich würde dennoch gerne hereinkommen«, meinte sie, ein Hauch von grünem Licht ging von ihrem Stab aus und warf Soren gegen die rückwärtige Wand. Er kollidierte mit einem Bücherregal und ließ alle Regalböden knacken, als er zu Boden rutschte.

»Zwei Krieger«, sagte Vera, ihre Worte brannten vor Wut.

»Hoppla«, sagte Liv. »Hatte ich doch glatt vergessen, dir zu sagen, dass ich eine Freundin mitgebracht habe? Mein Fehler.«

Trudy stellte sich neben Liv, beide betrachteten Vera mit leichter Verachtung.

»Du hast eine letzte Chance, dich zu ergeben und die Dinge so zu tun, wie es der Rat vorschreibt«, befahl Liv. »Wenn nicht, dann haben wir keine andere Wahl, als deinen Aufstand niederzuschlagen.«

Wenn Vera eingeschüchtert war, weil sie sich in der Unterzahl befand und ihr bester Köter geschlagen war, verbarg sie es gut. Eigentlich musste sie denken, dass Liv eine Komikerin war, weil sie anfing zu lachen.

Trudy sah Liv von der Seite an und fragte sich wahrscheinlich, ob sie sich geirrt hätten und das gar nicht die Alpha war, sondern nur irgendeine verrückte alte Frau.

»Weißt du, wie ich die letzte Alpha besiegt habe?«, fragte Vera und lehnte sich mit leicht gebeugtem Rücken nach vorne.

»In einer wirklich langweiligen Schachpartie?«, versuchte Liv zu raten.

Vera schüttelte den Kopf und wich aus wie ein Wolf, der seine Beute umkreiste. »Meine Familie ist die einzige mit magischem Blut, die jemals in Lupei geboren wurde. Der Wolf lebt nicht nur tief in meinen Knochen, sondern die gleiche Magie, die durch dich fließt, fließt auch in meinen Adern.«

Oh, zum Teufel! Eine Werwolf-Magierin. Das hatte Liv nicht erwartet.

»Nicht die Gleiche«, konterte Liv. »Wir sind nicht korrupt und die anderen in deinem Rudel auch nicht. Du bist machthungrig und hast es dir zu Kopf steigen lassen.«

Vera schüttelte den Kopf und krümmte sich weiter. »Ich habe endlich zu mir selbst gefunden. Es hat lange gedauert, bis ich meine Magie unter Kontrolle bekam, nachdem ich sie ein Leben lang geheim halten musste. Meine Familie wollte nie, dass es jemand erfährt. Sie wollten, dass wir im Schatten lebten, genau wie alle anderen in diesem Dorf. Aber ich wusste, dass es einen besseren Weg gibt. Auf meine Weise.«

Sie sprang vom Boden ab, ihre Hände streckten sich und packten den klapprigen Kronleuchter über ihren Köpfen. Die alte Frau schwang mit den Beinen, flog auf die andere Seite des Raumes und landete mit einem Schlag, eine Hand auf dem Boden und die andere in der Luft. Soren folgte auf ähnliche Weise und flog durch die Luft, als hinge er an unsichtbaren Schnüren.

Mit ihrer Magie ließ Vera ihn in Türnähe fallen, wo er stolperte und so aussah, als wäre er gerade aus einem kleinen Nickerchen erwacht.

»Weißt du, dieses Gasthaus ist schon lange im Familienbesitz«, erläuterte Vera mit rauer, kehliger Stimme.

Liv plante gerade einen Angriff, als sie erkennen musste, dass ihre Arme an ihren Seiten irgendwie befestigt waren. Sie blickte zu Trudy und las den gleichen hektischen Ausdruck auf ihrem Gesicht.

»Dieses Gasthaus ist etwas ganz Besonderes für uns«, fuhr Vera fort. »Und deshalb hat es bestimmte Vorteile, die nur für uns funktionieren. Es tut sein Bestes für uns.«

Liv versuchte, ihre Arme von den unsichtbaren Fesseln zu befreien, aber sie konnte es nicht.

»Ich freue mich darauf, bald mit euch beiden eine nette Unterhaltung zu führen«, meinte Vera trocken und ihre Augen glitten an verschiedene Orte im Raum. »Aber lasst uns später wieder zusammenkommen. Sagen wir, nach Sonnenuntergang, wenn ich mich in etwas Bequemeres verwandelt habe.«

Dann schnappte Vera Soren am Arm und zog ihn nach draußen, versperrte die Tür zum Gasthaus und schloss Liv und Trudy damit ein.

Kapitel 26

Sobald sich die Tür schloss, war der Fesselzauber verschwunden, sodass sich die Kriegerinnen wieder bewegen konnten.

Liv kaute auf ihrer Lippe und drehte sich langsam zu Trudy um. »Sooooo …«

Trudy schloss die Augen für einen Moment, um sich zu beruhigen.

»Die Winzigkeit, dass sie eine Magierin ist, war neu«, meinte Liv, sah sich im Gasthaus um und versuchte herauszufinden, wie sie entkommen konnten.

»Was sie zu einem Hybriden macht und sicher nicht zu jemandem, dem ich nach Einbruch der Dunkelheit begegnen möchte, wenn sie sich gewandelt hat«, antwortete Trudy äußerst besorgt.

»Ganz meine Meinung, was wiederum heißt, dass wir einen Weg hier herausfinden müssen.« Liv deutete auf eine Vase in einem hohen Regal und versuchte festzustellen, ob es sich um ein magisches Artefakt handeln könnte, mit dem Vera den Ort verschlossen hatte.

»Ich vermute, dass, sollte Vera die Wahrheit über das Gasthaus gesagt haben, es keinen einfachen Ausweg geben wird, es sei denn, sie lässt uns selbst frei«, gab Trudy zu bedenken, versuchte es an der Tür und fand sie versiegelt, nicht nur abgesperrt wie eine normale Tür, die sich zumindest ein wenig bewegen würde. Diese war auf magische Weise versiegelt, ohne dass Luft durch die Ritzen kam.

»Es muss etwas geben, was das Hundegehirn übersehen hat«, sagte Liv und nahm eine leichte magische Vibration von der Vase auf. »Vera sah sich an bestimmten Orten um, bevor sie von hier wegging. Glaubst du, dass der Ort mit Artefakten versiegelt ist?«

»Ich denke, es wäre möglich«, erklärte Trudy, zog ihr Handy heraus und runzelte dann die Stirn.

»Lass mich raten, kein Empfang?«, fragte Liv.

»Ja, was seltsam ist, denn ich konnte sowohl telefonieren als ich mehr als 90 Meter unter der Erde war, als auch in etwa 1.600 Metern Höhe.«

Liv wölbte eine Augenbraue. »Ich denke, ich muss die Geschichten über diese Orte hören.«

Trudy rang sich ein Lächeln ab. »Nun, es scheint, dass wir mehrere Stunden Zeit haben werden, um Geschichten auszutauschen. Du kannst mir erzählen, woher du den Biss am Bein und den anderen am Arm hast.«

Liv erstarrte. Ihre Bisse waren verdeckt.

Hester hatte es Trudy gesagt! Das war die einzige Erklärung. Plötzlich fühlte sich Liv kurzsichtig, weil sie dem Rat vertraut hatte.

»Weißt du, dass Hester eine Heilerin ist?«, fragte Trudy und verbarg ein Grinsen nur teilweise.

Und eine Lügnerin, die ihr Wort nicht hält, dachte Liv. Anstatt das zu sagen, nickte sie einfach.

»Nun, in unserer Familie ist jedes Mitglied mit einer seltsamen und seltenen Fähigkeit ausgestattet, die nicht aus den magischen Reserven zehrt«, erklärte Trudy. »Ich weiß, es ist komisch und nachdem ich dir das gesagt habe, musst du dich nicht mehr schützen. Es würde dir sowieso nichts nützen.«

Liv neigte ihren Kopf zur Seite und fragte sich, was zum Teufel als Nächstes von der Kriegerin kommen würde.

»Meine Fähigkeit ist die Röntgensicht«, gestand Trudy. »Ich versuche, sie nicht zu benutzen, aber sie funktioniert manchmal irgendwie automatisch. Meistens weiß ich nicht einmal, dass ich es tue, aber es ist schwer, diesen riesigen Biss an deinem Bein oder deinem Arm zu ignorieren.«

Liv blickte auf ihre bedeckten Gliedmaßen hinunter. »Damit kannst du sehen …«

»Dass du ein Schwert unter deinem Umhang versteckst«, sagte Trudy. »Und nicht zusammenpassende Socken trägst.«

Liv seufzte. »Ist denn nichts mehr heilig?«

Trudy kicherte. »Es ist ein seltsames Geschenk. Normalerweise bringt es mir nicht die Vorteile, wie die meisten annehmen würden. Eigentlich entwickle ich dadurch oft Beinahe-Sympathien gegenüber meinen Feinden. Es ist schwer, sie ernst zu nehmen, wenn sie Batman-Unterwäsche tragen.«

»Also kannst du nur durch die Kleidung sehen?«, fragte Liv. »Und wenn ja, ist das die gruseligste Gabe, von der ich je gehört habe.«

Trudy holte eine Brille aus ihrem Umhang und setzte sie auf. Sie war grünlich-blau getönt. »Ich habe einen Freund diese hier für mich herstellen lassen. Sie verhindert, dass meine Gabe funktioniert. Wenn du möchtest, trage ich sie, wenn ich bei dir bin, jetzt, wo du die Wahrheit kennst.«

»Auch damit der Rat es nicht erfährt?«, vermutete Liv. »Sie wissen aber von Hesters Gabe, nicht wahr?«

»Ja, aber das liegt daran, dass Hesters Geschenk wichtig ist und schon viele Krieger gerettet hat«, begann Trudy. »Meines könnte im Kampf praktisch sein, aber es gibt keinen wirklichen Grund für mich, es offenzulegen. Unsere Eltern waren sensibel gegenüber unseren Gaben und wollten nicht, dass wir deswegen ausgebeutet werden.«

»Ja, ich kann mir lebhaft vorstellen, wie du ins Visier genommen wirst, wenn die Leute es erfahren würden.«

»Und um deine Frage zu beantworten«, fuhr Trudy fort, »kann ich eigentlich durch fast alles schauen, in angemessener Weise. Nicht durch zu dicke Mauern oder aus wirklich großer Entfernung, aber wenn ich in der Nähe von etwas bin, kann ich normalerweise erkennen, was auf der anderen Seite ist.«

»Das ist unglaublich wertvoll«, antwortete Liv. »Ist sonst noch jemand im Gasthaus? Irgendetwas, das uns helfen könnte?«

Trudy nahm die Brille ab, durchsuchte den Raum, bevor sie den Kopf schüttelte. »Nein, wir sind allein hier drin. Und ich bin mir nicht sicher. Ich habe meine Zweifel, dass wir hier rauskommen. Ich habe versucht, mit meiner Magie eine Schwachstelle zu finden, aber das Gebäude ist gründlich versiegelt.«

Liv nickte, weil sie das Gleiche ebenfalls bereits versucht hatte.

Trudy setzte die Brille wieder auf und ging an Liv vorbei in Richtung Taverne. »Nun, es klingt, als müssten wir eine Strategie entwickeln, wenn die Tür geöffnet wird und Vera sich gewandelt hat.«

»Wohin gehst du?«, wunderte sich Liv und folgte ihr.

»Ich weiß nicht, wie es dir geht«, rief Trudy über die Schulter, »aber wir werden Essen brauchen, um unsere Energie aufzutanken und ich könnte einen Drink vertragen. Vielleicht kannst du mir bei der Gelegenheit erzählen, was ein Stück aus deinem Bein gerissen und warum meine Schwester mir nichts davon erzählt hat?«

»Woher weißt du, dass Hester etwas darüber weiß?«, erkundigte sich Liv.

Trudy blieb stehen und schaute sie skeptisch an. »Tut sie das?«

Liv wollte lügen, aber Trudys Augen schienen sie mit ihrem Blick zu durchbohren. »Ja, vielleicht.«

»Das dachte ich mir.« Trudy ging weiter durch die Taverne und dann in die Küche. »Wenn ich von so etwas wie dem, was dich angegriffen hat, zerfleischt worden wäre, hätte ich auch meine Schwester geholt.«

Kapitel 27

Ich wünschte nur, du hätteſt mehr Kartoffeln gemacht«, sagte Liv und schöpfte einen Berg geſtampfte Kartoffeln, die aus einer großen Schüssel quollen, auf ihren Teller.

»Ha-ha«, murrte Trudy. »Ich habe dir doch gesagt, dass das andere Gemüse nicht wirklich meinen Anſprüchen gerecht geworden iſt. Und das Fleisch? Nun, das sah ebenfalls sehr fragwürdig aus.«

»Bitte sag mir, dass es kein Menschenfleisch war«, entsetzte sich Liv und schob den Teller weg, ihr Hunger war plötzlich verschwunden.

Trudy schüttelte den Kopf. »Nein, aber es war definitiv nicht frisch. Ich schätze, dass sie nichts Frisches vorrätig haben, wenn sie jeden Tag etwas fangen.«

Liv nahm einen großen Löffel Kartoffeln und betrachtete das klumpige Chaos. »Haſt du gehofft, dass der letzte Lacher auf unserer Seite iſt, wenn Vera uns besiegt hat und sie dann bemerkt, dass du jede einzelne Kartoffel gekocht haſt?«

Trudy zeigte mit ihrer Gabel auf das Behältnis und kaute mit leicht offenem Mund. »Ich hoffe mit dem Topf Kartoffelſtampf fertig zu sein, wenn du mir hilfſt und Vera wird uns nicht besiegen. Alles, was wir brauchen, iſt ein guter Plan und gut gefüllte Reserven.«

»Sie wird sich aber wandeln«, argumentierte Liv und ſtarrte auf den weißen Fleck auf ihrem Teller.

»Doch wir sind zu zweit.«

»Aber sie ist eine Teilmagierin«, konterte Liv.

»Du hast den Stock«, sagte Trudy und nahm einen Schluck von ihrem Whiskey. Liv hatte jeglichen Alkohol abgelehnt und dachte, es sei besser, ihren Kopf frei zu behalten. Die andere Kriegerin hatte gesagt, dass sie nach einem einzigen Drink tatsächlich leichter nachdachte.

»Und sie hat ein Rudel scheinbar treuer Hündchen.«

Trudy lächelte zwischen den Bissen. »Wir würden ein tolles Guter-Bulle-böser- Bulle-Gespann abgeben.«

»Ich schätze, das bedeutet, dass ich der böse Bulle wäre, oder?«

Trudy nickte. »Du hast einige gute Ansätze und deshalb müssen wir strategisch vorgehen. Wenn ich wetten müsste, würde ich schätzen, dass es bei Vera weniger um Strategie als um reinen Angriff geht. Deshalb müssen wir, wenn sie uns hier rauslässt, etwas Unerwartetes tun.«

Liv dachte einen Moment nach. »Was ist, wenn wir den Ort in Brand stecken? Werwölfe hassen Feuer, richtig?«

»Das sind die Vampire«, korrigierte Trudy ihre Kollegin. »Aber jeder hasst Feuer. Nun, die Dämonen nicht. Ich glaube, sie schlucken es. Aber ich fürchte, wir würden an einer Rauchvergiftung sterben. Dieser Ort ist regelrecht abgedichtet.«

»Vielleicht können wir hier drin eine Reihe von Fallen legen? Wenn sie reinkommt, fällt sie in eine Grube mit Klingen.«

Trudy gönnte sich eine Pause. »Ich mag diese Idee, aber ehrlich gesagt, denke ich, dass wir von diesem Ort verschwinden müssen, sobald die Tür aufgeht. Das Gasthaus bietet Vera zu viele Vorteile und wir haben keine Ahnung, wo sich das Rudel befindet. Wir wollen hier drin nicht in einen Hinterhalt geraten.«

Liv stimmte zu. »Das gesamte Rudel wird sich gewandelt haben. Es wird schwer zu sagen sein, wer Vera ist.«

Trudy lächelte. »Diesbezüglich kannst du dich auf mich verlassen. Ich weiß genau, wie ich herausfinden kann, welcher von denen sie ist.«

»Oh, funktioniert diese Röntgensache da?«

Sie nickte und nahm noch einen Schluck.

Die beiden schwiegen sich eine Weile an, während sie angestrengt überlegten und die Räder sich in ihren Köpfen drehten.

»Also, der Biss an deinem Bein?«, fragte Trudy nach einer langen Zeit.

»Ich bin gefallen«, erklärte Liv einfach.

»Ja, und Stefan ist auch gefallen«, sagte sie mit einem Augenzwinkern. »Keine Sorge, ich werde nicht neugierig sein, wenn du damit nicht rausrücken willst. Ich verstehe, dass du dein Leben und deine Beschäftigung außerhalb des Hauses hast.«

Trudy streckte sich, stand auf und gähnte. Sie war eher wie ein Mann gebaut, mit ihren breiten Schultern und ihrer schmalen Taille. »Ich geh mal für kleine Mädchen. Achte darauf, deine Reserven zu füllen, aber mach dir keine Gedanken um das Geschirr. Ich denke, wir können jemand anderem das Spülen überlassen.«

Liv lächelte, drehte ihren Löffel in den Kartoffeln und malte ein Bild in der zähen Masse.

Als Trudy weg war, materialisierte sich Plato auf dem Tisch neben der Schale mit dem Essen.

»Woher weißt du immer, wann die Luft rein ist?«, wollte Liv von ihm wissen.

»Es ist eine Gabe«, lautete die einfache Antwort.

»Wie Röntgensicht?«

»Nein, mehr wie die Fähigkeit, die Lottozahlen zu erraten, was ich auch kann.«

»Oh, wirklich?«, fragte Liv. »Ich war so arm, dass ich uns kein Abendessen kaufen konnte und du kennst die Lottozahlen? Warum hast du es mir nie gesagt?«

»Du wolltest doch nichts geschenkt bekommen«, sagte Plato selbstgefällig zu ihr.

»Probiere es doch aus.«

»Also, du hängst in einem Gasthaus fest, das von Werwölfen umzingelt ist und die Sonne geht in weniger als einer Stunde unter«, sinnierte Plato und klang ziemlich amüsiert.

»Da werden wir mit einer Menge Geschichten aus diesem Kaff herauskommen, die man auf Partys erzählen kann«, sagte Liv.

»Es sei denn, du bist heute das Abendessen.« Plato leckte seine Pfote. »Dann werde ich wohl derjenige sein, der die Geschichten erzählt.«

»Sei dir dessen bewusst, dass ich versuchen werde, dich mitzunehmen«, fügte Liv hinzu.

»Aber wie der Feigling, der ich nun mal bin, bin ich dann davongerannt, bevor mich das Rudel erwischen konnte und habe dich wehrlos und allein zurückgelassen.«

»Ja, vergiss aber nicht, diesen Teil auch hinzuzufügen.«

Plato schüttelte den Kopf. »Ich glaube nicht. Er lässt mich nicht im besten Licht erscheinen. Aber wenn es dir hilft, zumindest du kennst dann die Wahrheit.«

»Okay, nun, dann sag einfach ein paar nette Worte auf meiner Beerdigung, ja?«

»Du weißt, dass ich das nicht kann«, antwortete er.

»Ich weiß, dass du es *nicht tun wirst*«, korrigierte sie.

»Und bevor wir die alten Croissants und Blumengestecke zu deinem Andenken bestellen …«

»Ich will keine Blumen auf meiner Beerdigung«, unterbrach Liv. »Du weißt, dass ich gegen die meisten allergisch bin. Stattdessen will ich Ballons. Und jeder muss einen Schluck Helium nehmen, bevor er nette Worte über mich sagt, oder was auch immer.«

»Ich merke es mir«, antwortete Plato. »Aber bereite dich besser noch nicht auf den großen Schlaf vor.«

»Hast du einen Weg, uns aus diesem Gasthaus zu holen?«, fragte Liv hoffnungsvoll.

»Nein. Ich kann zwar rein und raus, aber ihr steckt hier absolut fest.« Er sah sich um. »Was auch immer Veras Familie mit diesem Ort gemacht hat, sie haben es wie ein Gewölbe angelegt. Ihr kommt hier nicht raus, bis sie den Zauber auflöst. Deine Freunde versuchen schon eine Weile, durch den Hintereingang reinzukommen, aber es hat keinen Sinn.«

Liv lächelte innerlich, stolz darauf, dass Fane und Alina immer noch versuchten, ihr zu helfen. Er musste ihre Eltern sehr geliebt haben. Wie könnte man das auch nicht tun?

»Hättest du eine Idee, die uns helfen könnte?«, fragte Liv. »Etwas, um unseren Tod zu verhindern?«

»Ja, ich glaube schon«, antwortete er stolz. »Ich hoffe allerdings, dass es etwas mehr bewirkt, als nur deinen Tod um mehrere hundert Jahre zu verschieben. Wenn es funktioniert, wirst du das Gleichgewicht des ganzen Dorfes und so den Frieden unter den Werwölfen wiederherstellen.«

Kapitel 28

Bist du sicher, dass das funktionieren wird?«, fragte Trudy vom ersten Treppenabsatz aus und sah zweifelnd zu Liv hinunter.

»Nein, überhaupt nicht, aber es ist der beste Plan, den wir haben«, antwortete sie.

»Und woher weißt du so genau, dass Soren auf dem Dach sitzt?«

»Nenn es eine Ahnung«, antwortete Liv ein wenig schüchtern.

Trudy sah sie zögernd an. »Und der Rest des Rudels? Woher weißt du, dass sie sich auf der Rückseite des Gebäudes befinden?«

»Nur eine Vermutung.«

»Okay, gut«, meinte Trudy. »Behalte deine Geheimnisse. Wenn du nicht so süß wärst, wäre ich wahrscheinlich bei dieser ganzen Sache sowieso nicht dabei.«

»Ist das nicht eine schlechte Logik, auf der deine Entscheidungen basieren?«, erkundigte sich Liv.

Trudy zuckte mit den Schultern. »Wahrscheinlich, aber mir gefällt es auch, wenn du Adler auf die Palme bringst. Niemand ist so mutig wie du … nun, solange ich mich erinnern kann. Nicht einmal deine Mutter hat es gewagt, die Dinge zu sagen, wie du es tust, also vertraue ich deinem Urteil allein schon aus Respekt.«

Liv lächelte ihr Gegenüber an. »Ich denke, das ist ein so guter Grund wie jeder andere.«

Trudy setzte den Aufstieg zum zweiten Stock fort und schoss Liv einen letzten Blick zu. »Sei vorsichtig. Und wenn du Hilfe brauchst, weißt du was zu tun ist, oder?«

»Schreien wie am Spieß?«

»Ganz genau«, bestätigte Trudy und verschwand um die Ecke.

Liv hielt den Stock ihres Vaters in der Hand und hoffte, dass Plato mit den Aufenthaltsorten aller Rudelmitglieder im Dorf Lupei recht hatte. Ein Fehler und sie und Trudy wären tot. Der Plan war sie zu trennen und einzeln zu erledigen. Ein Rudel Werwölfe war für einen einzigen Krieger unmöglich zu besiegen, aber einer war machbar. Allerdings wusste Liv, dass sie nicht mit irgendeinem Werwolf konfrontiert wurde. Sie war im Begriff, sich mit einem der tödlichsten zu messen, den es je gegeben hatte.

✶ ✶ ✶

Obwohl Trudy DeVries wusste, dass Liv Beaufont etwas verheimlichte, machte sie sich keine Sorgen. Jeder verbarg einen Teil von sich selbst. Manchmal lag das daran, dass es auf diese Weise einfacher war oder weil sie nicht annahm, akzeptiert zu werden, wenn andere die Wahrheit erfahren sollten. Das war Trudys Grund, anderen nicht zu sagen, wer sie wirklich war. Trudy konnte vielleicht unter die Kleidung der Leute sehen, aber das war nicht ihr größtes Geheimnis.

Trudy vermutete, dass Liv verschiedene Gründe hatte, ihre Geheimnisse zu bewahren. Aus irgendeinem Grund glaubte Trudy, dass Liv etwas Größeres verheimlichte als das Haus der Sieben, aber das war nur eine Vermutung. Was auch immer es war, Trudy war damit einverstanden, dass Liv das tat, was sie tat. In dieser jungen Magierin lag eine

Kompetenz, die Vertrauen erweckte. Trudy und Hester hatten es viele Male besprochen. Liv Beaufont, so geheimnisvoll sie auch war, schien geradeheraus zu sein. Man bekam exakt das, was man sah. Sie kämpfte nur für eine Sache, absichtlich oder nicht: das Wohl der Allgemeinheit.

Als Trudy im dritten Stock ankam, marschierte sie bis zum anderen Ende, wie Liv es ihr gesagt hatte. Die Sonne würde in weniger als einer Minute untergehen, was ihr nicht so viel Zeit gab, wie sie für den nächsten Teil gerne gehabt hätte.

Trudy blinzelte an der nächsten Wand und aktivierte ihre Röntgensicht, um hindurch zu sehen. Zuerst konnte sie nicht viel hinter dem Dach sehen, aber dann materialisierten sich die kleinen Gestalten auf dem Boden um das Gebäude herum. Sie zählte sechs. Exakt so viele, wie Liv gesagt hatte, standen dort bereit, das Gebäude von der Rückseite aus zu stürmen.

Woher das Mädchen gewusst hatte, dass sich die Werwölfe dort befinden würden, konnte Trudy nicht verstehen, aber sie hatte recht gehabt. Sie waren genau dort, wo sie sagte, dass sie es wären. Und es ergab Sinn, dass sie durch die Rückseite kamen oder dort warteten, wenn Trudy und Liv versuchten, auf diese Weise zu entkommen.

»Okay, jetzt ist es Zeit, die Nummer zwei zu finden.« Trudy beobachtete den Bereich um das Obergeschoss herum, bis sie eine Gestalt entdeckte, die auf der anderen Seite eines durch Fensterläden blockierten Fensters stand. »Bingo.«

Soren stand nur wenige Meter entfernt, noch in seiner menschlichen Gestalt. Es war schon fast Zeit, aber noch nicht ganz. Trudy wusste genau, was zu tun war, wenn Vera das Gasthaus öffnete. Allerdings musste sie schnell sein. Das Timing war entscheidend. Und sie hoffte, dass, wenn sie erfolgreich war, es bedeuten würde, dass Liv es auch wäre. Es war nicht einfach, der jungen Magierin das zu überlassen, was getan werden musste. Und doch wusste sie, was sie zu tun hatte. Liv war die richtige Person dafür, sich der Alpha zu stellen. Wenn jemand sie zur Strecke bringen konnte, dann war es Guineveres Tochter.

Kapitel 29

Liv versuchte sich selbst einzureden, dass sie schon in schlimmeren Situationen gesteckt hatte, als sie auf die versiegelte Haustür starrte, aber in Wahrheit konnte sie sich keine schlimmere vorstellen. Ja, sie war von Sabatore gestellt und fast von diesem Dämon geküsst worden, aber sie hatte fest daran geglaubt, dass Stefan kommen und sie retten würde. Sie war von der Lophos gebissen worden und dabei fast draufgegangen, aber schon damals hatte sie die Menschen um sie herum um Hilfe gebeten und Clark war zu ihrer Rettung erschienen.

Aber das …

Liv wusste, dass sie Vera absolut allein gegenüberstehen würde. Trudys Aufgabe war es, den Rest des Rudels zu erledigen, was für eine Person eine ziemliche Herausforderung darstellte. Alles, was Liv tun musste, war, einen einzelnen Werwolf zu erledigen … der Magie zur Verfügung hatte. Keine große Sache also.

Die Lichter flackerten über ihr und das Gasthaus bebte. Heulen hallte durch das Gebäude.

Jetzt ist definitiv Partyzeit, dachte Liv und zog ihren Stock auseinander, um die beiden silbernen Schwerter zu enthüllen.

Die Glühbirnen des Kronleuchters erloschen und Liv befand sich in völliger Dunkelheit.

»Ich sehe, sie wünscht den ganz großen Auftritt«, murmelte Liv und wirkte einen Nachtsichtzauber. Der Raum war nun so hell, dass sie die Tür wieder vor Augen hatte. Sie bebte und dann flog die große Holzplatte aus den Scharnieren und rauschte in Livs Richtung. Sie tauchte in letzter Sekunde ab und rollte aus dem Weg.

Kauernd drehte sich Liv in Richtung Eingangsbereich und erkannte, dass sie wieder einmal bewegungslos war. Die teuflische Frau hatte ihr einen weiteren Zauber der Unbeweglichkeit auferlegt, aber glücklicherweise würde er nicht lange anhalten.

Laut Plato konnte ein Werwolf nicht zaubern, wenn er gewandelt war. Er hatte die Vermutung geäußert, dass sie als Werwolfhybrid aufgrund der Magie stärker und tödlicher als jeder andere Werwolf sein würde, aber dass sie dann keine Zauber mehr wirken konnte. Das bedeutete, dass sie alle Möglichkeiten, hinter denen sich Liv im Gasthaus verbarrikadieren konnte, vor ihrer Wandlung niederreißen musste.

Als sie aus der geöffneten Tür schaute, erkannte Liv, dass Plato absolut recht hatte. Der Körper der bescheidenen alten Frau verzerrte sich seltsam, als sie in Bewegung kam. Die Geräusche von Knochenbrüchen und Stoffreißen ließen Liv zusammenzucken. Das hätte Livs Chance sein sollen, den nicht vollständig verwandelten Werwolf zu vernichten und aus den engen Räumen des Gasthauses zu entkommen, aber sie konnte sich nicht bewegen. Stattdessen war sie gezwungen, den schmerzhaften Vorgang zu beobachten, nicht in der Lage das zu tun, was sie geplant hatte.

Es dauerte weniger als eine Minute, bis sich die kleine Frau verwandelt hatte, dann stand sie direkt auf der Schwelle und war der Stoff aller Albträume. Sabatore war nichts gegen Vera in Werwolfsgestalt.

Das Monster war mit dichtem, grauem Fell bedeckt. Aus ihrer langen Schnauze tropfte ekelhafter Sabber und ihre schmalen Augen leuchteten rot. Vera stand auf ihren Hinterbeinen, die Vorderbeine vor ihrer vernarbten Brust waren ausgestattet mit langen Krallen. Das war kein Hund, der irgendwelche Schönheitswettbewerbe gewinnen würde. Nein, sie war so riesig, dass sie sich ducken musste, um das Gebäude zu betreten.

✲ ✲ ✲

Als die Lichter im Gasthaus erloschen, konnte Trudy dank ihrer Röntgensicht noch gut sehen. Das war auch der Grund, warum sie nie Angst vor der Dunkelheit gehabt hatte, als sie noch klein gewesen war.

Der Boden wankte unter ihren Füßen.

Bisher war der Ort noch fest verschlossen und die Werwölfe hatten sich nicht gewandelt, aber sie hatte das Gefühl, dass sich das in den nächsten Sekunden alles ändern würde.

Trudy versuchte mehrmals, mit ihrer Magie durch das Fenster vor ihr zu brechen, aber sie waren immer noch gefangen. Das hatte den Werwolf draußen nur dazu gebracht, sich auf dem Dach vor ihr zu verwandeln, nur wenige Meter entfernt, noch besser. Der Prozess erschien unglaublich unnatürlich, da sich die Knochen des Wesens in seltsamen Winkeln verzogen und er größer wurde.

Trudy tastete das Gebiet außerhalb des Gasthauses mit ihrem Röntgenblick ab und bemerkte, dass sich die anderen sechs Figuren ebenfalls verwandelten. Ein Kälteschauer lief ihr über den Rücken, als sie sah, wie die vielen Werwölfe Gestalt annahmen. Trudy hatte Tiere schon immer geliebt, was das, was sie als Nächstes tun musste, noch schwieriger machte.

Sie erinnerte sich daran, dass ihr Mitgefühl sie mehr als einmal in Schwierigkeiten mit dem Rat gebracht hatte.

Liv teilte jedoch dieses Leid und hatte ihr das auf viele verschiedene Arten mitgeteilt.

Trudy hatte hier drinnen um die richtige Vorgehensweise gekämpft, war aber schließlich zu dem Schluss gekommen, dass Liv recht hatte. Es war möglich, dass nicht alle Werwölfe sterben mussten. Ja, das könnte die richtige Option sein. Wenn die Alpha und ihr Stellvertreter tatsächlich das Problem waren, warum dann alle bestrafen?

Trudy wusste, wie man sich anpasste. Sie hatte es ihr ganzes Leben lang getan. Wenn Liv recht hatte und die anderen Werwölfe dafür bestraft wurden, Dinge getan zu haben, die sie nicht kontrollieren konnten, würde sie nicht mit sich selbst leben können – und das Letzte, was Trudy DeVries brauchen konnte, war mehr Schuld auf sich zu laden.

Ein lauter Krach im Erdgeschoss ließ Trudy sich umdrehen. Etwas war unten passiert. Sie konnte von hier aus nicht bis hinunter in den Gastraum sehen, aber ihre Magie sagte ihr genau, was sie wissen musste.

Der Zauber war aufgehoben worden. Es stand ihnen jetzt frei, das Gasthaus zu verlassen – was allerdings bedeutete, dass nun auch die Werwölfe herein konnten.

✷ ✷ ✷

Ein Knurren, das Livs Ohren schmerzen ließ, kam aus dem Rachen des Werwolfs. Er hob seinen Kopf Richtung Decke, seine langen Arme streckten sich, als wolle er die Nacht umarmen, die ihn entfesselt hatte.

Livs Finger zuckten am Stock. Der Zauber der Unbeweglichkeit ließ nach. Vera hatte ihn vor der Verwandlung auf ihre rechte Seite gelegt, aber er würde nicht lange anhalten, da die Wandlung vollzogen war. Jeden Moment wäre Liv wieder in der Lage, sich zu bewegen. Sobald sie konnte, musste sie von dort verschwinden.

Der Werwolf warf sich auf seine Vorderpfoten und knurrte Liv an, die nur etwa drei Meter entfernt war. Zu nah dran für ihren Geschmack.

Die heiße Luft, die aus Veras Maul entwich, schwebte durch den Raum und erweckte das Gefühl, dass plötzlich ein Ofen hochgefahren wurde. Der Atem des Tieres stank faulig, als er Liv im Gesicht traf.

Sie nahm ihren Arm hoch, um die Nase zu schützen und war dankbar, dass sie sich nun endlich wieder bewegen konnte. Vera war jedoch nicht unbedingt glücklich darüber. Sie stürzte nach vorne, aber Liv warf sich schnell genug zur Seite, um dem Angriff auszuweichen. Der Werwolf kollidierte mit dem Rezeptionstresen und machte Kleinholz daraus. Er war wie ein Bulldozer, stark und zerstörerisch.

Während Vera sich bemühte, ihre riesige Gestalt von den Resten des Tresens zu befreien, feuerte Liv einen erstklassigen Zauber auf den Werwolf ab, der aber nichts bewirkte.

Livs Magie funktionierte bei Vera offensichtlich nicht. Es musste einen Schutz geben, der auf ihr als Hybrid lag, was bedeutete, dass Liv absolut in der Scheiße saß.

Ohne Magie musste sie sich auf die einzigen beiden Dinge verlassen, die sie zu ihrem Vorteil nutzen konnte: ihre Intelligenz und den Stock ihres Vaters.

✶ ✶ ✶

Trudy hielt ihre Hand hoch und schickte einen mächtigen Strom von Magie durch das große Fenster vor ihr und blies es aus seinem Rahmen. Es flog mehrere Meter weit und landete auf dem Dach eines Gebäudes auf der anderen Straßenseite.

Der Klang des berstenden Glases erregte die Aufmerksamkeit der Wölfe, was Trudy die perfekte Gelegenheit gab, durch das offene Fenster zu schweben. Sie landete mit einem dumpfen Schlag vor Soren in Werwolfsgestalt. Wenn er vorher nicht schon hässlich gewesen wäre, mit seiner breiten Nase und seinen kleinen Augen, dann war er nun noch abstoßender, jetzt, da er auch noch mit Fell bedeckt war.

Er drehte seinen Kopf über die Schulter, seine leuchtend grünen Augen landeten auf Trudy. Bevor er die Chance hatte zu knurren, zu reagieren oder was auch immer, hielt sie ihren Stab hoch und hüllte seinen Körper in einen elektrisierenden Zauber. Er zwang seine Gliedmaßen sich auszustrecken, als er von den innerlichen Stromschlägen gequält wurde. Wie Liv und Trudy vermutet hatten, war Soren, der kein Hybrid war, anfällig für Magie und gab der Kriegerin im Kampf eine reelle Chance.

Das Rudel in ihrem Rücken rückte auf, Trudy richtete ihre Aufmerksamkeit auf sie und schuf mit ihrem Stab eine Feuerlinie. Sie schnitt die sechs Werwölfe vom Gasthaus ab und ließ sie ihre Gesichter vor dem plötzlichen Flammenausbruch schützen. Trudy benutzte den Stab vorsichtig, den ihre Großmutter ihr gegeben hatte und hob die Flammen an, bis sie hoch über die Werwölfe reichten, zu hoch für sie, um darüber zu springen.

Ein wütendes, tiefes Knurren erklang durch die Nachtluft hinter Trudy. Sie wusste, was der Feuerzauber sie gekostet hatte. Er hatte Soren von den Stromschlägen befreit.

Sie wandte sich dem Werwolf zu und freute sich über die Tatsache, dass sein Fell noch immer qualmte. Allerdings schien er, obwohl zusammengekauert, immer noch stark genug zu sein, reichlich Schaden anzurichten. Und leider musste sie eine Entscheidung treffen. Sollte sie die Feuerwand oben halten und das Gasthaus vor den Werwölfen unten verbarrikadieren oder Soren ausschalten?

Trudy hielt ihren Stab horizontal und war bereit, ihn zu benutzen, wie es ihre Großmutter ihr beigebracht hatte. Die Worte der Frau hallten in ihrem Kopf wider. »Wenn du dich nicht auf Magie verlassen kannst, dann eben auf rohe Gewalt. Eines Tages wirst du eine Kriegerin sein, die zwar für die Magie kämpft, sie aber ironischerweise nicht in allen Situationen einsetzen kann.«

Kapitel 30

Liv ging in Richtung Eingang und versuchte, kein einziges Geräusch zu verursachen. Vera zog noch immer ihre Krallen aus dem zersplitterten Holz.

Das Gasthaus würde nach diesem Kampf einer größeren Renovierung unterzogen werden müssen.

Ein Stück Holz von der geborstenen Tür brach unter Livs Stiefel und sie erstarrte.

Vera drehte ihre große Schnauze, um Liv nur wenige Meter vom Eingang entfernt vorzufinden. Sie überlegte, einen Ausbruch zu versuchen, aber die Art und Weise, wie sich der Werwolf bewegte, machte Liv bewusst, dass sie es nicht von der Veranda schaffen würde, bevor sie angegriffen wurde.

Nein, ich muss das Vieh im Auge behalten. Vera den Rücken zuzuwenden, wäre garantiert ihr Todesurteil.

»Hey, Hündchen«, sagte Liv, hielt die silbernen Schwerter in den Händen und nahm Kampfhaltung ein. »Möchtest du Apportieren spielen?«

Vera riss sich vom zerbrochenen Holz los und landete mit einem dumpfen Aufprall ihrer mächtigen Pfoten vor Liv, was den Staub von der Decke regnen ließ.

Akio hatte Liv beigebracht, die Doppelschwerter gemeinsam so zu benutzen, dass sie eine Ablenkung darstellen konnten. Er nannte es Schwertillusion und viele Soldaten benutzten diese Technik im Kampf, um ihre Feinde zu hypnotisieren und verwirren, bis sie einen klaren Treffer erzielen konnten. Er nannte es den letzten Ausweg, weil es anscheinend das war, was jemand tat, wenn er nur noch begrenzte Möglichkeiten hatte. Dieser Zeitpunkt war für Liv definitiv genau jetzt gekommen.

Liv brachte die Klingen des Stockes ihres Vaters über den Kopf, wechselte die Klingen in den Händen, warf sie blitzschnell herum und ließ sie in der Luft verschwinden. Die Klingen machten sanfte klirrende Geräusche, als sie aufeinandertrafen und sich mehrmals in verschiedenen Diagonalen wieder trennten.

Der Werwolf schwankte leicht, eine Pfote rutschte zur Seite, um ihn abzufangen, als er kurz davor war umzukippen. Das weckte Vera aus ihrer Benommenheit und sie schnappte ein Stück zerbrochenes Holz mit ihrem Maul und schleuderte es in Livs Richtung. Es schoss so schnell auf sie zu, dass sie keine Zeit hatte, es abzuwehren. Stattdessen knallte es in ihre rechte Schulter und stieß sie gegen die Wand. Das Schwert in ihrer rechten Hand fiel klappernd zu Boden und rutschte unter die Überbleibsel der Rezeption.

Liv hielt sich am verbleibenden Schwert fest, als Vera einen Schritt in ihre Richtung machte, ihre Augen glühten heiß.

✦ ✦ ✦

Soren balancierte auf der unebenen Dachfläche mit Leichtigkeit. Als er einen Schritt nach vorne machte, stöhnte das Dach unter seinem Gewicht und senkte sich leicht ab.

Wenn Trudy das vorher bedacht hätte, hätte sie eine Schwachstelle eingebaut und ihn durchbrechen lassen. Das brachte sie auf eine Idee.

Ohne Vorwarnung stürzte sich der Werwolf auf Trudy, seine langen Krallen griffen nach ihr. Sie hob den Stab über seinen Kopf und schlug mit Wucht gegen den Kopf des Wolfes, der schmerzerfüllt jaulte. So groß er auch war, er konnte sie nicht in den Schatten stellen, dank ihrer eigenen beeindruckenden Größe.

Trudy schaute über ihre Schulter und überprüfte, ob die Werwölfe noch immer durch das Feuer in Schach gehalten wurden. Die meisten von ihnen schlichen um die Linie herum und suchten nach einer Öffnung. Allerdings war ein Paar verschwunden. Sie hatten vielleicht herausgefunden, dass sie durch das Dorf gehen und auf der anderen Seite durchkommen könnten. So oder so, es hatte sich trotzdem gelohnt, den Feuerwall aufrechtzuerhalten. Liv konnte keine weiteren Werwölfe gebrauchen, während sie der Alpha gegenüberstand. Hoffentlich wurde der Zauber gebrochen, sobald sie besiegt war und das Rudel zerstreut, bis ein neuer Anführer gewählt wurde. Trudy wusste nicht, wie solche Dinge entschieden wurden. Sie vermutete, dass derjenige, der die Alpha töten würde, der nächste wurde, aber was, wenn das Liv wäre? Könnte sie die Alpha eines Werwolfsrudels werden? Das würde sie zu einer knallharten Kriegerin machen. Nun, mehr als ohnehin schon.

Soren schüttelte den massiven Kopf und verjagte die Benommenheit, die der Schlag von Trudys Stab verursacht hatte. Blut tropfte aus einem seiner Ohren.

Sie nahm ihre Haltung wieder ein, bereit für einen weiteren Angriff. Anstatt sie anzugreifen, rannte er zu dem offenen Fenster, aus dem sie gekommen war. Trudy erkannte einen Moment zu spät, was er vorhatte. Er war auf dem Weg zu seiner Alpha.

»Nein!«, schrie sie und traf eine schnelle Entscheidung. Sie schickte einen ordentlichen Lichtstrahl von ihrem Stab zu ihm aus und traf ihn am Steißbein, sodass er in die Seite des Fensterrahmens knallte und vor Schmerzen aufheulte. Doch unbeirrt schüttelte er den Angriff ab und kroch durch das zerbrochene Fenster, dann humpelte er den Flur hinunter zur Treppe.

Trudy war im Begriff, hinter ihm herzurennen, als das Leuchten hinter ihr verschwand. Sie drehte sich um und fand heraus, dass der Feuerwall eingebrochen war. Die Werwölfe starrten sie voller Rachegelüste an. Sie musste sich entscheiden: Entweder diese vom Gasthaus fernhalten oder Soren verfolgen?

Er ist verletzt, redete sie sich ein, während sie daran arbeitete, die Flammenbegrenzung wieder herzustellen. Sobald sie stark genug war, würde sie Soren verfolgen und Liv helfen.

✷ ✷ ✷

Sie konnte spüren, dass der Werwolf im Begriff war, sich auf sie zu stürzen. Das zeigte sich in jeder von Veras Bewegungen. Sie wartete vermutlich nur noch auf den richtigen Zeitpunkt und versuchte herauszufinden, wie sie Liv das Schwert aus der Hand reißen konnte. Das war das Einzige, was noch zwischen ihnen stand und das wussten sie beide.

Liv zog ihre Hand zurück und hielt das schlanke Schwert wie einen Speer. Sie hatte genug damit geübt, um zu wissen, dass es gute Flugeigenschaften besaß und bei Bedarf sein Ziel leicht treffen konnte. Aber wenn sich Vera schnell bewegen würde, könnte sie dem Angriff ausweichen.

Ein lautes Klopfgeräusch erweckte Livs und Veras Aufmerksamkeit. Liv ging einen Schritt von der Wand weg und richtete sich vollständig auf. Sie erwartete, dass Trudy sich materialisieren würde, an der Stelle von der aus sie in den dritten Stock gegangen war. Die Dinge waren im Begriff, sich zu ändern. Trudy musste sich bereits um die anderen Werwölfe gekümmert haben.

Zwei Krieger gegen einen Hybrid boten viel bessere Chancen, dachte Liv.

Einen Moment später erschien Soren in Werwolfsgestalt, seine Zähne Richtung Liv gebleckt.

Oh, zum Teufel. Zwei Werwölfe gegen einen Krieger waren deutlich ungünstiger.

Die Alpha und Soren tauschten aussagekräftige Blicke aus. Liv konnte kein Werwölfisch, aber sie war sich sicher, dass sie kommuniziert hatten. Sie hielt sich an ihr Schwert, schaute zwischen den beiden hin und her und fragte sich, was wohl als Nächstes passieren würde – dann wurde es ihr schlagartig klar. Soren sprang nach vorne in Livs Richtung.

Natürlich hatte die Alpha gefordert, dass er sich für sie opfern sollte, um Liv das Schwert zu entreißen. Er stürmte auf sie zu, eine wütende Gestalt aus Muskeln und Kraft. Als er nur noch einen Meter entfernt war, sprang er in die Luft, seine Kiefer öffneten sich und seine Zähne triefen vor Sabber.

Liv dachte nicht zweimal nach, bevor sie das Schwert ihres Vaters gegen den Werwolf schwang und die Klinge mit voller Wucht direkt in seine Brust stieß. Er schnappte, keuchte und stürzte schnell zu Boden. Sie hatte keine Zeit mehr zu reagieren, bevor eine Kraft wie ein Tornado sie in den Holzboden rammte und Krallen in ihrer Schulter versenkt wurden. Liv versuchte, sich aus Veras Klauen zu winden, aber der Werwolf hatte sie festgenagelt.

Sie war hereingelegt worden, aber wie hätte sie es besser machen können? Ihre Magie war bei diesem Werwolf nutzlos, aber vielleicht konnte sie sich doch, wenn sie die Magie indirekt einsetzte, befreien. Liv versuchte, ihre Windmagie zu beschwören, aber die Angst, die in ihren Adern hämmerte, hinderte sie daran etwas anderes zu tun als zu erschaudern, während Vera ihre Schnauze in die Luft reckte, heulte und der Sieg in der Luft hing.

Das Monster kam mit dem Maul nach unten und schnüffelte an Livs Hals entlang, um den optimalen Punkt zu finden. Liv versuchte sich zu bewegen, aber es war unter dem Gewicht dieses Monsters zwecklos.

Der Werwolf knurrte tief in seiner Kehle. Jeden Moment konnte sie in Livs Hals beißen und alles war vorbei. Trotzdem gab Liv nicht auf. Sie bewegte ihre Hände suchend auf dem Boden, um das andere Schwert zu ertasten. Wenn sie es nur greifen könnte, dann …

Etwas schlug auf den Werwolf ein und befreite Liv. Sie brauchte keine Sekunde, um sich zu orientieren, sondern rollte zur Seite, bis sie an Sorens totem Körper landete, der seine menschliche Gestalt wieder angenommen hatte. Liv stolperte auf die Beine und blinzelte bei dem Anblick, der sich ihr bot. Es war schwer zu sagen, was geschah, da zwei Tiere miteinander rangen; schwer zu sagen, wo der riesige graue Werwolf endete und der schwarze begann.

Liv zog gerade das Schwert aus Sorens Brust, als Trudy die Treppe herunterraste.

»Hier«, rief Liv und warf das Schwert in ihre Richtung. Sie fing es anmutig auf.

Liv beugte sich zu den Trümmern des Tresens und griff sich das andere Schwert, als zwei weitere Werwölfe in der Haustür auftauchten.

»Sie sind außen herumgelaufen, aber die anderen sind immer noch auf dem Dach von uns abgeschnitten«, erklärte Trudy. »Du nimmst den rechten, ich nehme den links.«

Liv schüttelte den Kopf. »Nein, sie wollen nichts von uns.« Sie zeigte mit ihrem Schwert auf die beiden Werwölfe, die noch immer kämpften. Vera hatte Fane in die Taverne geworfen. »Sie sind hier, um den Kampf auf Befehl ihres Alphas zu beenden.«

»Nun, das können wir nicht zulassen«, warf Trudy ein.

Liv stimmte mit einem Nicken zu und hielt ihre Hand hoch. »Ja, aber das ist nicht wirklich unser Kampf. Wir haben vielleicht angefangen, aber der echte neue Alpha muss es beenden.« Wie Vera es schon einmal getan hatte, versiegelte nun Liv den Eingang zum Gasthaus und hinderte die Werwölfe am Betreten. Jetzt waren sie mit zwei Werwölfen drinnen eingesperrt. Das war entweder eine großartige Idee oder die dümmste überhaupt.

Der erste Werwolf draußen nahm Anlauf, prallte gegen die unsichtbare Tür und fiel nach hinten. Der andere schlich hin und her, seine Augen wanderten umher, auf der Suche nach einem anderen Weg, um in das Gasthaus hineinzukommen.

Dieser Kampf durfte nicht mehr lange dauern. Und so wie es aussah, war es auch so.

Veras Zähne sanken in Fanes Flanke und ließen ihn vor Schmerzen aufheulen.

Liv griff ihr Schwert fester, bereit, hinter Vera herzulaufen und alles zu beenden. Trudy hielt jedoch ihre Hand hoch und Liv damit auf.

»Du hast recht, das ist nicht unser Kampf«, flüsterte sie. »Wenn du das für ihn gewinnst, wird er nie die volle Kontrolle über das Rudel erhalten.«

»Aber wenn er verliert ...«, sagte Liv, die Angst drohte, sie zu übermannen.

Trudy klopfte mit ihrem Schwert gegen Livs und warf ihr ein seltenes Lächeln zu. »Dann müssen wir den Job wohl selbst erledigen.«

Liv nickte, als ein weiteres Heulen durch die Luft drang. Diesmal, zu ihrer Überraschung, kam es von Vera. Fane hatte sie über die Bar geworfen und sie landete mit einem Krachen, Flaschen stürzten auf sie hinunter.

Seltsamerweise humpelte Fane von ihr weg. Liv wollte schreien: »Sie ist nicht tot!«

Zu ihrem Schock verwandelte sich Fane in seine menschliche Gestalt, als er sich näherte. Es war, als würde man sich einen verpixelten Film ansehen, der Liv glauben ließ, dass sie ihr Augenlicht verlor. Er blutete, sah mehr tot als lebendig aus, war fast nackt, riss ein Stück Stoff aus seinem zerfetzten Hemd und wickelte es mehrmals um eine Hand. Dann streckte er seine gepolsterte Hand in Livs Richtung.

Sie wusste zunächst nicht, was er wollte, aber dann fuchtelte er mit den Händen durch die Luft und sie verstand.

Sie trat ihm ihr Schwert ab und legte es in seine Hand. Er nickte anerkennend und ging zurück in Richtung Bar.

»Lass das Rudel rein«, schrie er Liv mit einer Autorität zu, gegen die sie nichts einwenden konnte.

Sie brachte die Blockade zum Einsturz und die beiden Werwölfe schleppten sich in das Gasthaus, das schon teilweise zerfiel, weil die Decke fast einbrach. Hinter ihnen erschien der Rest des Rudels. Liv zog Bellator, bereit, sich zu verteidigen, aber die Werwölfe schenkten ihr nicht die geringste Aufmerksamkeit. Stattdessen näherten sie sich dem Eingang in die Taverne, Knurren dröhnte aus ihren Kehlen.

Unbeeindruckt davon stand Fane auf der anderen Seite der Bar, seine Augen verengten sich Richtung Rudel, als sie näher kamen und alle sahen angriffsbereit aus. Er schüttelte den Kopf.

Liv sah, wie sich Veras Krallen in die andere Seite der Bar versenkten. Sie war im Begriff »Vorsicht« zu schreien, aber Trudy bedeutete ihr zu Schweigen.

Die anderen Krallen wurden in die Bar eingehakt. Geschafft.

Fanes Aufmerksamkeit galt ausschließlich dem Rudel, eine ganze Reihe von Informationen wurden ausgetauscht, was sich scheinbar zwischen ihm und ihnen in langen Blicken und Knurren abspielte.

Liv hätte fast aufgeschrien, als Vera über die Bar sprang und in Fanes Richtung flog. Für eine Sekunde schien sie in der Luft zu verharren. Sie war im Begriff, auf ihn zu prallen und ihn auf den Boden zu werfen, aber dann, als ob er nur darauf gewartet hätte, drehte er sich um, rammte das Schwert durch ihre Brust und warf sie zurück auf die andere Barseite.

Fast augenblicklich schrumpfte der große Wolf wieder zu der Gestalt der alten Frau zusammen, das silberne Schwert ragte aus ihrer Brust. Blut bedeckte ihren Körper.

Fane wandte sich wieder dem Rudel zu, als hätte er nichts anderes getan, als die Taverne von einer Plage zu befreien. Er reinigte seine Hände, die mit Blut bedeckt waren und schüttelte den Kopf. »Was getan werden musste, ist getan. Wir töten keine Unschuldigen mehr von diesem Zeitpunkt an. Ist das klar?«

Unisono kauerten sich die Werwölfe in der Taverne zusammen und gaben wimmernde Geräusche von sich. Und einer nach dem anderen begannen sie sich zu verwandeln und zu den Männern zu werden, die sie gewesen waren, bevor Vera sie dazu gebracht hatte, all diese grausamen Dinge zu tun.

Kapitel 31

Als Trudy das Feuer löschte, kamen die Bewohner von Lupei mit großen Augen heraus, um dem neuen Alpha des ältesten Werwolfsrudels der Welt – ihrem Rudel – zu begegnen.

Liv ging wortlos neben Fane her, als er jedes Mitglied seines Rudels nacheinander begrüßte. Jeder beugte sein Haupt vor ihm und obwohl er nichts sagte, konnte sie die Worte spüren, die er ihnen irgendwie zusprach. Werwölfe sind anscheinend telepathisch verbunden, erkannte sie. Oder zumindest war der Alpha es mit seinem Rudel. Es war schön zu beobachten, wie sie alle Teil eines Ozeans waren und er war der Wind, der über jeden von ihnen wie eine Welle über dem Ozean hinwegfegte.

Trudy schloss sich ihnen an, als es eine kurze Pause in der Prozession gab. »Die Feuer sind gelöscht. Soll ich nun dabei helfen, die Taverne zu reparieren?«

Fane lächelte, schüttelte aber den Kopf. »Das wird nicht nötig sein. Wir werden sie auseinandernehmen und etwas Neues schaffen, etwas, auf das wir stolz sein können.« Er wandte sich an Liv. »Wenn du mich entschuldigst, ich muss jetzt erst einmal mit jemandem sprechen.«

Sie nickte und beobachtete, wie er in der Menschenmenge verschwand. Es war tief in der Nacht und doch war das ganze Dorf auf den Beinen, man traf sich und sprach miteinander. Von allen Seiten war Lachen zu hören. Es würde ein Fest geben, Liv konnte es spüren.

»Du hattest recht«, sagte Trudy an ihrer Seite, ihre Arme auf dem Rücken verschränkt während sie die Menge beobachtete. Sie beide waren Außenseiter und wurden als solche behandelt, abgedrängt an den Rand der Feierlichkeiten, die in der Mitte des Platzes stattfanden. Doch Liv wusste weshalb. Niemand wollte, dass sie ihr Geheimnis erfuhren. Niemand wusste, dass Liv es wusste. Und nur zwei wussten, dass sie es niemals verraten würde.

Liv rieb sich mit der Hand über den Bauch und fühlte, wie er knurrte. »Du meintest, du hättest doch noch ein paar mehr Kartoffeln kochen sollen?«

Trudy lachte, zog dann einen Proteinriegel aus ihrem Umhang und reichte ihn Liv. »Hier.«

Liv nahm ihn mit einem dankbaren Nicken an.

»Und nein«, begann Trudy und packte ihren eigenen Proteinriegel aus. »Du hattest recht damit, dass nicht das ganze Rudel getötet werden sollte. Soren musste weg. Er war zweifellos korrupt. Aber diese anderen Männer? Ich habe sie beobachtet, wie sie reagiert haben, als Vera starb. Sie wurden befreit. Wenn wir sie getötet hätten …«

Liv wandte sich an Trudy und hörte ihr zu, während sie den Proteinriegel ansah. Er roch nach Zucker, was in starkem Kontrast zu dem Geruch von gebratenem Fleisch stand, der intensiv in der Luft hing und dann waren da noch die Frauen, die mit Essenspfannen und Karaffen mit Bier herumliefen. »Das Gesetz besagt, dass das gesamte Rudel untergehen muss, wenn sie die Regeln brechen. Allerdings ist nicht jeder für das verantwortlich, was einige Mitglieder tun. Sie sollten nicht dafür bestraft werden, was eine Person tut.«

Trudy nickte langsam, hinter ihren Augen ratterte es förmlich. »Wie bist du in so jungen Jahren so weise geworden? Ich muss doppelt so alt sein wie du und ich habe keine Ahnung von diesen Dingen.«

Liv dachte einen Moment nach und nahm einen Bissen, sie strahlte wegen der Geschmacksexplosion in ihrem Mund. »Wow, was ist das? Es schmeckt genau wie …«

»Schokoladen-Keksteig«, lieferte Trudy. »Ja, ich weigere mich, Dinge zu essen, die nicht süß sind. Ich erhalte alle meine Kalorien aus Desserts.«

Liv nickte der anderen Kriegerin dankbar zu.

»Ich kann aber leider kein Tablett mit Brownies oder Keksen mit mir herumtragen, also müssen es die hier tun«, erklärte Trudy und hielt ihren eigenen Proteinriegel hoch.

»Und ich weiß nicht genau wie ich es erklären soll«, begann Liv und versuchte, die Frage zu beantworten, die Trudy ihr gestellt hatte. »Aber ich fühle ständig dieses Ticken in meiner Brust, das mich an die Stimmen meiner Eltern erinnert. Es ist mein Kompass. Selbst wenn ich nicht weiß, was ich tun soll, er scheinbar schon.«

Trudy klatschte mit der Hand auf Livs Rücken. »Ich weiß nicht, woher du schlussendlich gekommen bist, Liv Beaufont, aber ich bin froh, dass du aus diesem Loch gekrochen bist, wo immer es war.«

Die beiden kauten an ihren Proteinriegeln und beobachteten die Feierlichkeiten im Dorf mit Anerkennung. »Sie sind glücklich«, stellte Trudy schließlich fest.

»Ich denke, sie haben nach langer Zeit endlich wieder die Chance, es zu sein«, fügte Liv hinzu.

»Macht es dir was aus, wenn ich dich hier allein lasse?«, fragte Trudy, rollte die Riegelverpackung zusammen und steckte sie in ihre Tasche.

Liv tat dasselbe und nickte. »Ich glaube, ich finde den Weg nach Hause allein.«

»Cool«, sagte Trudy und ging zurück zu dem Hügel, den sie heruntergekommen waren. »Und ich habe nicht die geringste Ahnung, woher du wissen konntest, dass das Rudel um die Ecke und Soren auf dem Dach sein würde, aber ich bin froh, dass es so war.«

Liv klopfte sich an den Kopf und lächelte. »Magie.«

Trudy grüßte. »Du bist mir echt ein Rätsel. Ich würde ja sagen, ich behalte dich im Auge, aber ich denke, ich mag dich lieber mit deinen Geheimnissen, Liv Beaufont.«

Liv grüßte zurück. »Danke für deine Hilfe, Trudy DeVries. Ich freue mich darauf, wieder mit dir zusammenzuarbeiten.«

Trudy wandte sich ab und winkte Liv hinter dem Rücken zu, als sie auf dem Weg in die Berge war. »Bis zum nächsten Mal.«

Liv beobachtete sie auf ihrem Weg, bis sie nicht mehr zu sehen war.

»Weiß sie etwas?«, fragte Fane an ihrer Seite, nachdem er sich aus dem Nichts materialisiert hatte.

Liv drehte sich zu ihm um und schüttelte den Kopf. »Gar nichts.«

Er lächelte und wollte gerade etwas sagen, als Alina mit einem Blumenstrauß zu ihnen rannte.

»Die sind für dich«, sagte sie und stieß mit den kleinen weißen Blüten an Livs Hände.

Liv kniete nieder und nahm sie dem jungen Mädchen ab. »Danke, Alina. Die sind wunderschön.«

»Du hast unser Dorf gerettet, Kriegerin Beaufont«, erklärte Alina feierlich und umarmte sie. Sie war stark für ein junges Mädchen und sehr liebevoll für ein Kind, das zu einem Werwolf heranwachsen würde.

Liv stand auf und starrte den Mann vor sich an. »Oh, ich habe nichts getan. Dein Vater hat dich gerettet. Er hat das ganze Dorf gerettet.«

Fanes Augen fielen auf den Stock in Livs Händen und er nickte. »Ohne dich hätte ich es nicht geschafft. Und ich habe absichtlich den Stock deines Vaters benutzt, um Veras Herrschaft zu beenden, damit sich das Rudel an seinen Platz erinnert. Wir sind nicht unbesiegbar und wenn wir erfolgreich sein wollen, dann müssen wir mit Magiern zusammenarbeiten, nicht gegen sie.«

Liv hatte nicht an die Auswirkungen gedacht, als Fane ein Schwert benutzt hatte, um die Alpha zu töten, aber es ergab Sinn. Und es hatte eine Symbolkraft, die ihr sogar noch besser gefiel.

»Ich hoffe, dass du deinen Weg fortsetzt, Liv Beaufont«, fuhr Fane fort. »Ich fürchte, du hast noch eine schwere und harte Zeit vor dir, aber ich hoffe, dass du letztlich Erfolg hast. Ich hoffe, du kannst irgendwie den Tod deiner Eltern rächen.«

Liv hielt den Stock fest in ihren Händen und zog ihn dicht an ihre Brust. »Genau wie du werde ich dafür sterben, wenn ich muss.«

Er ließ den Blick über das Dorf voller fröhlicher Bewohner schweifen. Irgendwo im Gemischtwarenladen kümmerte sich Claudia um die älteren Menschen und erzählte ihnen hoffentlich, dass das Schlimmste nun endlich vorbei war. Das Dorf Lupei war durch die Hölle gegangen und auf der anderen Seite wieder herausgekommen; hoffentlich würde das Haus der Sieben eines Tages eine ähnliche Geschichte erzählen können.

»Ich hoffe, du stirbst nicht bei dem Versuch, aber wenn du wie deine Eltern bist, wirst du nicht aufgeben, bis Gerechtigkeit herrscht.« Er streckte seine Hand aus, noch immer gezeichnet mit blauen Flecken und Blutungen, obwohl sie inzwischen schon viel besser aussah als noch eine Stunde zuvor. »Und wenn du jemals etwas brauchst, weißt du, dass du hier Freunde hast.«

Liv nahm seine Hand und schüttelte sie mit großer Zuneigung für diesen Mann. Er war derjenige, der ihrem Vater das Schwert gegeben und ihr in dieser Nacht das Leben gerettet hatte.

Kapitel 32

Für Königin Visa lief es ausgezeichnet. Sie war die schönste Frau der Welt, ihre Kräfte waren scheinbar unvergleichlich und sie war zweifellos geduldig. Eine Fae zu sein und jahrhundertelang zu leben, erlaubte Dinge wie diese.

Sie hatte schon sehr lange geplant, einen einzigen Ort zu zerstören. Dies zu tun, war extrem kompliziert geworden, weil die Magier die Sicherheit erhöht hatten. Sie nahm die Ampulle mit dem Blut in die Hände und war überglücklich, dass der Tag nun endlich gekommen war, an dem sie das Haus der Sieben zerstören würde.

Der Rat zwang seine Gesetze den anderen magischen Rassen auf und hatte die oberste Herrschaft über die meisten inne. Als Königin Visa versucht hatte, seinem Einfluss zu widerstehen oder andere gegen ihn aufzubringen, war sie auf großen Widerstand gestoßen. Und erst seine Krieger! Sie verursachten immer wieder Probleme für die Königin und ihre Fae. Das sollte sich jedoch bald ändern. Wenn es keine Polizei mehr gab, die Gesetze durchsetzte, könnte die Welt so funktionieren, wie sie sollte und die Herrscherin der Fae es genoss: in völligem Chaos.

Wegen des Hauses der Sieben konnte Königin Visa die Elfen an der Pazifikküste nicht einfach überrennen. Die Gnome hatten sich auf Anraten eines Kriegers geweigert, mit ihr zu arbeiten und sie waren jedes Mal aufmarschiert, wenn sie versucht hatte, die Feenpopulation zu eliminieren.

Und dann war ein wahrer Schatz in den Hof von Königin Visa geschlendert und hatte alles verändert.

Als Kriegerin Beaufont zum ersten Mal versucht hatte, mit der Königin zu verhandeln, hatte sie nicht die Absicht besessen, sich daran zu halten. Dann hatte das dumme Mädchen Königin Visa das angeboten, was sie schon lange gesucht hatte: ihr Blut.

Ja, sie hätte die Magierin auf der Stelle töten können. Das wäre vorübergehend befriedigend gewesen, aber es hätte keinen langfristigen Nutzen gebracht. Königin Visa hatte versucht, das Blut eines Kriegers auf der Schwelle zum Haus der Sieben zu vergießen, aber es hatte nichts genutzt und ihr die Tür nicht geöffnet. Sie hatte den Schädling im Königreich der Fae entsorgen müssen, sodass der Rat nicht herausfinden konnte, was sie plante. Da hatte sie erkannt, dass das Blut eines Kriegers freiwillig gegeben werden musste, um damit arbeiten zu können.

Und die idiotische Magierin war in ihr Königreich eingedrungen und hatte ihr genau das gegeben, was sie brauchte, um das Haus der Sieben zu zerstören.

Königin Visa stand auf der Promenade vor dem falschen Eingang zum Haus in Santa Monica, ihr langes rotes Kleid wogte im Wind, während die Wellen des Pazifik in ihrem Rücken an das Ufer rollten. Sie klopfte auf den Kopf des großen schwarzen Bären, der neben ihr an der Leine saß. Bruiser war der vertrauenswürdigste Begleiter von Königin Visa. Sie schätzte niemanden mehr als den Bären, der in den letzten dreihundert Jahren bei jedem Kampf an ihrer Seite gewesen war. Bruiser würde sicherstellen, dass die Zerstörung des Hauses und seiner herrschaftlichen Bewohner schnell vonstattenging. Niemand würde mehr am Leben sein, wenn sie erst einmal damit fertig waren.

Lahme Sterbliche gingen um die Königin der Fae herum und dachten, sie würde einen großen Hund ausführen. Sie sahen die Dinge nie so, wie sie waren, weil ihnen die Intelligenz dazu fehlte. Der erste Akt von Königin Visa nach der Zerstörung des Hauses der Sieben wäre, die lästigen Sterblichen zu eliminieren, etwas, das sie viele Male wegen der gesetzlichen Grundlage des Hauses in Schwierigkeiten gebracht hatte. Aber jetzt nicht mehr.

Vielleicht würde sie ein paar Sterbliche am Leben lassen, aber sie wären dann die Sklaven der Fae. Das Haus der Sieben war zu kurzsichtig beim Schutz anderer Rassen. Sie hatten es nie verstanden, wie sie mit Magie ihre Dominanz über die schwächere Rasse ausüben konnten. Die Fae waren zweifellos die Mächtigsten von allen, aber sie waren gezwungen worden, im Schatten zu leben und sich an lächerliche Gesetze zu halten. Königin Visa hatte genug davon. Heute wäre Schluss damit.

Sie trat nach vorne, der riesige Bär folgte ihr. Als sie an die Tür des Handlese-Ladens kam, entkorkte Königin Visa die Flasche mit dem Blut von Liv Beaufont. Mit einem bösen Lächeln im Gesicht entleerte sie die Ampulle an der Schwelle und wartete darauf, dass sich die Tür öffnete und ihr Zugang zum Haus der Sieben gewährte.

Nichts passierte.

Königin Visa verengte ihre Augen und gab dem Ganzen noch ein paar Sekunden.

Dennoch geschah nichts, unaufhaltsame Wut strömte durch die Königin und entzündete eine weiß glühende Flamme in ihr.

Die Tür hatte sich nicht geöffnet und das konnte nur eines bedeuten: Das hier war nicht das Blut von Liv Beaufont.

Und das bedeutete, dass sie bald tot sein würde.

Kapitel 33

»Du hast uns in den *Fashion District* von LA gebracht?«, fragte Liv ungläubig und betrachtete das Banner für die Santee Alley, das über der Straße hing, die mit Sterblichen überfüllt war, die gute Geschäfte machen wollten.

Rory blickte um sich und suchte auf der belebten Straße scheinbar etwas.

Als er nicht antwortete, sagte Liv: »Brauchst du Sophs und meine Hilfe bei der Auswahl eines Anzuges? Kaufen Riesen hier ihre Klamotten, weil es hier die beste Auswahl für extra große Jeans gibt?«

Rory schenkte ihr einen geduldigen Blick. »Wir sind nicht wegen Kleidung hier.«

Liv blickte auf Sophia herab, die eine rosa-weiß gestreifte Jacke trug, die bis zum Kinn zugeknöpft war. Sie sah aus, als wäre sie dem London des 20. Jahrhunderts entsprungen, mit dem Hut auf dem Kopf und dem Sonnenschirm in der Hand. Sophia Beaufont war eine zeitlose Schönheit, die anscheinend die Klasse geerbt hatte, die an Liv vorbeigezogen war.

»Vielleicht braucht der Riese unsere Hilfe beim Aussuchen von High-Tops«, sinnierte Liv laut flüsternd. »Ich habe gehört, man kann hier gute Geschäfte beim Schuhkauf machen, wenn man weiß wie man richtig feilscht.«

Sophia kicherte, ihre Augen weit geöffnet, als sie die verschiedenen Charaktere beobachtete, die ihre Waren anboten und versuchten, Kunden dazu zu bringen in ihre Läden zu kommen.

»Ich trage keine High-Tops«, sagte Rory einfach und sah in beide Richtungen, bevor er die Straße überquerte.

»Dann Birkenstock«, sagte Liv sofort, ging hinter ihm her und hielt dabei Sophias kleine Hand.

Er schüttelte den Kopf und überragte dabei sämtliche Leute in der Menge um Einiges.

»Wird das ein Eingriff in meine Garderobe?«, fragte Liv neugierig. »Hat deine Mutter dich dazu angestiftet?«

Rory starrte sie an. »Es mag dich überraschen, aber ich merke nicht einmal, wie du dich kleidest. Eigentlich bemerke ich dich kaum, du Zwerg.«

Liv lachte, froh, endlich eine Reaktion erhalten zu haben. »Wie geht es Mami? Hat sie etwas gefunden?«

Rorys Augen bewegten sich hastig zur Seite, Paranoia stand auf seinem Gesicht geschrieben. »Ich glaube nicht, aber unsere Kommunikation ist begrenzt.«

»Wie FaceTime, nur morgens, nachmittags und abends?«, scherzte Liv und blieb nahe bei Sophia, als die Menschenmassen zunahmen.

»Wo wir gerade davon sprechen«, begann Rory, »Ich denke nicht, dass du jetzt zum Matterhorn gehen solltest.«

»Aber der Arzt sagte, dass die Gehirnströme …«

Der ärgerliche Ausdruck auf Rorys Gesicht brachte sie zum Schweigen. »Ich erinnere mich, was du mir gesagt hast. Keine Details hier. Es gibt viele, viele magische Kreaturen an diesem Ort.«

Liv studierte die Menschen um sie herum. Die meisten von ihnen schienen Touristen zu sein, die gerne Plagiate kauften während sie Zuckerwatte aßen. »Wo sind diese magischen Kreaturen denn?«

Rory rollte mit den Augen. »Überall. Kannst du sie nicht sehen?«

Als Liv einen weiteren Blick um sich warf, bemerkte sie sofort, was er gemeint hatte, fast so, als hätten seine Worte sie Gestalt annehmen lassen. In einer Reihe von Handtaschen hingen furchterregend aussehende Gremlins herum, die sich jedes Mal, wenn ein Sterblicher zu nahe kam, in die Handtaschen verzogen. Zwischen den Ständern eines nahegelegenen Bademodenladens flogen Feenwesen, die funkelnden Staub auf die Kunden streuten. Und das Schmuckgeschäft, das mit Sterblichen überfüllt war, wurde mit größter Sicherheit von Gnomen geführt. Sie versteckten sich allesamt in der Öffentlichkeit, aber die Sterblichen schienen sie nicht einmal zu bemerken. Niemand beachtete Rory, der die Menge überragte.

»Oh, da sind sie ja …«, sagte Sophia und hatte anscheinend all die magischen Kreaturen etwa zur gleichen Zeit erkannt wie Liv.

»Du bist viel aufmerksamer als deine Schwester«, sagte Rory zu der jungen Magierin. »Deshalb war ich dafür, dir diesen Artikel heute zu besorgen. Ich denke, du bist es wert.«

»Warte, das war ein Kompliment«, argumentierte Liv.

»Und?«, fragte Rory.

»Du hast mir noch nie ein Kompliment gemacht«, beschwerte sie sich.

»Habe ich nicht?«

»Oh, das ist in Ordnung«, sagte sie und verschränkte die Arme. »Ich riskiere mein Leben, um die Riesen zu retten und dir das Schwert zu holen und du tust so, als wäre meine Existenz eine ständige Belastung für dich.«

»So tun?«, fragte er, ging durch die Gasse, viele machten dem Riesen Platz.

»Ha-ha«, lachte Liv. »Gut gespielt, Riese. Ich dachte, du wärst allergisch gegen Witze.«

»Nur gegen schlechte«, antwortete er. »Also, die, die du erzählst.«

»Meine Witze sind fantastisch!«, stellte Liv fest.

»Zurück zum Matterhorn«, meinte Rory, sein Gesicht wurde ernst. »Wir wissen, dass es ein gefährlicher Ort ist, basierend auf dem, was mit deinen Eltern passiert ist. Ich denke, es muss besser erforscht werden, bevor du dich dorthin wagst.«

Liv nickte. Sie war gespannt darauf, diesen Ort zu besuchen, der wahrscheinlich sehr viele Antworten für sie bereithalten würde, aber Rory hatte recht, dass sie vorsichtig sein musste. »Ich habe darüber nachgedacht, damit anzufangen, in das abgebrannte Strandhaus zu gehen, wo Ian und Reese …« Sie verstummte, als sie sah, wie der traumatisierte Ausdruck in Sophias Gesicht erschien.

Glücklicherweise musste sie ihren Satz nicht beenden. Rory wusste, worauf sie sich bezog. »Ich denke, auch das muss warten. Was ich denke, das du tun solltest, ist mehr Nachforschungen anstellen. Du weißt nicht einmal, wonach du gerade suchst, also übersiehst du es vielleicht.«

»Ich habe recherchiert«, sagte Liv und ihre Frustration wuchs. Mit jedem Tag, der verging, fühlte sie sich, als würde sie ihre Familie im Stich lassen, weil sie keine Fortschritte machte.

»Ja, aber es gibt noch mehr zu tun«, ermutigte Rory sie, sein Tonfall war tatsächlich sensibel. »Du hast den Teil über John erwähnt. Ich denke, das ist es wert, mehr darüber zu erfahren.«

Liv nickte. »Ja, ich lasse ihn seine alten Familienunterlagen ausgraben. Und ich schätze, du hast recht.«

»Natürlich habe ich das«, machte er deutlich. »Wenn du an einem dieser Orte erwischt wirst, wird es zu viel Verdacht erregen. Im Moment denke ich eigentlich, dass du die Pause machen musst, die der Rat dir auferlegt hat und dich ein wenig entspannen solltest. Du hast ohne Pause an Fällen gearbeitet.«

Er hatte recht und Liv schätzte die momentane Stimmung, auch wenn sie kein Kompliment darstellte. Sie und Trudy hatten den Rat stolz informiert, dass sie die Werwolf-Problematik in Lupei behoben hatten und es keine Schwierigkeiten mehr geben würde. Adler hatte leicht irritiert gewirkt, es aber gut versteckt. Er entließ sie beide gemeinsam und sagte, sie hätten noch keinen weiteren Fall für sie. Anscheinend hatte er erwartet, dass sie viel länger wegbleiben würden. Oder gar getötet.

»Du hast versprochen, mich zu Nachos einzuladen«, erinnerte Sophia aufgeregt. »Können wir das jetzt machen?«

Liv strahlte. »Gute Idee! Und ja, das machen wir und ich werde dir beibringen, wie man Video- und Brettspiele spielt, und wir können ...«

Rory hielt eine Hand hoch. »Bevor du zu viele Pläne machst ... Sophia könnte zu beschäftigt sein, wenn wir hier wieder weg sind.«

Liv wölbte eine Augenbraue. »Wie beschäftigt?«

»Ich denke nur, dass sie zusätzlich Verantwortung tragen wird.« Er blickte auf die kleine Magierin herab. »Das ist doch in Ordnung für dich, oder?«

»Oh, ja!«, rief sie aus.

»Was schüttelst du dir heute aus dem Ärmel, Ro?«, fragte Liv skeptisch.

»Einen Arm«, antwortete er sachlich.

Liv war im Begriff, einen weiteren Witz zu machen, als eine kleine, rundliche Frau zu Rory rannte und ihre kurzen

Arme um seine gewaltige Taille warf. Es sah so aus, als ob sie versuchte, ihn hochzuheben, während sie auf ihren Fersen zurückwippte, aber er neigte sich nur leicht, sein Gesicht blühte in einem fantastischen Rotton auf.

»Da ist ja der Mann, der mein Geschäft gerettet hat«, sagte die Frau in gebrochenem Englisch.

Rory kämpfte, um aus ihrer Reichweite zu kommen, aber sie ließ ihren Kopf an seine Taille gedrückt und ihre Augen schlossen sich, als sie ihn umarmte.

»Oh, das könnte interessant werden«, meinte Liv zu Sophia.

Endlich konnte Rory die Frau von sich lösen. »Das war nichts«, sagte er zu den Mädchen, bevor er auf die Frau herabblickte. »Miss Krucken, du siehst gut aus.«

Die Frau wischte sich Tränen aus den Augen, lächelte breit und enthüllte mehrere schwarze Zähne. »Danke, aber wenn ich es tue, dann nur wegen deiner Großzügigkeit, du großer starker Mann.«

»Was hast du für diese reizende Dame getan?«, fragte Liv und schlich sich neben die Frau. Miss Krucken hatte mehrere Warzen am Kinn, sowie einiges an Gesichtsbehaarung.

Rory winkte ab und schüttelte den Kopf wegen der kleinen Frau. »Es war nichts, und definitiv schon gar nichts, worüber wir reden müssten.«

»Nichts!«, schrie die Frau und erregte damit die Aufmerksamkeit mehrerer Passanten. »Als dieser junge Bursche herausfand, dass mein Geschäft schließen würde, bezahlte er meine Hypothek für die nächsten zwei Jahre und gab mir das Geld, das ich brauchte, um die Dinge am Laufen zu halten.« Sie wedelte mit dem Finger nach Rory. »Die Bank wollte mir nicht sagen, wer es getan hatte, aber ich weiß, dass du es warst. Simon sagte, er hat dich am Tag zuvor in der Bank gesehen, im Gespräch mit meinem Kundenbetreuer, heimlich, still und leise.«

»Wow! Ist das wahr, großer, starker Mann?«, fragte Liv. Rory sah aus, als wolle er im Erdboden versinken.

»Ich weiß nicht, was du meinst«, meinte Rory und sah sich um, als käme er plötzlich zu spät zu einem Termin.

Die Frau lachte und schlug Rory auf den Arm. »Er weiß, was er getan hat und er ist ein Heiliger. Ich schulde ihm alles was ich habe. Ich habe vor, es dir zurückzuzahlen, sobald es besser läuft.«

Rory schüttelte den Kopf. »Nein, das ist nicht nötig. Bitte nicht …«

»Also *hast* du es getan«, stellte Liv stolz und dankbar fest, dass sie ihn endlich dabei erwischt hatte, etwas Nettes oder so in der Art getan zu haben.

»Nein, das ist alles ein Missverständnis«, beschwichtigte Rory in aller Eile.

»So bescheiden«, lächelte die Frau Liv an. »Und das sind deine Frau und deine Tochter? Sie sind wirklich … kompakt im Vergleich zu dir.«

Sophia lachte. Liv schnitt Grimassen. Rorys Gesicht lief noch dunkelroter an.

»Ich sehe alt genug aus, um ihre Mutter zu sein?«, fragte Liv und deutete auf ihre Schwester. »Ich muss dringend Urlaub machen.«

»Und nimm ein paar Vitamine und hör auf so viele Kohlenhydrate zu essen«, murmelte Rory.

»Wir sind seine Freunde«, sagte Sophia fröhlich. »Er bringt mich zu einem Geschenk.«

Die Händlerin klatschte in die Hände. »Oh, das klingt nach meinem Ritter in glänzender Rüstung. So eine liebevolle Seele.«

»Nun, wir gehen besser«, verabschiedete sich Rory eilig. »Schön, dich wiedergesehen zu haben, Miss Krucken. Bitte pass auf dich auf.«

Er schnappte sich Liv, die eilig Sophias Hand ergriff, am Kragen und zog sie durch die Menschenmenge. Als sie ein weniger überfülltes Gebiet erreicht hatten, ließ er sie los und sah aus, als wäre er einen Marathon gelaufen.

Liv schenkte ihm ein breites Lächeln und zwinkerte. »Du bist wirklich ein Mann voller Geheimnisse, nicht wahr, du großer, starker Ritter?«

Kapitel 34

Anscheinend mochte Rory keinen der Witze, die Liv erzählte, als sie über den Markt liefen. Sein Gesichtsausdruck blieb säuerlich, während er seinen Kopf unten behielt, als ob er von jemandem wiedererkannt und mehr seiner Geheimnisse enthüllt werden könnten. Liv hielt Sophia fest an der Hand und ließ sie nicht los, selbst als sie vor einem Laden anhielten, der Haarverlängerungen anbot.

»Hier kaufst du meiner Schwester ein Geschenk?«, fragte Liv und blickte auf ihre Schwester herab. »Ich bin irgendwie froh, dass der Riese nicht mich ins Herz geschlossen hat.«

»Ich kaufe Sophia keine Extensions«, meinte Rory trocken und schaute sich im Laden um, als ob er versuchte, jemanden zu finden.

»Oh, dann also für dich?«, scherzte Liv. »Ich bin mir nicht sicher, ob eine Kombination mit deinen braunen Locken so möglich ist, aber vielleicht, wenn du Brazilian Blowout auftragen und sie damit glätten lässt, können sie etwas machen.«

Rory schoss ihr einen spöttisch verachtenden Blick zu. »Du bist wirklich lächerlich. Das ist dir schon klar, oder?«

Liv drehte sich um und suchte nach der Person, auf die er sich bezog. Als sie niemanden fand, zeigte sie auf sich selbst. »Du meinst mich? Ich bin die Lächerliche? Ich bin die Einzige in dieser Gruppe, die keine Aufmerksamkeit erregt, weil ich weder unglaublich bezaubernd, noch ungewöhnlich groß bin und ich bin die Seltsame von uns dreien? Ja, okay.«

»Ach komm schon«, sagte Rory und ging nach hinten in den Laden, wo eine kleine Asiatin hinter einer Verkaufstheke stand.

»Ooki«, rief die Frau aus, als sie Rory erblickte. »Es ist so lange her. Wie geht es dir so?«

Rory verbeugte sich demütig vor ihr mit einem aufgesetzten Lächeln im Gesicht. »Es geht mir gut. Und dir?«

Die Augen der Frau glitten zu Liv und Sophia, als sie nickte. Obwohl ihre Ohren verborgen waren, wusste Liv, dass sie ein Elf war. Aus irgendeinem Grund hatte Liv den deutlichen Eindruck von Wasser, als sie die Frau ansah; das war das Element, das die Elfen kontrollierten und aus dem sie entstanden waren. So musste sie wohl von anderen als Magierin erkannt werden, bevor sie sich vorstellte. Sie mussten in der Lage sein, ihre einzigartige Art von Magie zu spüren.

»Ist Shin hier?«, fragte Rory.

»Ja, er ist hinten«, antwortete die Frau und nickte in die Richtung eines Vorhangs hinter ihr.

Rory schlenderte um sie herum und ging in diese Richtung. Liv folgte mit Sophia im Schlepptau, aber die Frau trat ihnen in den Weg und hielt sie mit einer Hand auf.

»Ooki, kannst du für diese beiden bürgen?«, fragte ihn die Frau, ihre Augenbrauen wölbten sich.

»Ja. Die kleinere ist in Ordnung und die andere ist zwar eine Nervensäge, aber immer noch völlig in Ordnung«, antwortete er.

»Sie erzählen nichts?«, hakte die Frau nach.

»Was erzählen?«, fragte Liv.

Die Frau blickte sie skeptisch an. »Wir wollen nicht, dass andere davon erfahren, was wir dort verkaufen. Es ist privat und nur auf Einladung. Ooki wurde eingeladen und wenn er für dich bürgt, kannst du nach hinten gehen, aber nur, wenn du niemandem sagst, dass wir hier sind. Wir wollen nicht von den falschen Typen bemerkt werden.«

Liv nickte und fragte sich, auf was zum Teufel sie sich da eingelassen hatten. »Ja, wir werden es geheim halten. Keine Sorge.«

Scheinbar zufrieden damit trat die Frau zur Seite und ließ Liv und Sophia passieren.

Sie folgten Rory durch einen schweren Vorhang nach hinten, wo er sich in einem schmalen, dunklen Flur ausgestattet mit losen Stoffbahnen an den Wänden ducken musste.

»Worum geht es hier eigentlich?«, wollte Liv wissen.

»Dieser Laden, Zuma Zat, verkauft seltene und schwer zu findende Dinge«, erklärte Rory flüsternd. »Sie wollen nicht die falschen Typen hier drin haben oder Aufmerksamkeit auf die Dinge lenken, die sie verkaufen.«

»Ist es illegal?«, fragte Liv nach.

»Vielleicht nach dem Standard des Hauses der Sieben«, erklärte Rory. »Aber nicht für den Rest der magischen Gemeinschaft. Und wenn wir schon darüber reden, erwähne nicht, dass du ein Krieger bist. Das wäre das Letzte, was wir brauchen können.«

»Weißt du, eines Tages werde ich herausfinden, was du beruflich tust und dir dann sagen, dass du nicht darüber reden darfst, weil es tabu ist.«

Rory schüttelte den Kopf. »Im Ernst, wie solltest du nicht wissen, was ich mache? Nach all der Zeit, die wir zusammen verbracht haben?«

Liv schaute über ihre Schulter zu Sophia. »Entgeht mir irgendetwas?«

Ihre kleine Schwester zuckte daraufhin mit den Achseln.

»Alles, was ich dich je tun sehe, ist, Geheimnisse zu bewahren und so zu tun, als würdest du nichts Gutes für andere tun«, stellte Liv klar. »Bist du eine Art wohlwollender Ninja?«

»Wirklich lächerlich«, sagte Rory und richtete sich auf, als sie zum Ende des Flurs kamen.

Das gedimmte blaue Licht des Ladens wirkte tatsächlich für einen Moment hell, verglichen mit dem Flur, durch den sie gekommen waren. Rory konnte sich fast bis zur vollen Größe aufrichten – sein Kopf streifte beinahe die Decke – als sie in einem großen Zelt mit steilem Dach ankamen.

Liv war überwältigt von der Vielzahl seltsamer und interessanter Objekte, die überall ausgestellt waren. Seltsame Blumen, gedreht wie Korkenzieher und mit Stacheln übersät, standen in Vasen an der gegenüberliegenden Wand. Musik, die Liv sowohl schläfrig als auch munter machte, kam von einer Flöte, die in der Luft schwebte, als würde sie von einem unsichtbaren Elfen gespielt. Edelsteine und Kristalle hingen an der Decke, sodass sie wie ein Sternenhimmel aussah und die funkelnden Objekte zogen scheinbar die Aufmerksamkeit aus dem ganzen Geschäft auf sich.

Liv hatte schon viele seltsame Dinge auf der Roya Lane entdeckt, aber so etwas noch nie. Es würde Tage dauern, durch die seltsame Auswahl an magischen Gegenständen im Zuma Zat zu stöbern, aber Rory interessierte sich nicht im Geringsten für irgendetwas davon, als er weiter in den Laden marschierte.

»*Ooki!*«, begrüßte ihn ein kleiner, männlicher Elf und klatschte in die Hände. Er trug eine Art fließende Pyjamahose und einen runden Hut auf seiner Glatze. Sein Gesicht war teilweise von einem schwarzen Spitzbart und einem dünnen Handlebar-Schnurrbart verdeckt. »Es ist schön, dich zu sehen. Was führt dich hierher? Brauchst du mehr Artefakte? Noch einen Transportstein? Oder willst du eine Kerze, die einen Raum reinigt?« Er zeigte auf eine Reihe von Kerzen, die in der Luft neben der hinteren Wand schwebten.

Liv ging in diese Richtung und schnupperte, bereute es aber sofort. Die Kerzen rochen nach einer Mischung aus schmutzigen Füßen und Thunfisch. »Ich bin mir nicht sicher, ob ich lieber die Luft in einen Raum reinigen würde oder den Raum von Leuten.«

Shin betrachtete sie mit leichter Neugierde, als ob er versuchen würde, sie zu verstehen. Rory lehnte sich hinunter und flüsterte dem Mann ins Ohr und seine Augen funkelten interessiert.

»Für dich, *Ooki*?«, fragte Shin. »Du weißt, dass sie nicht zu deinem Typ passen. Entschuldige, dass ich das sage, aber du bist viel zu groß.«

Rory schüttelte den Kopf. »Nein, es ist für einen Magier. Wenn es überhaupt funktioniert, dann so.«

»Ja«, spekulierte Shin. »Das müssen wir sehen. Aber ja, folge mir einfach nach hinten.«

Liv ging ihnen nach, aber Rory hielt sie auf. »Ihr zwei bleibt hier. Wir sind gleich wieder da. Und nichts anfassen.«

Die beiden Männer verschwanden an der Rückseite und Liv sah Sophia albern an. »Nichts anfassen«, äffte sie grinsend den Riesen nach. »Ist es nicht komisch, dass sie einfach nach hinten in einen Laden gegangen sind, der sich hinten in einem anderen Laden befindet?«

Das Mädchen lachte und ging zu den seltsamen Blumen an der Wand hinüber. »Ich frage mich, was die wohl können?«

Liv wollte gerade sagen, dass sie es nicht wüsste, als sie die seltsamen Markierungen an den Blütenblättern erkannte. Sie hatte in *Mysteriöse Kreaturen* über sie gelesen. »Oh, halt dich von denen fern«, warnte sie. »Das sind Chusetor. Das ist eine seltene Blume, die Halluzinationen und andere psychische Störungen verursacht. Sie wird in Tränken verwendet.«

Sophia machte einen großen Schritt zurück. »Gut zu wissen.« Als sie durch eine Kiste mit Artefakten stöberte, sagte sie: »Weißt du viel über die Arbeit mit Tränken?«

Liv schüttelte den Kopf. »Es steht auf der Liste der Dinge, über die ich noch etwas lernen kann. Vielleicht kannst du mir helfen, da du etwas Erfahrung damit hast.«

»Ja, das würde ich gerne«, antwortete Sophia. »Und sie sind wirklich großartig, den magischen Nutzen zu verbergen, genau wie viele der Objekte hier.«

Liv schaute es sich genauer an. Der Koffer war gefüllt mit Edelsteinen, Schmuck und vielen Dingen, die sie noch nie zuvor gesehen hatte. Es gab eine Fleißige-Biene-Haarnadel, wie ihr Bermuda eine gegeben hatte und einen Haufen Steine, die vertraut aussahen. Liv nahm den einen heraus, den sie von Rudolf bekommen hatte und das waren die gleichen. Daneben befanden sich Schalen mit blütengeschmückten Objekten, die sie als Depours erkannte. Stefan hatte Sophia ein blaues gegeben, das Schnee erzeugen konnte.

»Was machen die Roten noch mal?«, fragte Liv und zeigte auf die Depours.

»Sie machen Feuer«, antwortete Sophia. »Und die lilafarbenen lassen es regnen.«

»Sind sie nicht zurückzuverfolgen?«, wollte Liv wissen.

»Ich glaube«, meinte Sophia. »Obwohl, als ich den benutzt habe, den Stefan mir gegeben hat, waren noch Teile des Depour übrig, nachdem der Schnee geschmolzen war.«

»Also bleiben Beweise zurück«, sinnierte Liv, nicht sicher, warum das für sie von Interesse sein sollte, obwohl es das war.

»Ich frage mich, was sie kann?«, sagte Sophia und beugte sich nach unten, um die kleine Figur einer Frau zu inspizieren, die strickte. Sie war etwa so groß wie Livs Hand und aus Kupfer.

Das Gesicht der Frau zuckte nach oben, um Sophia anzuschauen. »Würde es dir etwas ausmachen? Ich versuche zu arbeiten. Wenn du mich nicht kaufst, muss ich an die Arbeit für meinen Meister zurück.«

Sophia sprang alarmiert zurück.

»Das ist eine Bulster«, sagte Shin und kam zurück in den Hauptbereich des Ladens, Rory folgte ihm und trug einen kleinen Koffer. »Sie ist aus Ton gefertigt, in Metall gegossen und dann verzaubert. Sie ist nicht echt, aber die Arbeit, die sie macht, ist es. Sie ist meine Dienerin und strickt mir gerade einen Pullover, da meine anderen nicht mehr passen.«

»Ummm«, dachte Liv. »Wenn du nicht auf Diät bist, bin ich mir nicht sicher, ob dieser dann auch passt.«

Shin schüttelte den Kopf, blieb neben der Figur stehen und streckte seine Hand aus. »Bulster, zeig mir deine Arbeit.«

Das Kleidungsstück in den Händen der Statue verschwand und in den Händen von Shin erschien ein grauer Wollpullover. Er hielt ihn hoch und inspizierte ihn. »Ja, der sieht gut aus. Hoffentlich dehnt er sich nicht wie die anderen aus. Mach weiter damit und dann den Laden sauber.«

Die Statue nickte, als der Pullover aus Shins Griff verschwand und in den Kupferhänden der Frau wieder auftauchte.

»Wow, das ist unglaublich hilfreich«, sagte Liv. »Wie viel?«

»Sie steht nicht zum Verkauf«, sagte Shin. »Sie ist meine persönliche Assistentin und ich kann es nicht ertragen, auf sie zu verzichten. Bulster sind unglaublich selten.«

»Nun, dann lass es Ooki wissen, wenn du jemals eine weitere bekommst, denn ich brauche jemanden, der mir persönlich hilft«, erklärte Liv.

Der kleine Asiate warf Rory einen skeptischen Blick zu. »Ist sie die, die du testen willst?«, fragte er und zeigte auf Liv.

Rory schüttelte den Kopf und nickte zu Sophia. »Nein, sie ist es.«

»Oh, gut«, sagte Shin erleichtert. »Du weißt, dass sie keinen Humor mögen. Nun, zumindest die meisten nicht. Jeder ist anders. Es hängt von vielen Faktoren ab.«

»Wovon reden wir hier?«, warf Liv ein.

Rory stellte den Koffer vor Sophia und kniete sich daneben. Sogar auf den Knien war er größer als sie. »Ich werde diesen Koffer jetzt öffnen und was ich möchte, ist, dass du mit der Hand über jedes der Objekte im Inneren streichst. Aber fass sie nicht an. Halte einfach deine Hand in die Nähe und lass es uns wissen, wenn du glaubst, dass etwas an dir zieht. Ergibt das einen Sinn?«

Sophia blickte zu Liv zurück, als ob sie um Erlaubnis fragen wollte.

»Was ist in diesem Koffer?«, fragte Liv.

»Du wirst es gleich herausfinden«, meinte Rory. »Aber zuerst brauche ich Sophia, um ihren Geist zu befreien. Kannst du das für mich tun?«

Die kleine Magierin nickte unerbittlich. »Ja, das kann ich.«

»Okay, gut«, sagte Rory. »Bist du bereit?«

»Ich glaube schon«, antwortete Sophia.

»Atme tief durch und versuche dich zu entspannen«, drängte Rory, als er den Koffer öffnete und den Deckel anhob.

Liv wusste nicht, was sie im Koffer erwartet hatte, aber das, was sie nun sah, war es definitiv nicht. Auf dicken blauem Samt lagen sechs große, schimmernde Eier, alle etwa so groß wie Honigmelonen.

»Warte«, mischte sie sich ein, bevor Sophia ihre Hand ausstrecken konnte und ließ das Mädchen innehalten. »Ist es das, wofür ich es halte? Ich dachte, sie wären ausgestorben, zumindest fast, oder so.«

Rory schüttelte den Kopf, seine Aufmerksamkeit konzentrierte sich auf Sophia. »Dazu kommen wir später. Fürs Erste, Sophia, konzentriere dich.«

Sie gehorchte und schwebte mit ihrer Hand über das erste Ei, das tiefrot und mit goldenen Flocken bedeckt war. Nach einigen langen Sekunden sah Sophia Rory unsicher an.

»Irgendwas?«, fragte er hoffnungsvoll.

Sie schüttelte den Kopf.

»Dann mach weiter«, ermutigte er sie und sein Blick schnippte mit leichter Enttäuschung zu Shin hinauf.

Sophias Hand glitt über das nächste Ei, in dunklem Smaragdgrün.

»Ich fühle nichts …« Sophias Worte wurden abgeschnitten, als ihre Hand in die ferne Ecke gezogen zu werden schien, wo sie über dem größten aller Eier schwebte, einem irisierenden blauen. »Was ist gerade hier passiert?«, fragte sie und sah mit Erstaunen zu Rory auf.

Er sah Shin zufriedenen an. »Sie wurde angezogen. Ich wusste es.«

Shin nickte anerkennend. »Das hast du. Aber freu dich nicht zu früh!«

»Freuen weshalb?«, fragte Sophia, ihre Hand schwebte immer noch über dem Ei.

Rory warf ihr einen mitfühlenden Blick zu. »Es besteht die Möglichkeit, dass es trotzdem nicht für dich schlüpft, selbst wenn ihr euch angezogen habt. Es gibt viele unbekannte Faktoren.«

Sophias Gesicht war die Unsicherheit anzusehen.

»Du denkst doch nicht ernsthaft daran, meiner kleinen Schwester so etwas zu schenken?«, fragte Liv und starrte Rory an.

»*Ooki* hat es bereits gekauft«, sagte Shin, als wäre der Handel bereits abgeschlossen.

»Liv, es hat sie angezogen, genau wie ich es erwartet hatte«, argumentierte Rory. »Aber alles, was ich ihr gebe, ist eine Chance.«

»Das ist nicht wie bei einem Welpen, wo das Schlimmste, was er tun kann, ist, die Kissen auf der Couch zu zerreißen«, feuerte Liv zurück.

»Leute«, sagte Sophia und schaute zwischen ihnen hin und her. »Wovon redet ihr da?«

Vor ein paar Tagen hätte Liv die Eier nicht einmal erkannt, aber sie hatte mittlerweile ihre Hausaufgaben gemacht. »Mein Freund hier will dir ein sehr gefährliches Haustier schenken.«

»Es ist nur ein Ei. Mach dir nicht zu viele Sorgen«, wies Rory ab.

»Was soll ich mit einem Ei machen?«, fragte Sophia.

»Knacke es am Rand einer Bratpfanne und mach Rührei daraus«, lachte Liv und heimste dafür einen verächtlichen Blick von Rory ein.

»Okay, sorry, schlechter Witz, aber im Ernst, das ist dein Geschenk an sie?«

»Sie ist die Richtige dafür«, konterte Rory. »Ich weiß es einfach. Ich habe ein Gefühl dafür.«

»Hättest du mir nicht zuerst von diesem Gefühl erzählen können?«, fragte Liv.

»Ich wusste nicht, ob es sie anziehen würde.« Rory zeigte darauf. »Aber schau, das hat es offensichtlich, und Shin wird dir sagen, dass wir das nicht ignorieren können.«

»*Ooki* hat recht«, erklärte Shin. »Ich habe das schon lange nicht mehr erlebt. Ich habe diese Eier schon länger, als ich mich erinnern kann.«

»Mir gefällt das immer noch nicht«, blieb Liv stur, die Hände auf den Hüften. »Wird sie es im Haus behalten können? Was ist, wenn jemand davon erfährt?« Liv blickte zu Shin, besorgt, dass sie etwas preisgegeben hatte, aber er schien zu denken, dass sie sich nur auf ein Haus im Allgemeinen bezog.

»Sophia ist eine Meisterin der Tarnung«, sagte Rory. »Wenn jemand so etwas verbergen kann, dann sie.«

»Was ist, wenn es die Größe eines großen Lastwagens erreicht?«, sprach Liv ihre Befürchtung aus. »Was wird sie dann damit machen?«

»Nun, er wird sich auf die Berge oder den Ozean zurückziehen«, antwortete Rory. »Sie sind nicht dazu bestimmt, in Gefangenschaft zu leben. Dann wird er nur zu Besuch kommen.«

»Derjenige wird höchstwahrscheinlich am Meer leben«, bot Shin an. »Wahrscheinlich an einem verlassenen Strand in der Nähe.«

»Leute«, sagte Sophia noch einmal. »Würde mir bitte jemand sagen, was los ist?«

Liv zeigte darauf. »Das sind Dracheneier.«

Sophias Gesicht erhellte sich. »Ich wusste es! Und einer von ihnen hat sich von mir angezogen gefühlt?«

Rory bestätigte es. »Ja, wie ich vermutet habe.«

»Sie ist ein Kind«, feuerte Liv. »Du willst ihr einen Drachen überlassen?«

»Es ist das Richtige für sie«, sagte Rory. »Sie hat das richtige Temperament. Sie ist unglaublich intelligent und geduldig. Ich wusste, dass, wenn ich ihr die Möglichkeit gebe, das passieren würde. Und wie Shin sagte, ist es selten. Außerdem ist es nicht nur wichtig, dass sich jemand mit dem Drachen verbindet, bevor er schlüpft, es ist noch besser, wenn dieser jemand jung ist. Das ermöglicht es ihnen, gemeinsam aufzuwachsen.«

»Ja. Wenn das funktioniert«, begann Shin, »könnte es eine perfekte Paarung ergeben.«

»Und Liv, du verstehst nicht, wie selten es ist, dass Sophia von dem Ei angezogen wurde«, fuhr Rory fort.

»Es ist wahr«, sagte Shin. »Ich habe diese Eier seit über hundert Jahren. Ich hatte die Hoffnung bereits aufgegeben, dass so etwas passieren würde. Aber trotzdem dürfen wir nicht voreilig sein, deshalb halte ich meine Aufregung in Grenzen. Das Ei muss noch schlüpfen und das geschieht nur unter den richtigen Umständen, wenn überhaupt.«

»Richtige Umstände?«, fragte Sophia, Zweifel standen auf ihrem Gesicht geschrieben.

»Du musst dich um das Ei kümmern«, erklärte Rory. »Und eine Menge davon ist Rätselraten. Aber wenn der Drache es wünscht, wird er für dich schlüpfen und du wirst ihn aufziehen.«

»Ich?«, fragte Sophia und klang sowohl nervös als auch aufgeregt.

»Im Ernst, Ro, was hast du dir dabei gedacht?«, begann Liv. »Drachenreiter haben ein gefährliches Leben und halten sich fernab von anderen auf. Sie sind eine Elitegruppe. Das soll das Leben sein, das du meiner Schwester anbietest?«

Er grinste leicht. »Ich bin froh zu sehen, dass du endlich Mysteriöse Kreaturen liest. Und ja, Drachenreiter haben ein anderes Leben, aber es gab auch seit über hundert Jahren keinen neuen mehr. Wenn Sophias Drache schlüpft, besteht die reale Möglichkeit, dass sie weiterhin unglaubliche Dinge tut. Das ist eine wahre Ehre.«

»Ooki hat recht«, sagte Shin. »Ich war lange Zeit traurig, weil ich dachte, diese Kunstform sei ausgestorben. Das hier gibt mir echte Hoffnung, obwohl ich meine Freude zurückhalte, bis der Drache tatsächlich schlüpft. Es könnte ein weiteres Jahrhundert dauern oder gar nicht geschehen. Diese Dinge sind unmöglich vorherzusagen.«

»Aber du hast gerade gesagt, dass sie zusammen aufwachsen müssen?«, forderte Liv.

Rory nickte. »Das wäre ideal, aber wir können es nicht erzwingen.«

Sophias Hand schwebte über dem blauen Ei. »Was soll ich tun?«, fragte sie und suchte Augenkontakt zu Liv.

Sie dachte einen Moment nach und schüttelte den Kopf. Liv wollte nicht, dass ihre kleine Schwester enttäuscht würde, wenn das Ei nicht schlüpfen sollte und dann gab es den ganzen Berg Komplikationen, wenn es das doch tun sollte. Und dann war da noch das Haus und die Notwendigkeit, den Drachen zu verstecken, der für normale Haustier-Maßstäbe zu einem Monster heranwachsen würde. Aber am Ende war hier Sophia, und sie war das hellste Licht der Welt und verdiente es, eine Wahl zu haben.

»Das ist nicht meine Entscheidung, Soph. Es liegt an dir. Wenn es das ist, was du wirklich willst, werde ich dich unterstützen. Aber tu das nur, weil du es willst und nicht, weil du dich unter Druck gesetzt fühlst«, warnte Liv. »Drachen leben unglaublich lange, also solltest du das nicht auf die leichte Schulter nehmen. Wenn dieser Drache schlüpft, wirst du dein ganzes Leben lang mit ihm verbunden sein.«

»Liv hat recht«, sagte Rory. »Du musst es wollen. Das nur halbherzig zu tun, könnte gefährliche Folgen haben. Drachenmagie ist flüchtig und unberechenbar.«

Sophias Blick driftete auf den Boden, während sie nachdachte. Sie sagte kein Wort mehr, sondern ließ ihre Hand einfach auf das Ei fallen und besiegelte damit die Bindung, die sie aufgebaut hatte. Das Ei leuchtete unter ihren Fingern und summte leise bis es wieder dunkel wurde.

Rory lächelte so breit, dass er eine Reihe von Zähnen zeigte, seine Eckzähne waren ausgeprägt. Liv hatte ihn noch nie so glücklich gesehen. »Das ist wunderbar. Die Verbindung ist abgeschlossen.«

»Das ist sie«, sagte Shin und kam mit einer dicken Stofftasche nach vorne. »Hier, du kannst es mit nach Hause nehmen.«

Sophia versuchte, ihre Finger um das Ei zu legen, um es aufzuheben. »Es ist wirklich schwer. Liv, kannst du mir helfen, es anzuheben?«

Shin schüttelte den Kopf. »Oh, nein. Von diesem Moment an bist du der Einzige, der das Ei berühren darf. Wenn es jemand anderes tut, wird es nicht für dich schlüpfen. Oder wenn doch, wird es nicht mit dir verbunden sein.«

»Was bedeutet das?«, fragte Sophia.

»Es bedeutet, dass er versuchen wird, dir die Hände abzubeißen«, scherzte Liv.

»Das bedeutet, dass du dich selbst um das Ei kümmern musst, es in deiner Nähe behalten und darüber wachen musst«, bot Rory an.

Sophia war in der Lage, den Beutel um das Ei herumzuschieben und es hochzuziehen, obwohl es nur wenige Zentimeter über Boden schwebte. »Okay, das kann ich machen. Ich verspreche, mich gut darum zu kümmern. Und keine Sorge, Liv, alles wird gut. Ich werde vorsichtig sein.«

Liv starrte auf ihre kleine Schwester herab, nervös, aber auch aufgeregt für sie. Das Ei hatte sich mit ihr verbunden und Rory hatte recht. Es war etwas ganz Besonderes an Sophia Beaufont. Wenn es nach hundert Jahren einen neuen Drachenreiter geben sollte, bestand kein Zweifel daran, dass es diese junge, unglaubliche Magierin sein musste.

Kapitel 35

Als Liv Johns Elektronikgeschäft wieder betrat, saßen er und Sophia zu beiden Seiten der Werkbank und starrten fassungslos auf das blaue Drachenei, das in der Mitte des Tisches lag.

»Sie sind noch genau dort, wo ich sie verlassen habe«, sagte sie zu Plato, als sie die To-Go-Bestellung ablegte, die sie gerade aus dem mexikanischen Restaurant unten um die Ecke im gleichen Häuserblock abgeholt hatte.

Der Kater antwortete nicht, weil es ein Spiel war, das er mit Liv spielte, um sie vor John verrückt aussehen zu lassen. Die Kriegerin mochte das Spiel nicht besonders.

»Ich kann es immer noch nicht glauben«, sagte John voller Ehrfurcht. »Da ist ein echter Drache drin.«

»Ich weiß«, stimmte Sophia mit einer ähnlichen Stimme zu. »Es fühlt sich nicht real an.«

»Was sagt dein Buch darüber, wie man ihn zum Schlüpfen bringt?«, fragte John.

Sophia holte ihre Kopie von *Mysteriöse Kreaturen* zu sich heran und studierte die Seite, die sie geöffnet hatte. Liv hätte es kommen sehen müssen, denn in den letzten Tagen, jedes Mal, wenn sie *Mysteriöse Kreaturen* geöffnet hatte, war komischerweise das Kapitel über Drachen aufgeschlagen. Sie verfluchte Bermuda und die seltsame Reaktion ihres Buches.

»Es ist nicht klar beschrieben«, begann Sophia mit dem Lesen. »Es heißt, man soll es warm halten, aber nicht zu warm. Und sauber halten, aber nicht zu sauber. Und dass es frische Luft braucht, aber ...«

»Nicht zu viel frische Luft«, schaltete sich Liv ein und packte die Lebensmittelbehälter aus. »Oh, ist es denn ein Wunder, dass Rory auch kaum Sinn ergibt, nachdem er von der Frau aufgezogen wurde, die dieses Buch geschrieben hat?«

»Ich kann nicht fassen, dass es noch hundert Jahre dauern könnte, bis das Ding hier schlüpft«, bemerkte John.

»Wenn es überhaupt etwas wird«, meinte Sophia und lehnte sich in Livs Richtung, ihre Nase zeigte die Richtung.

»Vielleicht braucht es nur ein paar Nachos«, schlug Liv vor. »Ich weiß, ich würde aus meiner Hülle ausbrechen, um etwas von dieser Qualität zu bekommen.«

Sie öffnete den Behälter und bot ihn Sophia an. Die knusprigen Chips waren mit geschmolzenem Käse überzogen und mit *Carne Asada*, *Pico de Gallo*, Guacamole und Salat garniert. »Bist du bereit, die besten Nachos deines Lebens zu probieren?«

»Ja«, erklärte Sophia und hob einen einzelnen Chip ganz elegant auf, als ob sie eine Teetasse in die Luft heben würde, ihr kleiner Finger war ausgestreckt. Sie nahm einen winzigen Bissen, ihre Augen strahlten vor Freude. »Wow, das ist tatsächlich das Beste, was ich je probiert habe!«

»Ich habe es dir ja gesagt«, meinte Liv triumphierend und zog einen Chip von seinen Brüdern frei, eine Käseschnur war die einzige Verbindung. Im Gegensatz zu Sophia schob sie ihn vollständig in ihren Mund und genoss den Geschmack.

»Keine Sorge, John«, sagte Liv und schob einen Behälter in seine Richtung. »Ich habe dich nicht vergessen.«

Er rieb aufgeregt die Hände aneinander. »Ich kann es kaum erwarten, in diesen Rindfleisch-Chimichangas mit extra scharfer Salsa zu wühlen.«

»Apropos«, murmelte Liv zwischen den Bissen. »Ich habe die Bestellung für dich nur ein wenig geändert.«

Sein enthusiastischer Ausdruck ließ nach. »Warum hast du das getan?«

»Weil deine Bestellung einen Herzinfarkt erwarten ließ und das konnte ich nicht zulassen«, erklärte Liv. »Stattdessen habe ich dir etwas Ähnliches besorgt, aber mit etwas weniger Fleisch, ein bisschen mehr Gemüse und nicht frittiert.«

John öffnete den Behälter und verzog das Gesicht. »Was ist das denn?«

»Spinat-Hühnchen-Enchiladas mit einem Beilagensalat«, antwortete Liv.

Er betrachtete ihre Nachos voller Neid. »Die sehen aber viel besser aus.«

»Wir sind kaum in der Lage, sie hinunterzuwürgen«, sagte Liv und kämpfte mit Sophia um mehr Stücke.

»Was ist da drin?«, fragte John und zeigte auf den zusätzlichen Behälter, der neben Liv stand.

»Mehr Nachos«, antwortete sie. »Ich habe Sophia gesagt, dass ich nicht mit ihr teilen würde, aber das war nicht geschwisterlich – was ich aber sein sollte, also habe ich uns zwei Bestellungen besorgt. Wenn wir mit dieser hier fertig sind, können wir zur nächsten übergehen.«

John nahm einen Bissen und sah überhaupt nicht glücklich über sein Essen aus. »Ich wünschte, ich wäre ein Magier, der zehntausend Kalorien pro Tag vertilgen kann und sich keine Sorgen um sein Herz machen muss.«

»Wo wir gerade davon sprechen«, sagte Liv, »hattest du die Gelegenheit, die Familienchronik einzusehen, wie ich vorgeschlagen habe?«

Nachdem er Doktor Dowling aufgesucht hatte, hatte Liv begonnen, eine Hypothese aufzustellen, warum John Magie sehen konnte, andere Sterbliche aber nicht. Es sollte erklärbar machen, warum die übertragenen Signale an das Gehirn, wenn sie tatsächlich vorhanden waren, ihn nicht beeinflussen konnten.

»Noch nicht«, antwortete er. »Aber ich werde gleich nach dem Mittagessen nachsehen, wenn es dir nichts ausmacht, den Laden zu beaufsichtigen, während ich im Lager herumstöbere.«

»Überhaupt nicht«, bestätigte Liv. »Das wird mir die Möglichkeit geben, Sophia beizubringen, wie man …«

Liv hatte keine Chance, ihren Satz zu beenden, denn in diesem Moment erschien ein Portal im offenen Bereich neben den Regalen. Es schien das Gleiche zu sein wie alle anderen Portale, voller Blau- und Grüntöne.

Sie erwartete, dass Clark mit säuerlichem Gesichtsausdruck hindurchtrat, der sich verhärten würde, sobald er von dem Drachen erfuhr. Sie erwartete sogar, dass Stefan zu Besuch kommen würde, da er angedroht hatte, an ihrem anderen Arbeitsplatz vorbeizuschauen. Oder es könnte Hester sein, die nach Livs Verletzungen sehen wollte, nachdem Vera sie angegriffen hatte.

Schnapp dir den Herbeirufstein, schrie eine Stimme in Livs Kopf. Sie blickte auf Plato hinunter und wusste sofort, dass er es war. Sie tat, was er sagte, griff in ihre Tasche und legte die Finger um den Stein, den Rudolf ihr gegeben hatte.

Von all den Dingen, die Liv erwartet haben mochte, hätte sie sich niemals einen großen schwarzen Bären mit einem breiten Halsband an einer Leine vorgestellt, der durch das Portal kam. Und noch überraschender war, dass seine Leine von der schönsten Frau der Welt gehalten wurde: Königin Visa von den Fae.

Kapitel 36

Das erste Mal, als Liv Königin Visa im Königreich der Fae gesehen hatte, war sie so schön gewesen, dass es geschmerzt hatte, sie anzusehen, aber irgendwie erschien sie jetzt noch strahlender, als sie in der Werkstatt trat. Sie trug ein rückenfreies rotes Kleid, das hinter ihr floss, als würde sie von einem Ventilator bei einem Fotoshooting angeblasen. Ihr langes blondes Haar fiel über ihren Rücken und ihre Augen glühten vor heißer Verachtung.

»Kriegerin Liv Beaufont«, sagte sie säuerlich. »Bereite dich darauf vor, für das zu sterben, was du getan hast.«

Wenn Liv geglaubt hatte, dass die Königin nur zu einem freundlichen Besuch vorbeigekommen war, so war das jetzt vorbei. Als sie sich das erste Mal getroffen hatten, war Königin Visa sehr angetan von ihr und hatte gesagt, dass sie bald etwas zusammen trinken oder sich massieren lassen sollten, aber anscheinend waren sie ab sofort keine Freundinnen mehr.

Liv trat vor und versuchte, so viel Abstand wie möglich zwischen sich und die anderen zu bringen. »Königin Visa, ich kann es dir erklären, wenn du mir nur eine Chance gibst.«

Der schwarze Bär erhob sich auf seine Hinterbeine und knurrte. Bis vor Kurzem hätte Liv gesagt, dass er das größte Tier war, das sie je gesehen hatte, aber die Werwölfe konnten es tatsächlich mit ihm aufnehmen.

»Ich stimme dir zu, Bruiser«, sagte die Königin zu dem Bären. »Es ist traurig, dass ich ein so schönes Exemplar töten muss, aber das ist es, was passiert, wenn man mich belügt. Du hast mir nicht dein Blut gegeben. Es sind keine Erklärungen mehr nötig, Kriegerin. Du wirst für das bezahlen, was du getan hast und außerdem jeder, der dir wichtig ist.«

Liv streckte ihre Arme schützend aus. »Nein, bitte lass sie aus dem Spiel. Sie haben nichts falsch gemacht. Bestrafe einfach mich.«

»Nein«, argumentierte Sophia und kam mutig dazu, stellte sich vor ihre Schwester und wollte sie beschützen.

Königin Visa beeindruckte dieser Akt des Mutes in keinster Weise. Sie hätte beide wahrscheinlich auf der Stelle getötet, aber das Drachenei auf der Werkbank erregte ihre Aufmerksamkeit. »Was ist das?«

Livs Verstand raste. Sie musste Sophia und John da rausholen, aber es war so viel los. Sie wusste nicht, wie sie damit umgehen sollte. Als sie die Gelegenheit hatte, legte Liv einen Schutzzauber über sie. Er würde nicht lange anhalten, aber es war das Beste, was sie unter diesen Umständen tun konnte.

»Das ist ein Drachenei. Ich gebe es dir, wenn du willst«, erklärte Sophia. »Alles, was du tun musst, ist, uns gehen zu lassen.«

Livs Herz schlug schneller wegen der Tapferkeit und Selbstlosigkeit ihrer kleinen Schwester.

Allerdings war Königin Visa nicht beeindruckt. »Kind, warum sollte ich dich im Austausch gegen das Ei gehen lassen, wenn ich es einfach nehmen könnte?«

»Weil es meines ist«, gab Sophia kühn zurück. »Wenn du es nimmst, wird der Drache nicht für dich schlüpfen, aber wenn ich es dir gebe, könnte er das.«

Königin Visa überlegte, senkte ihr Kinn und ließ ihre Augen prüfend über Sophia wandern. »Du bist so schön wie deine Schwester. Wie heißt du, Kleines?«

Liv fuhr mit den Fingern über den Herbeirufstein und fragte sich, warum Plato ihr gesagt hatte, sie solle ihn festhalten. Dann kamen ihr die Worte aus *Mysteriöse Kreaturen* in den Sinn und das seltsame Kapitel, das sie über Fae gelesen hatte, ergab auf einmal mehr Sinn:

Die Fae haben einige Schwächen, die ihre Gegner nutzen können, sie zu verletzen. Die beste Verteidigung gegen einen Fae ist jedoch ein anderer Fae. Während Magier und Elfen Mühe haben, ihr Äußeres zu durchdringen, hat ein anderer Fae nur wenige Probleme, an den vorhandenen Schutzschilden vorbeizukommen. Aus diesem Grund kämpfen Fae selten gegeneinander, da sie wissen, dass die größte Schwäche für ihre Art ihre eigene Magie ist. Fae haben aufgrund dieser Tatsache in ihrer Geschichte kaum Bürgerkriege, da sie wissen, dass sie, wenn sie sich gegeneinander wenden, im Handumdrehen aussterben würden.

Die Realität traf Liv hart. Sie *brauchte* Rudolf tatsächlich. Ohne ihn gab es keine Möglichkeit, die Königin der Fae zu besiegen.

»Mein Name ist Sophia Beaufont«, antwortete die kleine Magierin und knickste artig vor der Königin. Selbst als sie diesem tödlichen Feind gegenüberstand, blieb sie immer noch höflich.

Königin Visa nahm ihre Manieren zur Kenntnis und lächelte böse. »Vielleicht werde ich nur Liv und den Sterblichen töten. Mir gefällt die Idee, dich als eines meiner Haustiere zu halten.«

»Aber du könntest meinen Drachen bekommen«, argumentierte Sophia.

»Ich will deinen Drachen nicht«, konterte die Königin. »Nicht, wenn ich dich haben kann.«

Liv glitt vor ihre Schwester, nachdem sie genug Zeit hatte, ihren Plan auszuarbeiten. »Sophia steht nicht zur Diskussion und mich umbringen auch nicht.«

Die Augen der Königin glühten wieder, als sie den Griff um die Leine des Bären festigte. »Bruiser, kannst du fassen, wie sie mit mir spricht?«

Liv blendete die Königin aus, konzentrierte sich und griff nach dem Stein. *Komm schon, Rudolf, ich brauche deine Hilfe.*

Die Gestalt von Rudolf manifestierte sich vor Liv, mit dem Rücken zur Königin und zu Bruiser.

»Nun, hey hier bin ich, Liebes«, zwitscherte er und sah auf den Tisch. »Ihr feiert ein Fest und du möchtest, dass ich dazukomme? Mit mir macht alles einfach mehr Spaß.«

Liv schüttelte unnachgiebig den Kopf.

Rudolf musste die Ernsthaftigkeit in ihren Augen wahrgenommen haben, weil er erstarrte und sein Lächeln erstarb.

»Da ist etwas Gefährliches und Tödliches hinter mir, nicht wahr?«, fragte er.

Sie nickte.

Er schnüffelte in der Luft. »Und es stinkt nach Körperausdünstungen und Müll ...« Einen Moment später fügte er hinzu: »Oh, und ich rieche auch einen Bären.«

Liv bekam einen Dämpfer. Vielleicht war es doch keine so gute Idee gewesen, den Fae zu Hilfe zu rufen. Sie erinnerte sich nun daran, wie er sich vor der Königin zusammengekauert hatte, als sie in Las Vegas waren. Rudolf hatte offensichtlich sein Selbstvertrauen verloren, als Königin Visa Serena niedergestreckt und sie im Brunnen im Haus der Sieben begraben hatte. Aber wenn das, was Bermuda über die Fae sagte, richtig war, hatte Liv ohne ihn keine Chance. An einem guten Tag konnte sie die Königin vielleicht überlisten, aber alles war so plötzlich gekommen. Ihre einzige Hoffnung war, ein Portal neben dem Haus der Sieben zu öffnen und Sophia und John in Sicherheit zu bringen.

Rudolf drückte seine Hände in das Revers seiner kastanienbraunen Jacke. »Ich verstehe.« Dann drehte er sich zur Königin um. »Oh, ja, ich wusste genau, dass du es bist, Visa. Du hast dein ärgerliches Schwitzproblem immer noch nicht gelöst, oder?«

Das porzellan-weiße Gesicht der Dame errötete. »Rudolfus, warum siehst du aus, als wärst du gealtert? Was hast du mit dir gemacht?«

Rudolf machte sich auf den Weg um die Königin, schlängelte sich hinter sie und sprach über ihre Schulter. »Warum, in der Tat? Erinnerst du dich, als du die Frau ermordet hast, die an unserem Hochzeitstag meine Frau werden sollte?«

Königin Visa, unbeeindruckt von seiner Nähe, klimperte mit den Wimpern. »Und ich hatte tatsächlich Angst, dass du all die schönen Dinge vergessen hast, die ich für dich getan habe.«

Als Rudolf auf die andere Seite der Königin kam, legte er sein Gesicht neben das des Bären und schien einen Wettstreit im Starren mit ihm einzugehen. »Nun, ich habe es geschafft, Serenas Leiche aus dem Brunnen zu holen, wo du sie versehentlich hast reinfallen lassen hast, du dumme Blondine.«

»Du hast was?«, fragte Königin Visa ungläubig. »Wie konntest du nur …« Ihre Augen wanderten zu Liv. »Du! Du hast Rudolfus geholfen, dieses Flittchen zurückzubekommen? Jetzt wirst du wirklich dafür bezahlen!«

DIE LOYALE FREUNDIN

Liv wusste, dass Visa Wort halten würde, was bedeutete, dass die Zeit knapp wurde. Sie musste Sophia und John aus dem Laden schaffen. Hoffentlich konnte Rudolf eine Ablenkung für sie aufbauen, denn das war es, was er tatsächlich perfekt beherrschte.

Als ob er ihre Gedanken wahrnehmen würde, wandte er sein Gesicht vom Bären ab und starrte die Königin an. »Der Bär hat einen deutlich besser riechenden Atem als du.«

Liv musste beinahe lachen, nutzte aber stattdessen die Gelegenheit, ein Portal hinter Sophia zu öffnen.

»Was machst du da, Mädchen?«, schrie Königin Visa. »Dafür wirst du jetzt sterben.« Sie hob eine Hand, nur Sekunden davon entfernt, Livs Leben zu beenden.

Die Kriegerin drehte sich um und führte Sophia an das Portal, als ein lautes Gebrüll die Luft durchdrang. Liv sah nach und fand heraus, dass dort, wo Plato gestanden hatte, nun ein großer schwarzer Panther war. Er sprang durch die Luft und griff den Bären an, der wütend knurrte. Der Panther nutzte den Vorteil, dass er den Bären auf den Rücken zwingen und ihm ins Gesicht schlagen konnte.

»Nein! Bruiser!«, brüllte die Königin. »Lass ihn los, du Biest.«

Liv nutzte die Gelegenheit, Sophia durch das Portal zu schieben und befahl John ihr zu folgen. Er bewegte sich nicht schnell, sein Gesicht war weiß und seine Augen vor Schreck geweitet. Als sie hindurch waren, schloss sie das Portal und wandte sich um, um den Panther und den Bären zu entdecken, die sich auf dem Boden rollten und in die Regale krachten, Geräte regneten auf sie herab.

»Du dreckiger Lynx!«, schrie Königin Visa wütend. »Dafür werde ich dich töten!«

»Nein!«, rief Liv und ging vorwärts, aber Rudolf schnitt ihr den Weg mit einem teuflischen Grinsen ab.

»Ich mache das, Liebes«, sagte er und schob sie zur Seite. »Visa, du bist zu weit gegangen und hast dein Volk unterdrückt. Du drängst uns zurück. Es wird Zeit, dass du wegen deines Verrats aufgehalten wirst.« Er hielt seine Hand nach oben, um die Königin zu verzaubern, als sie einen einzigen Blick auf ihn warf, der ihn ins Wanken brachte. Er griff an seine Brust, als hätte er einen Herzinfarkt.

»Rudolf«, hauchte Liv und tauchte nach vorne, um ihn aufzufangen, bevor er auf den Boden stürzte.

»Mir geht es gut«, flüsterte er heiser, als sie ihn zur Werkbank führte, die er zum Festhalten benötigte.

»Nein, tut es nicht«, erklärte die Königin. »Er ist zu schwach, um sich mir zu stellen. Du warst immer zu schwach, Rudolfus. Das wissen wir beide. Ich habe dein Selbstvertrauen vor langer Zeit genommen und jetzt werde ich dir dein Leben nehmen.«

Liv wusste, dass ihnen keine andere Wahl blieb. Plato behielt seine Position im Kampf bei, er und der Bär griffen sich gegenseitig an, aber wie lange würde das gehen?

»Was genau willst du?«, fragte Liv. »Willst du mein Blut? Ich werde es dir geben. Lass uns einfach in Ruhe.«

Plato hatte plötzlich die Oberhand über den Bären und platzierte einen harten Schlag. Bruiser jaulte, drehte sich um und bedeckte seinen Kopf mit einer Pfote, als würde er um Gnade winseln.

»Du nichtsnutziger Lynx«, spuckte die Königin. »Ich kümmere mich als Nächstes um dich, nach deiner Meisterin.«

Rudolf hustete und richtete sich auf. »Nein, Liv. Du kannst ihr dein Blut nicht geben. Sie ist zu gefährlich.«

Die Königin lächelte bedauernd. »Es ist wahr, ich bin zu gefährlich, deshalb ist es so lächerlich, dass du jemals angenommen hast, du könntest dich mir stellen, Rudolfus. Als

Strafe dafür, dass du gegen mich wendest und diese kleine Schlampe Serena zurückgeholt hast, werde ich deine Freundin töten und dich zum Zuschauen zwingen. Dann werde ich dich ganz, ganz langsam sterben lassen.«

Sie tauchte mit ihrem Finger in die Luft, als spielte sie Noten auf unsichtbaren Tasten. Liv hatte keine Ahnung, wie sie aus dieser Situation herauskommen sollte, und seltsamerweise fühlte sie sich angeschrien, an Ort und Stelle zu bleiben.

»Nein, du blöde Schlampe«, sagte Rudolf, ging vorwärts und schickte einen Zauber auf die Königin. Ihre Hand erstarrte in der Luft und ihre Augen ruckten zur Seite – und dann, zu Livs Entsetzen, lachte sie einfach.

»Du hast mich teilweise eingefroren, aber das wird nicht lange anhalten«, erklärte sie. »Du bist so schwach, Rudolfus. Du kannst nicht einmal eine Sache richtig machen.«

»Das hätte früher die Wahrheit sein können«, begann er, seine Stimme war barsch. »Aber jetzt nicht mehr. Ich habe mein Vertrauen zurück. Und besser noch, ich habe Freunde.«

Rudolf streckte seine andere Hand aus und blickte über seine Schulter zu Liv. Zuerst wusste sie nicht, was er wollte, aber dann kam es ihr in den Sinn. Er war nicht stark genug, Königin Visa zu töten und sie auch nicht, aber zusammen könnten sie eine Chance haben.

Liv machte einen großen Schritt nach vorne und schloss ihre Hand um die des Fae. Rudolfs Hand wurde in ihrer heiß, als er anfing, Worte zu rezitieren, die sie nicht verstand. Sie klangen nach Macht und Geheimnis. Wie die Dinge, aus denen Träume geboren und Märchen gemacht wurden. Sofort strömte die Kraft aus seiner ausgestreckten Hand und bedeckte die Königin mit Eis. Es umschloss ihre Beine, ihre Hüften und ihren Oberkörper und stieg stetig an.

»Nein! Nein! Nein! Nein! Nein!«, schrie sie und es klang so schrill, dass die Schaufenster des Ladens zerbarsten und die Glassplitter überall verstreut wurden. Liv schirmte sich jedoch nicht selbst ab, sondern hielt ihre Kraft ständig auf Rudolf gerichtet, während er weiter sang. Der Frost bedeckte die Brust und den Hals der Königin, stieg schneller über ihr Gesicht und bedeckte sie schließlich vollständig. Es war so seltsam, die gefrorene Königin anzustarren und Liv wusste nicht, was als Nächstes passieren würde, bis es zu einer Explosion kam. Königin Visa zerbrach in Tausende von Eiskristallen wie eine Skulptur; sie verteilten sich über den gesamten Boden und schmolzen fast sofort.

Liv war sich kurz bewusst, dass Plato über dem Bären stand und ihre Ohren klingelten. Sie hatte Angst, ihre Hand aus Rudolfs zu ziehen, nicht sicher, ob sie ohne seine Hilfe stehen bleiben konnte.

Er wandte sich mit einem stolzen Lächeln an sie. »Und jetzt kann ich das endlich auch von meiner To-Do-Liste streichen.«

Liv war im Begriff, sich zu freuen, als der Fae vorwärts stolperte, als wäre er betrunken. Sie hastete los, um ihn abzufangen, erkannte aber, dass sie viel zu schwach war. Stattdessen glitten die beiden wie eine Person zu Boden und wurden in der Pfütze aus Eiswasser, die Königin Visa hinterlassen hatte, ohnmächtig.

Kapitel 37

»Versuch ihr doch mal Luft zuzufächeln«, drängte eine Stimme.

»Nein, schüttle sie einfach«, sagte jemand anderes.

»Ihr beide seid still, oder ich werde euch zum Schweigen bringen«, drohte eine weibliche Stimme.

Liv fühlte, wie ein stetiger Strom von Energie aus der Hand, die ihre Hand hielt, in sie floss. Als ihre Reserven teilweise aufgefüllt waren, zwang sie ihre Augen, sich zu öffnen, aber sie flatterten nur.

»So funktioniert es, meine Liebe«, sagte Hester. Die Heilerin saß direkt vor ihr. Liv erkannte, dass die Heilerin ihr Energie spendete, ähnlich wie Rudolf sie aus ihren Reserven gezogen hatte. »Du hast es fast geschafft. Versuche einfach weiter, zu uns zurückzukehren.«

Liv atmete tief durch und öffnete die Augen, blinzelte und versuchte, die verschwommenen Figuren klar werden zu lassen.

»Da bist du ja«, meinte Hester und zog sie zum Sitzen hoch.

Hinter einer ihrer Schultern stand Clark, der nicht sonderlich glücklich über die Dinge aussah. Hinter der anderen Schulter war Stefan, der sie ansah, als hätte sie weitere Verletzungen.

»Sophia!«, schrie Liv, ihr Herz raste plötzlich.

Hester klopfte nachdenklich auf ihre Hand. »Es geht ihr gut. So wie dem Sterblichen …«

»Sein Name ist John«, bot Clark an. »Sie sind im hinteren Teil des Ladens.«

Liv blickte sich um und war überrascht, als sie den Schwarzbären so liegen sah, wie vorher, wobei seine Pranke immer noch den Kopf bedeckte. Neben ihm saß Plato in seiner gewohnten Gestalt und leckte beiläufig und gelangweilt seine Pfote.

Liv fühlte die Wärme eines Körpers neben sich und fand Rudolf neben sich sitzend vor. »Hey, geht es dir gut?«

»Es geht ihm gut«, antwortete Hester für ihn. »Fae erholen sich viel schneller als Magier. Ich musste nicht einmal mehr etwas für ihn tun. Er ist von selbst erwacht.«

Liv war sich nicht sicher, wovon sie besessen war, aber sie warf ihre Arme um Rudolf und umarmte ihn kräftig. »Wir haben es geschafft. Ich meine, dass du es getan hast.«

Er zog sie enger an sich. »Nein, du. Ich hätte es ohne deine Hilfe nicht gekonnt.«

»Apropos«, mischte sich Clark ein. Liv trennte sich von dem Fae und machte sich bereit für einen Vortrag ihres Bruders. »Wie konntest du der Königin der Fae so gegenübertreten? Du hättest sterben können!«

»Nun, ich hatte nicht wirklich eine Wahl, jetzt nicht mehr, oder?«, konterte Liv. »Ich habe Sophia und John hier rausgebracht, aber es gab nichts anderes, was ich sonst hätte tun können.«

»Es war sehr gut, sie in Sicherheit zu bringen«, lobte Clark. »Sophia kam direkt zu mir und erzählte mir, was passiert war. Du kannst dir unsere Panik vorstellen, als wir hier auftauchten, ihr beide ohnmächtig und ein Bär auf dem Boden.«

»Was hat den Bären überhaupt gebändigt?«, fragte Stefan neugierig.

Liv blickte über ihre Schulter und traf Platos Augen. Da war etwas in seinem Ausdruck, das sagte: »Gib mein Geheimnis nicht preis.«

»Ich bin mir nicht sicher«, log sie. »Eine Art Zauber vielleicht.«

»Nun, zurück zur Sache«, sagte Clark. »Was du getan hast, war ... nun, es war so typisch *du*. Es war dumm. Und spontan. Und ...«

»Absolut lobenswert«, schaltete sich Stefan ein.

»Danke. Und ich habe nur das getan, was ich musste, um Königin Visa zu besiegen«, erklärte Liv. »Wenn wir es nicht getan hätten, wäre sie immer weiter gegangen, weil sie mehr Macht und Kontrolle wollte. Es wäre nur eine Frage der Zeit gewesen, bis sie zu stark geworden wäre, um von jemandem besiegt zu werden.«

»Aber deine Reserven diesem Fae anzubieten?«, setzte Hester an und deutete auf Rudolf. »Das war sehr riskant. Wenn er noch mehr abgezapft hätte, hättest du es vielleicht nicht überlebt.«

»Aber wenn sie es nicht getan hätte, hätten wir diese böse Schlampe niemals besiegt«, schoss Rudolf zurück.

Hester stimmte mit einem Nicken zu und verbeugte sich, scheinbar hatte sie ihre Meinung geändert. »Du hast recht, König der Fae.«

»Warte, wie?«, fragte Liv. Sie stieß an ihr Ohr und dachte, sie würde noch schlafen. »Wie hast du ihn genannt?«

»Nun, König der Fae«, erläuterte Hester. »Ich muss mich entschuldigen, wie ist dein Name?«

»Rudolf«, antwortete er.

»Ja, nun, König Rudolf hat die frühere Herrscherin der Fae besiegt und durch ihre Gesetze ist er nun ihr neuer Anführer«, verdeutlichte Hester.

»Das ist richtig«, erklärte Rudolf siegreich. »Ich wusste, dass heute ein guter Tag werden würde, als ich aufwachte und Serena nach unten ...«

»König oder nicht König, wenn du diesen Satz beendest, werde ich dich erwürgen«, drohte Liv.

Er schüttelte den Kopf. »Oh, na schön. Ich werde dir nichts von Serenas Weg zum Markt erzählen, wenn du es so willst.«

»Nun, das will ich. Ich hätte das alles so nie erwartet. Du bist jetzt ein König, obwohl ich mir sicher bin, dass du die Straße nicht allein überqueren kannst«, sagte Liv, hielt ihre Hand an den Kopf und schwankte leicht.

»Hier, versuch etwas zu essen«, bot Stefan an und brachte den Behälter mit den jetzt kalten Nachos mit.

»Es macht mir nichts aus, wenn ich das nicht kann«, meinte Rudolf und schnitt Liv den Weg ab, als sie nach einem greifen wollte.

Sie schüttelte den Kopf. »Das ist so bizarr. Jetzt bist du für deine Leute verantwortlich? Ich muss dich jetzt aber nicht König Rudolf nennen, oder?«

»Ich bin sicher, dass du einen Weg finden wirst, deine eigenen Ideen in den Titel einzubringen«, sagte er mit einem Augenzwinkern, verzog das Gesicht, nachdem er einen Bissen genommen und den halb gegessenen Chip zurückgelegt hatte.

»Wir werden herausfinden müssen, was mit dem Bären zu tun ist«, gab Hester plötzlich zu bedenken und sah sich um.

»Ich kann dabei behilflich sein«, bot Stefan an.

»Sehr gut«, sagte das Ratsmitglied. »Und dann gibt es da noch diesen Ort ... Wie nennt man ihn noch gleich?«

»Das ist eine Elektronikwerkstatt«, lieferte Liv. »Ich arbeite hier nebenbei.«

Hester nickte. »Ja, es ist sehr charmant. Ich mag es. Aber es herrscht Chaos und das muss repariert werden.«

Glas und kaputte Geräte lagen überall. Liv wollte nicht, dass John sich damit auseinandersetzen musste, dass sein Laden schon wieder zerstört worden war.

»Ich kann mich darum kümmern«, sagte Clark und arbeitete sofort daran, die Dinge mit seiner Magie aufzuräumen.

Hester und Stefan näherten sich vorsichtig dem Bären, der sich nicht bewegen wollte, besonders weil Plato vor ihm stand und ihm einen Todesblick zuwarf.

Liv drückte sich auf die Beine und rutschte fast im Wasser auf dem Boden aus. Das war der Zeitpunkt, an dem es wirklich ankam. »Königin Visa ist verschwunden, Rudolf. Kannst du das glauben?«

Er stand mit ihr zusammen und strich über seine Jacke. »Ja, es ist schwer zu verstehen, aber die Möglichkeiten sind jetzt endlos. Ich hätte nie diese große Ehre erwartet, König zu sein, aber jetzt, da ich es bin, habe ich vor, wunderbare Dinge zu tun.«

»Wie den Taco-Dienstag zu einem Nationalfeiertag zu machen?«, scherzte sie.

Er lachte. »Das wäre eine Möglichkeit. Aber ich dachte eher daran, die Fae zu ermutigen, endlich ihr Potenzial zu nutzen. Wir sind im Laufe der Jahre so selbstgefällig geworden, ohne unsere Talente zu nutzen. Haben sie sogar verkümmern lassen. Alles, was wir momentan tun, ist zu viel zu genießen und den Sterblichen Ärger zu bereiten. Die Fae waren einst die größten Künstler und Schriftsteller der Welt. Pollock, Picasso, O'Keefe …«

»Wow, das waren alles Fae?«, wunderte sich Liv.

Er schüttelte den Kopf. »Nein, das waren Sterbliche, die berühmt wurden, weil die Fae nicht im Rampenlicht standen.«

Liv lachte. »Nun, versuche wenigstens, den Sterblichen ein wenig Platz zu lassen, um etwas Aufmerksamkeit zu erregen.«

Er verbeugte sich demütig. »Natürlich. Und bist du bereit für den Moment, wenn Serena herausfindet, dass du dich an mich rangemacht hast?«

Liv schüttelte den Kopf. »Sag ihr, dass ich im Delirium war und dass es nie wieder vorkommen wird. Ich war mir so sicher, dass wir beide sterben würden. Aber da Nahtoderfahrungen für mich inzwischen an der Tagesordnung sind, reagiere ich nicht mehr so wie früher.«

Rudolf blickte sie freundlich an. »Wie wäre es dieses Mal, wenn ich ihr gar nichts sage?«

»Sicher, das klingt gut.«

Er legte seinen Arm um ihre Schultern und sie erlaubte ihm, sie zu umarmen. Sie sahen sich die Werkstatt an, die von Clark wieder aufgebaut wurde, während Hester und Stefan versuchten, den Bären zu bewegen.

»Danke, dass du mir zu Hilfe gekommen bist«, sagte Liv mit gedämpfter Stimme.

»Danke, dass ich deine Kraft nutzen durfte. Ohne dich hätte ich diese schreckliche Frau nicht besiegen können.«

»Weißt du, Rudolf, du bist vielleicht doch gar nicht mal so übel, aber wenn du das jemals jemandem erzählst, werde ich dich erwürgen.«

Er lehnte seinen Kopf an ihre Schulter und lächelte. »Und weißt du was, Liv? Du bist auch nicht so übel. Eigentlich bist du eine sehr treue Freundin.«

Kapitel 38

Liv saß auf der Werkbank und ließ ihre Beine baumeln, Plato neben sich.

Stefan und Hester waren vor einer Stunde mit dem Schwarzbären gegangen. Sie dachten, sie könnten ihn an einen Ort bringen, an dem er rehabilitiert werden konnte und eine Chance auf ein normales Leben bekommen würde. Der Laden sah aus, als wäre nichts passiert. Allerdings fühlte sich Liv nicht so.

Sie hatte die letzten paar Minuten damit verbracht, die letzten beiden Schlachten in ihrem Kopf Revue passieren zu lassen. Sie waren unheimlich ähnlich gewesen. In beiden Fällen hatte sich eine Rasse magischer Kreaturen intern bekämpft und obwohl Liv eine Kriegerin für das Haus der Sieben war, war nicht sie diejenige gewesen, die Frieden geschaffen hatte.

Stattdessen war es ihre Aufgabe gewesen, jemand anderen ins Rennen zu schicken. Im Falle der Werwölfe war sie auf Fane angewiesen gewesen. Und bei den Fae war es Rudolf, der die Königin zur Strecke gebracht hatte. Das gab ihr die Hoffnung, dass vielleicht etwas Derartiges auch für das Haus passieren konnte. Es war von innen heraus zerfallen, wie es in vielen Imperien der Fall war, was bedeutete, dass es sich auf sich selbst verlassen musste, um es wieder aufzubauen.

Es würde Magier und Sterbliche brauchen, die Dinge in Ordnung zu bringen. Und vor allem, egal was die Zukunft brachte, wollte Liv unbedingt Teil dieser Veränderung sein.

»Danke, dass du mir noch einmal das Leben gerettet hast«, sagte Liv und rieb Plato am Kopf. Er kuschelte sich in diesen Beweis ihrer Zuneigung und genoss sie.

»Ich mache nur meinen Job«, sagte er nüchtern.

»Nun, vielleicht wird es eines Tages mein Job sein, dich zu retten.«

»Wenn das so ist, liegt die Welt in Trümmern und du solltest ein Raumschiff zu einem anderen Planeten nehmen«, scherzte er und legte seinen Kopf ab, als würde er ein Nickerchen machen.

Eine Sekunde später stürmte Clark durch die Tür. »Ist das dein Ernst? Das ist zu viel.«

Sophia folgte ihm. Liv war so glücklich, als sie sah, dass das Mädchen in Ordnung war, dass sie es von den Füßen riss und in die Arme zog. Die kleine Magierin hatte einen fantastischen Job gemacht, indem sie zurück ins Haus gegangen war und die richtige Hilfe gefunden hatte. Liv zitterte bei der Idee, dass Adler und Bianca hätten auftauchen können. Dann erklärte sie, warum ein Drachenei auf der Werkbank lag.

»Das ist keine so große Sache«, argumentierte Sophia. »Es muss nicht einmal schlüpfen.«

»Es wird schlüpfen, Soph«, ermutigte Liv ihre kleine Schwester.

»Wie konntest du zulassen, dass sie ein Drachenei bekommt?«, ermahnte Clark.

»Wie konnte ich das nicht?«, erwiderte Liv. »Und es hat sich mit ihr verbunden.«

»Aber was ist, *wenn* er schlüpft? Wie sollen wir ihn verstecken? Und wer wird ihn ausbilden? Und was ist, wenn …«

»Clark«, unterbrach ihn Liv.

»Was?«, fragte er.

»Atme«, schlug sie vor. »Alles wird gut. Sophia ist brillant. Und sie hat uns, und es geht uns ziemlich gut. Versuch einfach dich zu entspannen.«

Er nickte widerstrebend.

Als sie sich an etwas erinnerte, rief Liv den Stock ihres Vaters herbei und bot ihn ihm. »Hier, ich habe versprochen, dass ich ihn zurückbringe.«

Er schüttelte bestimmt den Kopf. »Nein, du behältst ihn noch für eine Weile. Du könntest ihn sicherlich noch mal brauchen. Nun, bei der Geschwindigkeit, mit der du vorangehst, wirst du ihn definitiv brauchen. Wer weiß, in welche Schwierigkeiten du als Nächstes geraten wirst? Dass du in welche gerätst, ist eigentlich schon sicher.«

»Ich dachte daran, als Nächstes einen Kampf mit haarigen Zentauren zu beginnen«, neckte sie ihren aufgeregten Bruder.

»Wir können«, antwortete er und schaute zu Sophia, die ihr Ei einsammelte. »Bist du bereit zu gehen?«

Sie nickte und gab Liv einen Kuss. »Danke für die Nachos. Und die Erinnerungen. Und den Spaß.«

Liv gab ihr einen Kuss zurück. »Jederzeit wieder!«

»Sehen wir uns morgen?«, fragte Clark, als sie zur Tür gingen.

»Wie immer.« Liv winkte ihm zu.

»Versuche, bis dahin keine Probleme zu bekommen«, warnte er.

»Wohl kaum!«, antwortete sie.

Liv und Plato genossen einen Moment der Ruhe, bevor John hinten durch die Tür kam und eine Kiste schleppte, mit Pickles an den Fersen.

»Oh, gut, ich bin froh zu sehen, dass du wieder besser aussiehst«, sagte er, ging zu ihr und schob die Kiste auf den Tisch daneben.

Er sah Plato nur widerwillig an. »Haben meine Augen mich getäuscht, oder hat diese Katze sich …«

»In einen Panther verwandelt?«, ergänzte Liv. »Ich habe dir doch gesagt, dass er reden kann.«

John schüttelte den Kopf. »Ich sah, wie er sich verwandelt hat. Er hat aber nicht gesprochen.«

»Ja, nun, vielleicht wird er eines Tages beweisen, dass ich nicht verrückt bin«, hoffte Liv.

Plato warf ihr einen Blick zu, der »Erwarte nicht zu viel!« sagte.

»Ist es normal, dass deine Katze das kann?«, wollte John wissen.

»Was, verwandelt sich Pickles nicht in einen Wolf?«

John lachte. »Nur wenn er wirklich hungrig ist.«

Liv zeigte auf die Kiste. »Was hast du da?«

»Überleg mal … du hast doch nach meiner Familienchronik gefragt«, antwortete John.

Es war ein Schuss ins Blaue, erkannte Liv, aber seit sie mit dem elfischen Arzt gesprochen hatte, vermutete sie, es könnte eine Verbindung geben, zwischen den Vorfahren der Sterblichen Sieben und der Fähigkeit, Magie zu sehen. Es gab noch viel zu diesem Thema zu entdecken, aber sie glaubte, wenn sie John mit einer der ursprünglichen sieben sterblichen Familien auch nur entfernt in Verbindung bringen könnte, hätten sie wenigstens eine Spur.

»Meine Mutter hat vor Jahren Ahnenforschung betreiben lassen«, erklärte John und zog ein staubiges altes Buch aus der Kiste. »Sie konnte unsere familiären Wurzeln bis weit in die Vergangenheit zurückverfolgen. Ziemlich faszinierendes Zeug.«

Liv suchte das Foto, das sie von den Namen der Sterblichen Sieben in der Antiken Kammer mit ihrem Handy gemacht hatte. »Okay, schau da durch und sag mir dann, ob einer dieser Namen unter deinen entfernten Verwandten auftaucht.«

John durchsuchte den Stammbaum. »Mach schon!«

»Sind irgendwelche Fioris dabei?«, fragte sie.

Er schüttelte den Kopf.

»Wie wäre es mit Wong?«

John lachte. »Nein. Nichts mit asiatischer Abstammung.«

»Okay, was ist mit Gaurmond, Alvarez oder Luce?«

John nahm sich einen Moment Zeit, bevor er sagte: »Nein.«

»In Ordnung, nun, nur noch zwei weitere. Reynolds oder Carloway.«

Johns Augen wurden größer. »Was hast du gesagt?«

»Reynolds.«

»Nein, der andere Name«, sagte er.

»Carloway?«, fragte Liv. »Gibt es in deiner Familie jemanden mit diesem Namen?«

»Ich würde sagen«, schnappte John und schien plötzlich atemlos. »Meine Familie kann ihr Erbe bis zu den Carloways zurückverfolgen.«

»Wie geht das?«, erkundigte sich Liv.

»Wir sind jetzt die Carraways. Irgendwann vor langer Zeit haben sie den Namen geändert, aber niemand wusste, warum«, erklärte John.

»Vielleicht, um sie vor gefährlichen Magiern zu schützen«, vermutete Liv. »Oder vielleicht waren sie dazu gezwungen, die Dinge zu vertuschen.«

Johns Augen glitten zur Seite. »Was hat das alles zu bedeuten?«

Liv dachte einen Moment nach. »Hast du noch andere lebende Verwandte?« Sie wusste die Antwort auf die Frage bereits, aber sie brauchte Bestätigung. John war ein Einzelkind und der letzte Abkömmling der Carraways.

Er schüttelte den Kopf. »Nein, es gibt nur mich.«

Alles setzte sich plötzlich wie ein Puzzle zusammen. Es war schön und bizarr und viel zu seltsam. Mit einem Knoten in der Brust sah Liv ihn sinnig an. »Wenn ich recht habe, John, könnte das bedeuten, dass du einer der Sieben Sterblichen bist.«

Er schlug sich mit der Hand auf die Stirn. »Nun, das muss ich wohl sein. Ich hätte so etwas nie erwartet.«

Liv auch nicht. Und vielleicht gab es noch andere Carraways auf der Welt, aber solche, die von den Carloways abstammten? Nein, es ergab Sinn, dass John einer der Sieben war und es erklärte absolut, warum er als Sterblicher Magie sehen konnte.

Liv hatte keine Ahnung, wie die Chancen gestanden hatten, dass sie sich ausgerechnet mit einem der Sieben Sterblichen angefreundet hatte, als sie das Haus verlassen hatte. Als sie jedoch auf die Katze neben sich schaute, erkannte sie, dass es in ihrer Existenz viele glückliche Momente gegeben hatte. Plato war am selben Tag in ihr Leben gekommen. Die Dinge hatten eine Angewohnheit für Liv Beaufont zu laufen – und sich zusammenzufügen, auch wenn sie nicht erwartete, dass die Teile sofort passten.

Bemerkenswert war, dass sie der Wahrheit näher war als je zuvor, aber was noch wichtiger war, jetzt hatte sie die Hoffnung, dass sie alles aufdecken konnte. Sie musste weiter nachforschen. Das würde definitiv bedeuten, zum Matterhorn zu reisen. Wer konnte sagen, was sie dort finden würde? Vielleicht Hinweise? Vielleicht etwas, das ihre Eltern zurückgelassen hatten?

DIE LOYALE FREUNDIN

Wenn die Werwölfe und Fae die Dinge untereinander in Ordnung bringen konnten, gab das Liv Anlass zur Hoffnung, dass auch Sterbliche und Magier es konnten. Sie glaubte fest daran, dass sie einander so brauchten, wie sie John brauchte. Er schuf das Gleichgewicht in ihrem Leben. Die Worte, die in ihren Ring graviert waren, hallten in ihrem Kopf wider: *Gemeinsam sind wir stark und ausgeglichen.*

Ja, Magier und Sterbliche waren nicht getrennt. Sie waren alle Teil eines Ganzen. Sie mochten für lange, lange Zeit auseinander gewesen sein, aber es brauchte nur den Geist einer Person, den Riss zu reparieren.

Liv wusste nicht, ob sie die Person sein sollte, die sich für ihr Volk einsetzen musste, wie Fane und Rudolf es getan hatten, um ihr eigenes zu retten. Wenn Liv jedoch dazu aufgefordert wäre, würde sie sich der Herausforderung stellen.

FINIS

Liv Beaufont kehrt zurück in
»Die hartnäckige Fürsprecherin«

Sarahs Autorennotizen

Ich habe irgendwie ein Trauma, nachdem ich dieses Buch geschrieben habe. Ich war dem Zeitplan drei Tage voraus, als ich mich dem Ende näherte. Das ist noch niemals passiert. Momentan schreibe ich das sechste Buch fertig und ich bin im Rückstand und versuche dreißigtausend Worte in drei Tagen zu schreiben, um drei Tage nach dem Zeitplan fertig zu werden. Aber mit dem fünften Buch war ich der Zeit voraus. Ich hatte mir alles genau überlegt. Ich würde zehntausend Worte an einem Tag schreiben, um fertig zu werden – keine leichte Aufgabe. Aber ich dachte mir, wenn ich das schaffe, dann könnte ich mir diese glorreichen zwei Tage freinehmen, um am Pool oder auf der Couch mit Netflix abzuhängen.

Also beendete ich das Buch wie geplant an einem Freitag. Gerettet. Geschickt an Jürgen, meinen Alphaleser, danach habe dann auf der Couch dahinvegetiert. Stell dir mein Entsetzen vor, als Jürgen mir um drei Uhr morgens eine Nachricht schickt, um mir zu sagen, dass die neuen Kapitel nicht im Buch sind.

Was!? Natürlich sind sie drin! Du musst dich geirrt haben.

Ich sprang aus dem Bett, um der Sache auf den Grund zu gehen, wissend, dass ich nicht mehr schlafen konnte, mit der Besorgnis, die in meinem Kopf zirkulierte. Schon einmal waren Textteile einfach so verschwunden. Es war schrecklich, und ich dachte, ich hätte meine Lektion gelernt, da ich mittlerweile ein Backup vom Backup hatte.

Jürgen hatte recht! Der Text war verschwunden. Ich wusste nicht, wo die neuen Kapitel abgeblieben waren. Als das zum ersten Mal passierte, verbrachte ich Stunden damit, herauszufinden, was passiert war. Es brachte die Worte nicht zurück.

Also fing ich um drei Uhr morgens an, die Worte neu zu schreiben. Ich hatte sie gerade geschrieben, also sollte es nicht schwer sein, oder? Nun, es war eine scheißquälende Arbeit. Plötzlich ging ich von einem freien Tag zu einem Murmeltiertag über, an dem ich genau dasselbe tat wie am Tag zuvor.

Aber weißt du was, ich denke, die Worte sind letztendlich besser geworden. Das Ende muss dichter sein, denn ich habe es zweimal geschrieben.

Zusätzlich zu diesem traumatischen Ereignis ließen Michael und ich zwei der vier Bücher dieser Serie bei Amazon verschwinden. Puff! Verschwunden. Das ist vielen anderen Autoren an diesem verrückten Wochenende passiert, nicht nur uns. Aber Mann, es war scheiße.

Weißt du, was nicht Scheiße war? Ihr fantastischen Leser. Ich hatte so viele Leute, die uns unterstützt haben. Zuerst waren einige Leser verärgert, weil das vierte Buch eigentlich zum Verkauf stehen sollte. Es war nicht nur nicht im Angebot, es fehlte auch noch. Als ich den Sachverhalt erst einmal erklärt hatte, haben uns die Leser mit Unterstützung überhäuft.

Und am nächsten Tag hatte ich das Buch fertig (ein zweites Mal) und die anderen Bücher waren wieder online. Ich war erschöpft und nervös. Aber ich fühlte mich besser durch die gemachte Erfahrung. Ich bewies, dass ich dem Sturm standhalten konnte, und die Bücher bekamen ihre Bestseller-Tags zurück, was bewies, dass sie aus einer riesigen Flaute zurückkommen konnten. Wirklich, das habe ich euch allen zu verdanken. Also danke ich dir! Ich bin froh, dass du die Serie genießt. Das hält mich an Tagen wie heute am Leben, an denen ich zehntausend Worte schreiben muss, anstatt nach draußen zu gehen. Es wird alles die Mühe wert sein, wenn das Buch fertig ist. Denn dann bekomme ich Nachos!

Sarah Noffke, 15. April 2019

Michaels Autorennotizen

Verdammt, jetzt hab ich Hunger auf Nachos.
(Übrigens, DANKE, dass du dieses Buch gelesen hast!)
Ich werde nichts darüber sagen, dass ich Glück habe und in letzter Zeit, in der fernen Vergangenheit, keine Arbeit verloren habe. Warum? Weil da kleine Dämonen am Werk sind, die nur darauf warten, dieses Zeug zu hören und einen ahnungslosen Autor zu überfallen und sein Leben zur Hölle zu machen.
Oder, du weißt schon, konkret meins.
In der ganzen Firma hatten wir ungefähr sechs Bücher, die während dieser beschissenen Tage aus dem Verkauf verschwunden sind. Obwohl Amazon ihr sprichwörtliches ›Zeug‹ ziemlich schnell zusammen hatte, war es ein stressiger Moment für alle Beteiligten. Aber keine Angst, Sarah war hier!
Sie war während des ganzen Vorfalls professionell und ruhig. Wenn sie es nicht war, erinnere ich mich nicht an diesen Aspekt, und ich würde es begrüßen, wenn jemand, der es anders weiß, mich nicht daran erinnern würde.
Meiner Meinung nach war sie perfekt.
Wir hoffen beide, dass du die Serie bisher genossen hast. Wir haben drei weitere Bücher in diesem Handlungsbogen, dann liegt es einfach in den Händen der Fans, ob wir weitermachen oder nicht. *[Spoileralarm vom Übersetzerteam: die beiden haben bis Band 12 weitergemacht und danach eine Serie über Sophie gestartet, mit der wir nach dem zwölften Buch nach derzeitigem Planungsstand direkt weitermachen werden.]*
So oder so, ich danke euch allen von ganzem Herzen, dass ihr Sarah unterstützt habt, als sie sich mit diesen

Geschichten die Finger wund gearbeitet hat. Ich glaube, es war die Erfrischung, die ihre Seele brauchte, um zu sehen, wie geliebt ein Charakter, der ihrem höhnischen, zierlichen Selbst nachempfunden ist, für so viele Menschen werden würde.

Dies ist das erste Mal, dass JEDER Band aus meiner Serie (als Kollaborateur oder von mir selbst) – in diesem Fall vier der Bücher – gleichzeitig orangefarbene Bestseller-Tags haben.

Das war ein sehr cooler Anblick!

Ad Aeternitatem,
Michael Anderle
25. April 2019

Danksagungen von Sarah Noffke

Mein Lieblingsteil beim Schreiben eines Buches ist die Erstellung der Seite mit den Danksagungen. Es erinnert mich daran, dass das Schreiben eines Buches keine Einzelleistung ist. Ich sitze vielleicht allein und schreibe, aber das fertige Produkt ist das Ergebnis der Unterstützung und Ermutigung eines Stammes von Menschen.

Vielen Dank an die Leser, die die Bücher kaufen, lesen, rezensieren und empfehlen. SIE sind es, die uns am Schreiben halten. Ich bin immer inspiriert von den Botschaften, die ich von den Lesern erhalte. Ich danke euch, dass Ihr meine Schreibarbeit unterstützt und meinem Leben so viel Reichtum bietet – aber nicht auf das Geld bezogen, sondern auf Erfahrungen und Erlebnisse, die mein Leben als Autorin erst möglich machen.

Danke an meine LBMPN-Familie für die Unterstützung. Steve, Michael, Lynne, Moonchild, Jennifer und so viele andere, die sich für die Veröffentlichung des Buches und darüber hinaus einsetzen.

Vielen Dank an die Beta-Leser, die schon früh so viele wertvolle Einblicke geboten haben. Vielen Dank an John, Chrisa, Kelly, Martin und Larry.

Vielen Dank an das JIT-Team für all das großartige Feedback. Eine neue Serie ist immer aufregend und nervenaufreibend. Michael und ich dachten, wir hätten eine großartige Idee für eine neue Welt, aber wir wissen es erst wirklich, wenn wir objektives Feedback erhalten. Was würde ich ohne all die großartigen Leser tun?

Ich danke meinen Freunden und meiner Familie. Das Schreiben ist ein seltsamer Beruf. Ich arbeite zu seltsamen Zeiten, führe Selbstgespräche, habe eine fragwürdige

Ernährung, werde unruhig wegen der Fristen. Aber die wunderbaren Menschen in meinem Leben zeigen weiterhin ihre Ermutigung und Nachdenklichkeit, egal was passiert. Es ist für mich nie verloren, denn ich weiß, dass ich nicht das tun würde, was ich liebe, wenn mich nicht mit all diese wunderbaren Menschen anfeuern würden.

Wie bei allen meinen Büchern geht der letzte Dank an meine Muse Lydia. Ich habe mein erstes Buch geschrieben, damit ich meine Tochter stolz machen konnte und es hat nie aufgehört. Ich schreibe jedes Buch für dich, meine Liebe.

SOZIALE MEDIEN

Möchtest Du mehr?
Abonnier unseren Newsletter, dann bist Du bei neuen Büchern, die veröffentlicht werden, immer auf dem Laufenden:
https://lmbpn.com/de/newsletter/

Tritt der Facebook-Gruppe und der Fanseite hier bei:
https://www.facebook.com/groups/ZeitalterderExpansion/
(Facebook-Gruppe)
https://www.facebook.com/DasKurtherianischeGambit/
(Facebook-Fanseite)

Die E-Mail-Liste verschickt sporadische E-Mails bei neuen Veröffentlichungen, die Facebook-Gruppe ist für Veröffentlichungen und ›hinter den Kulissen‹-Informationen über das Schreiben der nächsten Geschichten. Sich über die Geschichten zu unterhalten ist sehr erwünscht.
Da ich nicht zusichern kann, dass alles was ich durch mein deutsches Team auf Facebook schreiben lasse, auch bei Dir ankommt, brauche ich die E-Mail-Liste, um alle Fans zu benachrichtigen wenn ein größeres Update erfolgt oder neue Bücher veröffentlicht werden.
Ich hoffe Dir gefallen unsere Buchserien, ich freue mich immer über konstruktive Rezensionen, denn die sorgen für die weitere Sichtbarkeit unserer Bücher und ist für unabhängige Verlage wie unseren die beste Werbung!
Jens Schulze für das Team von LMBPN International

**DEUTSCHE BÜCHER VON
LMBPN PUBLISHING**

Das kurtherianische Gambit
(Michael Anderle – Paranormal Science Fiction)

Erster Zyklus:
Mutter der Nacht (01) · Queen Bitch – Das königliche Biest (02) · Verlorene Liebe (03) · Scheiß drauf! (04) · Niemals aufgegeben (05) · Zu Staub zertreten (06) · Knien oder Sterben (07)

Zweiter Zyklus:
Neue Horizonte (08) · Eine höllisch harte Wahl (09) · Entfesselt die Hunde des Krieges (10) · Nackte Verzweiflung (11) · Unerwünschte Besucher (12) · Eiskalte Überraschung (13) · Mit harten Bandagen (14)

Dritter Zyklus:
Schritt über den Abgrund (15) · Bis zum bitteren Ende (16) · Ewige Feindschaft (17) · Das Recht des Stärkeren (18) · Volle Kraft voraus (19)

Kurzgeschichten:
Frank Kurns – Geschichten aus der Unbekannten Welt

In Vorbereitung:
...die restlichen Bücher bis Band 21

Aufstieg der Magie
(CM Raymond, LE Barbant &
Michael Anderle – Fantasy)

Unterdrückung (01) · Wiedererwachen (02) · Rebellion (03) · Revolution (04)
In Vorbereitung sind die restlichen Bücher bis Band 12 aus dem Kurtherian-Gambit-Universum

**Das zweite Dunkle Zeitalter
(Michael Anderle & Ell Leigh Clarke
– Paranormal Science Fiction)**
Der Dunkle Messias (01) · Die dunkelste Nacht (02)
In Vorbereitung sind die restlichen Bücher bis Band 4
aus dem Kurtherian-Gambit-Universum

**Der unglaubliche Mr. Brownstone
(Michael Anderle – Urban Fantasy)**
Von der Hölle gefürchtet (01) · Vom Himmel verschmäht (02) ·
Auge um Auge (03) · Zahn um Zahn (04) ·
Die Witwenmacherin (05) · Wenn Engel weinen (06) ·
Bekämpfe Feuer mit Feuer (07)
In Vorbereitung sind die restlichen Bücher dieser
Oriceran-Serie

**Die Schule der grundlegenden Magie
(Martha Carr & Michael Anderle – Urban Fantasy)**
Dunkel ist ihre Natur (01)
In Vorbereitung sind die restlichen Bücher bis Band 8
diese Oriceran-Serie

**Die Schule der grundlegenden Magie: Raine Campbell
(Martha Carr & Michael Anderle – Urban Fantasy)**
Mündel des FBI (01)
In Vorbereitung sind die restlichen Bücher bis Band 9
diese Oriceran-Serie

**Die Chroniken des Komplettisten
(Dakota Krout – LitRPG/GameLit)**
Ritualist (01) · Regizid (02) · Rexus (03) ·
Rückbau (04) · Rücksichtslos (05)
In Vorbereitung sind die derzeit verfügbaren Teile

Die Chroniken von KieraFreya
(Michael Anderle – LitRPG/GameLit)
Newbie (01)
Anfängerin (02)
In Vorbereitung sind die restlichen Bücher bis Band 6

Die guten Jungs
(Eric Ugland – LitRPG/GameLit)
Noch einmal mit Gefühl (01)
Heute Erbe, morgen Schachfigur (02)
In Vorbereitung sind die restlichen Bücher der Serie

Die bösen Jungs
(Eric Ugland – LitRPG/GameLit)
Schurken & Halunken (01) in Vorbereitung
In Vorbereitung sind die restlichen Bücher der Serie

Die Reiche
(C.M. Carney – LitRPG/GameLit)
Der König des Hügelgrabs (01)
In Vorbereitung sind die restlichen Bücher der Serie

Stahldrache
(Kevin McLaughlin & Michael Anderle – Urban Fantasy)
Drachenhaut (01) · Drachenaura (02) ·
Drachenschwingen (03) · Drachenerbe (04) ·
Dracheneid (05) · Drachenrecht (06) ·
Drachenparty (07) · Drachenrettung (08)
In Vorbereitung sind die restlichen Bücher bis Band 15

Animus
(Joshua & Michael Anderle – Science Fiction)
Novize (01) · Koop (02) · Deathmatch (03) ·
Fortschritt (04) · Wiedergänger (05) · Systemfehler (06)
In Vorbereitung sind die restlichen Bücher bis Band 12

Opus X
(Michael Anderle – Science Fiction)
Der Obsidian-Detective (01)
Zerbrochene Wahrheit (02)
Suche nach der Täuschung (03)
In Vorbereitung sind die restlichen Bücher bis Band 12

Unzähmbare Liv Beaufont
(Sarah Noffke & Michael Anderle – Urban Fantasy)
Die rebellische Schwester (01)
Die eigensinnige Kriegerin (02)
Die aufsässige Magierin (03)
Die triumphierende Tochter (04)
Die loyale Freundin (05)
Die dickköpfige Fürsprecherin (06)
Die unbeugsame Kämpferin (07)
Die außergewöhnliche Kraft (08)
Die leidenschaftliche Delegierte (09)
Die unwahrscheinlichsten Helden (10)
Die kreative Strategin (11)
Die geborene Anführerin (12)

Die einzigartige S. Beaufont
(Sarah Noffke & Michael Anderle – Urban Fantasy)
Die außergewöhnliche Drachenreiterin (01)
Das Spiel mit der Angst (02)
In Vorbereitung sind die restlichen Bücher bis Band 24

**Die Geburt von Heavy Metal
(Michael Anderle – Science Fiction)**
Er war nicht vorbereitet (01)
Sie war seine Zeugin (02)
Hinterhältige Hinterlassenschaften (03)
In Vorbereitung sind die restlichen Bücher bis Band 8

**Weihnachts-Kringle
(Michael Anderle –
Action-Adventure-Weihnachtsgeschichten)**
Stille Nacht (01)